Kopfkissenbuch

Zusammengestellt von Daniel Keel und Daniel Kampa

Diogenes

Nachweis am Schluss des Bandes
Zeichnung auf Titelseite: Albrecht Dürer,
›Sechs Kissen‹, 1493 (Ausschnitt)

Umschlagzeichnung von
Nikolaus Heidelbach

Originalausgabe

www.diogenes.ch
60/10/36/2
ISBN 978 3 257 24025 2

»Jede Art zu schreiben ist erlaubt,
nur die langweilige nicht.«

Voltaire

Inhalt

Hans Christian Andersen	*Des Kaisers neue Kleider* 9
Anton Čechov	*Kleiner Scherz* 17
O. Henry	*Liebesgeschichte eines vielbeschäftigten Börsenmaklers* 25
W. Somerset Maugham	*Mr. Allwissend* 33
D.H. Lawrence	*Zwei blaue Vögel* 47
F. Scott Fitzgerald	*Drei Stunden zwischen zwei Flügen* 78
Carson McCullers	*Ein Baum, ein Felsen, eine Wolke* 90
Ray Bradbury	*Zur warmen Jahreszeit* 107
Patricia Highsmith	*Bekenntnisse einer ehrbaren Küchenschabe* 118
Loriot	*Feierabend* 129
Henry Slesar	*Flitterwochen erster Klasse* 133
Luciano De Crescenzo	*Anwalt Tanucci* 144

Ingrid Noll *Die Sekretärin* 155
Urs Widmer *In Hotels* 164
John Irving *Die Pension Grillparzer* 173
Donna Leon *Geeignete Männer* 222
Bernhard Schlink *Die Frau an der Tankstelle* 231
Paulo Coelho *Play it again!* 264
Martin Suter *Hunold, Manager und Familienvater* 265
Meir Shalev *Der freundliche Gasthof* 268
Leon de Winter *Der Schmetterlingsfänger* 272
Doris Dörrie *Spekulatius* 282

Anstelle eines Nachworts
Patrick Süskind *Amnesie in litteris* 299

Nachweis 310

Hans Christian Andersen

Des Kaisers neue Kleider

Vor vielen Jahren lebte ein Kaiser, der so ungeheuer viel auf neue Kleider hielt, dass er all sein Geld dafür ausgab, um recht geputzt einherzugehen. Er kümmerte sich nicht um seine Soldaten, er kümmerte sich nicht um das Theater und liebte es nur, spazierenzufahren, um seine neuen Kleider zu zeigen. Er hatte einen Rock für jede Stunde des Tages, und wie man von einem Könige sonst sagt, er sei im Rat, sagte man hier immer: »Der Kaiser ist in der Garderobe!«

In der großen Stadt, in welcher er wohnte, ging es sehr munter zu; an jedem Tag trafen viele Fremde ein. Eines Tages kamen auch zwei Betrüger; sie gaben sich für Weber aus und sagten, dass sie das schönste Zeug, das man sich denken könne, zu weben verständen. Die Farben und das Muster wären nicht allein schön, sondern die Kleider, die von dem Zeuge genäht würden, besäßen die wunderbare Eigenschaft, dass sie für jeden Menschen unsichtbar wären, der für sein Amt nicht tauge oder der unverzeihlich dumm sei. »Das wären ja prächtige Kleider«, dachte der Kaiser, »wenn ich die hätte, könnte ich ja dahinterkommen, welche Männer in meinem Reiche zu dem Amte, das sie haben, nicht taugen; ich könnte die Klugen von den Dummen unterscheiden! Ja, das Zeug muss sogleich für mich gewebt werden!« Und er gab den beiden Betrügern viel Geld, damit sie ihre Arbeit beginnen möchten.

Sie stellten auch zwei Webstühle auf und taten, als ob sie arbeiteten; aber sie hatten nicht das Geringste auf dem Stuhle. Frischweg verlangten sie die feinste Seide und das prächtigste Gold, das steckten sie in ihre eigenen Taschen und arbeiteten an den leeren Stühlen bis spät in die Nacht hinein.

»Ich möchte doch wohl wissen, wie weit sie mit dem Zeuge sind!«, dachte der Kaiser. Aber es war ihm ordentlich beklommen zumute, wenn er daran dachte, dass derjenige, welcher dumm sei oder nicht zu seinem Amte tauge, es nicht sehen könne. Nun glaubte er zwar, dass er für sich nichts zu fürchten habe, aber er wollte doch erst einen andern senden, um zu sehen, wie es damit stände. Alle Menschen in der ganzen Stadt wussten, welche besondere Kraft das Zeug habe, und alle waren begierig zu sehen, wie schlecht oder dumm ihre Nachbarn seien.

»Ich will meinen alten, ehrlichen Minister zu den Webern senden!«, dachte der Kaiser. »Er kann am besten beurteilen, wie das Zeug sich ausnimmt, denn er hat Verstand, und keiner versteht sein Amt besser als er!«

Nun ging der alte, gute Minister in den Saal hinein, wo die zwei Betrüger saßen und an den leeren Webstühlen arbeiteten. »Gott behüte uns!«, dachte der alte Minister und riss die Augen auf. »Ich kann ja nichts erblicken!« Aber das sagte er nicht.

Beide Betrüger baten ihn, gefälligst näherzutreten, und fragten, ob es nicht ein hübsches Muster und schöne Farben seien. Dann zeigten sie auf den leeren Webstuhl, und der arme alte Minister fuhr fort, die Augen aufzureißen; aber er konnte nichts sehen, denn es war nichts da. »Herr Gott!«, dachte er. »Sollte ich dumm sein? Das habe ich nie geglaubt, und das darf kein Mensch wissen! Sollte ich nicht zu meinem Amte taugen? Nein, es geht nicht an, dass ich erzähle, ich könne das Zeug nicht sehen!«

»Nun, Sie sagen nichts?«, fragte der eine, der da webte.

»Oh, es ist niedlich, ganz allerliebst!«, antwortete der alte Minister und sah durch seine Brille. »Dieses Muster und diese Farben! Ja, ich werde dem Kaiser sagen, dass es mir sehr gefällt.«

»Nun, das freut uns!«, sagten die Weber, und darauf nannten sie die Farben mit Namen und erklärten das seltsame Muster. Der alte Minister passte gut auf, damit er dasselbe sagen könne, wenn er zum Kaiser zurückkäme. Und das tat er.

Jetzt verlangten die Betrüger mehr Geld sowie mehr Seide und mehr Gold zum Weben. Sie steckten alles in ihre eigenen Taschen, auf den Webstuhl kam kein Faden, aber sie fuhren fort, an dem leeren Webstuhle zu arbeiten.

Der Kaiser schickte bald einen anderen ehrlichen Staatsmann hin, um zu sehen, wie es mit den Webern stände und ob das Zeug bald fertig sei; es ging ihm gerade wie dem ersten; er sah und sah, weil aber außer dem leeren Webstuhl nichts da war, so konnte er nichts sehen.

»Ist das nicht ein hübsches Stück Zeug?«, fragten die beiden Betrüger und zeigten und erklärten das prächtige Muster, welches gar nicht da war.

»Dumm bin ich nicht!«, dachte der Mann. »Es ist also mein gutes Amt, zu dem ich nicht tauge. Es ist komisch genug, aber man muss sich das nicht anmerken lassen!« Und so lobte er das Zeug, welches er nicht sah, und versicherte ihnen seine Freude über die schönen Farben und das herrliche Muster. »Ja, es ist ganz allerliebst!«, sagte er zum Kaiser.

Alle Menschen in der Stadt sprachen von dem prächtigen Zeug.

Nun wollte der Kaiser es selbst sehen, während es noch auf dem Webstuhl sei. Mit einer ganzen Schar auserwählter Männer, unter denen auch die beiden ehrlichen Staatsmänner waren, die schon früher dort gewesen, ging er zu den beiden lustigen Betrügern hin, die nun aus allen Kräften webten, aber ohne Faser und Faden.

»Ist das nicht prächtig?«, sagten die beiden alten Staatsmänner, die schon einmal dagewesen waren. »Sehen Eure Majestät, welches Muster, welche Farben!« Und dann zeigten sie auf den leeren Webstuhl, denn sie glaubten, dass die andern das Zeug wohl sehen könnten.

»Was!«, dachte der Kaiser, »ich sehe gar nichts! Das ist ja schrecklich! Bin ich dumm? Tauge ich nicht dazu, Kaiser zu sein? Das wäre das Schrecklichste, was mir begegnen könnte.«

»Oh, es ist sehr hübsch!«, sagte er. »Es hat meinen allerhöchsten Beifall!« Und er nickte zufrieden und betrachtete den leeren Webstuhl, denn er wollte nicht sagen, dass er nichts sehen könne. Das ganze Gefolge, das er bei sich hatte, sah und sah und bekam nicht mehr heraus als die andern; aber sie sagten, wie der Kaiser: »Oh, das ist hübsch!« Und sie rieten ihm, diese neuen, prächtigen Kleider das erste Mal bei der großen Prozession, die bevorstand, zu tragen. »Es ist herrlich, niedlich, exzellent!«, ging es von Mund zu Mund; man schien allseits innig erfreut darüber, und der Kaiser verlieh den Betrügern den Titel: Kaiserliche Hofweber.

Die ganze Nacht vor dem Morgen, an dem die Prozession stattfinden sollte, waren die Betrüger auf und hatten über sechzehn Lichter angezündet. Die Leute konnten sehen, dass sie stark beschäftigt waren, des Kaisers neue Kleider fertigzumachen. Sie taten, als ob sie das Zeug von dem Webstuhl nähmen, sie schnitten mit großen Scheren in die Luft, sie nähten mit Nähnadeln ohne Faden und sagten zuletzt: »Nun sind die Kleider fertig!«

Der Kaiser kam mit seinen vornehmsten Kavalieren selbst dahin, und beide Betrüger hoben den einen Arm in die Höhe, gerade als ob sie etwas hielten, und sagten: »Seht, hier sind die Beinkleider! Hier ist der Rock! Hier ist der Mantel!«, und so weiter. »Es ist so leicht wie Spinngewebe; man sollte glauben, man habe nichts auf dem Leibe; aber das ist gerade das Schöne daran!«

»Ja!«, sagten alle Kavaliere; aber sie konnten nichts sehen, denn es war nichts da.

»Belieben Eure kaiserliche Majestät, jetzt Ihre Kleider allergnädigst auszuziehen«, sagten die Betrüger, »so wollen wir Ihnen die neuen anziehen, hier vor dem großen Spiegel!«

Der Kaiser legte alle seine Kleider ab, und die

Betrüger stellten sich, als ob sie ihm jedes Stück der neuen Kleider anzögen; und der Kaiser wendete und drehte sich vor dem Spiegel.

»Ei, wie gut sie kleiden! Wie herrlich sie sitzen!«, sagten alle. »Welches Muster, welche Farben! Das ist eine köstliche Tracht!«

»Draußen stehen sie mit dem Thronhimmel, welcher über Euer Majestät in der Prozession getragen werden soll«, meldete der Oberzeremonienmeister.

»Seht, ich bin fertig!«, sagte der Kaiser. »Sitzt es nicht gut?« Und dann wendete er sich nochmals zu dem Spiegel, denn es sollte scheinen, als ob er seine Kleider recht betrachte.

Die Kammerherren, welche die Schleppe tragen sollten, griffen mit den Händen nach dem Fußboden, gerade als ob sie die Schleppe aufhöben; sie gingen und taten, wie wenn sie etwas in der Luft hielten; sie wagten nicht, es sich merken zu lassen, dass sie nichts sehen konnten.

So ging der Kaiser in Prozession unter dem prächtigen Thronhimmel, und alle Menschen auf der Straße und in den Fenstern sprachen: »Gott, wie sind des Kaisers neue Kleider unvergleichlich; welche Schleppe er am Kleide hat, wie schön das sitzt!« Keiner wollte es sich merken lassen, dass er nichts sehe, denn dann hätte er ja nicht zu seinem

Amte getaugt oder wäre sehr dumm gewesen. Keine Kleider des Kaisers hatten solches Glück gemacht wie diese.

»Aber er hat ja gar nichts an!«, sagte plötzlich ein kleines Kind. »Herr Gott, hört die Stimme der Unschuld!«, sagte der Vater; und einer zischelte dem andern zu, was das Kind gesagt hatte.

»Aber er hat ja gar nichts an!«, rief zuletzt das ganze Volk. Das ergriff den Kaiser, denn es schien ihm, als hätten sie recht; aber er dachte bei sich: »Nun muss ich die Prozession aushalten.« Und die Kammerherren gingen noch steifer und trugen die Schleppe, die gar nicht da war.

Anton Čechov

Kleiner Scherz

Ein klarer Wintertag, um Mittag ... Der Frost ist stark, er klirrt, und Nadjenka, die sich an meinen Arm klammert, hat silbrigen Reif an den Schläfenlöckchen und Flaum über der Oberlippe. Wir stehen auf einem hohen Berg. Vor unseren Füßen bis hinab zur Erde erstreckt sich eine abschüssige Fläche, in der sich die Sonne betrachtet wie in einem Spiegel. An unserer Seite ein kleiner Schlitten, mit hellrotem Stoff ausgeschlagen.

– Fahren wir hinunter, Nadežda Petrovna! – bettle ich. – Nur ein Mal! Ich versichere Sie, wir kommen heil unten an.

Aber Nadjenka hat Angst. Der gesamte Raum vor ihren kleinen Galoschen bis zum Ende des Eisbergs erscheint ihr als ein schrecklicher, unermesslich tiefer Abgrund. Es erstirbt ihr Denken, es verschlägt ihr den Atem, wenn sie nach unten blickt, wenn ich ihr nur vorschlage, sich in den Schlitten zu setzen, denn was wird geschehen, wenn sie es riskiert, in den Abgrund zu fliegen!

Sterben wird sie, den Verstand verlieren. – Ich flehe Sie an! – sage ich. – Sie brauchen keine Angst zu haben! Begreifen Sie doch, das ist Kleinmut, ist Feigheit!

Endlich gibt Nadjenka nach, und ich sehe in ihrem Gesicht, sie gibt nach, den Tod vor Augen. Ich setze sie, bleich, zitternd, in den Schlitten, umfasse sie mit einem Arm und stürze mich mit ihr in den Höllenschlund.

Der Schlitten fliegt wie eine Kugel. Die durchschnittene Luft schlägt ins Gesicht, heult, pfeift in den Ohren, kneift schmerzend vor Wut, will einem den Kopf von den Schultern reißen. Vor dem Ansturm des Windes lässt sich nicht atmen. Es scheint, als halte uns der Teufel leibhaftig in den Tatzen und zerre uns unter Geheul in die Hölle. Die Gegenstände ringsum verschwimmen zu einem langen, dahinrasenden Band… Noch einen Augenblick, und wir sind, so scheint es, verloren!

– Ich liebe Sie, Nadja! – sage ich halblaut.

Dann fährt der Schlitten immer langsamer, das Heulen des Windes und das Surren der Kufen sind nicht mehr so schrecklich, der Atem erstirbt nicht länger, und schließlich sind wir unten. Nadjenka ist mehr tot als lebendig. Sie ist bleich, atmet kaum… Ich helfe ihr beim Aufstehen.

– Noch einmal fahre ich um keinen Preis, – sagt

sie und schaut mich mit großen, vor Entsetzen geweiteten Augen an. – Um nichts in der Welt! Ich wäre fast gestorben.

Etwas später kommt sie zu sich und blickt mir bereits fragend in die Augen: habe ich diese vier Worte gesagt, oder hat sie sie nur gehört im Brausen des Windes? Und ich stehe neben ihr, rauche und mustere eingehend meine Handschuhe.

Sie hakt sich bei mir unter, und wir gehen lange am Fuß des Berges spazieren. Das Rätsel lässt ihr, wie ich sehe, keine Ruhe. Sind diese Worte gesagt worden oder nicht? Ja oder nein? Das ist eine Frage der Eitelkeit, der Ehre, des Lebens, des Glücks, eine sehr wichtige Frage, die wichtigste auf Erden. Nadjenka schaut mir ungeduldig, traurig, mit forschendem Blick ins Gesicht, gibt unpassende Antworten, wartet, ob ich nicht beginnen würde zu sprechen. Oh, was für ein Spiel in diesem netten Gesicht, was für ein Spiel! Ich sehe, sie kämpft mit sich, sie muss etwas sagen, muss etwas fragen, aber sie findet nicht die Worte, ihr ist es peinlich, sie hat Angst, die Freude hindert sie …

– Wissen Sie was? – sagt sie, ohne mich anzusehen.

– Was? – frage ich.

– Lassen Sie uns noch einmal … rodeln.

Wir steigen die Treppe hinauf auf den Berg.

Wieder setze ich die bleiche, zitternde Nadja in den Schlitten, wieder fliegen wir in den schrecklichen Abgrund, wieder heult der Wind und surren die Kufen, und wieder, im schnellsten und lautesten Moment des Fluges, sage ich halblaut:

– Ich liebe Sie, Nadjenka!

Als der Schlitten anhält, lässt Nadjenka den Blick über den Berg schweifen, den wir eben heruntergerodelt sind, dann schaut sie mir lange ins Gesicht, horcht auf meine Stimme, die gleichgültig und leidenschaftslos ist, und ihr ganzer Körper, sogar ihr Muff, ihre Kapuze, ihre ganze kleine Gestalt drücken äußerstes Befremden aus. Und ins Gesicht geschrieben steht ihr:

»Was ist nur? Wer hat *jene* Worte gesprochen? War er es, oder hat es sich nur so angehört?«

Diese Ungewissheit beunruhigt sie, raubt ihr die Geduld. Das arme Mädchen antwortet nicht mehr auf Fragen, wird mürrisch, fängt gleich an zu weinen.

– Wollen wir nicht nach Hause gehen? – frage ich.

– Mir ... mir gefällt dieses Rodeln, – sagt sie, errötend. – Wollen wir nicht noch einmal fahren?

Ihr »gefällt« dieses Rodeln, dabei ist sie, als sie sich in den Schlitten setzt, wie die vorigen Male bleich, atmet kaum und zittert vor Angst.

Wir fahren zum dritten Mal hinunter, und ich sehe, wie sie mir ins Gesicht blickt, meine Lippen beobachtet. Doch ich halte das Taschentuch an die Lippen, räuspere mich, und als wir die Hälfte des Berges hinter uns haben, gelingt es mir zu sagen:

– Ich liebe Sie, Nadja!

Das Rätsel bleibt ein Rätsel! Nadjenka schweigt, denkt über etwas nach … Ich begleite sie von der Rodelbahn nach Hause, sie bemüht sich, langsam zu gehen, verlangsamt den Schritt und wartet und wartet, ob ich ihr nicht jene Worte sage. Und ich sehe, wie sie leidet, wie sehr sie sich beherrscht, um nicht zu sagen:

– Der Wind kann es nicht gesagt haben! Ich will auch nicht, dass der Wind sie gesagt hat!

Am anderen Tage bekomme ich morgens einen Zettel: »Wenn Sie heute rodeln gehen, holen Sie mich ab. N.« Und seit diesem Tage gehen Nadja und ich jeden Tag rodeln, und wenn wir auf dem Schlitten hinunterfliegen, sage ich jedesmal halblaut dieselben Worte:

– Ich liebe Sie, Nadja!

Bald gewöhnt sich Nadjenka an diesen Satz, wie an Alkohol oder Morphium. Sie kann ohne ihn nicht mehr leben. Zwar hat sie vor dem Fliegen nach wie vor Angst, doch inzwischen verleihen jene Worte von der Liebe der Angst und Gefahr einen besonderen Reiz, Worte, die nach wie vor ein Rätsel bleiben und das Herz schwer machen. In Verdacht stehen immer dieselben zwei: ich und der Wind … Wer von beiden ihr die Liebe erklärt, weiß sie nicht, aber es ist ihr offenbar auch schon egal; egal ist, aus welchem Glas man trinkt, Hauptsache, man wird betrunken.

Eines Tages ging ich um Mittag allein rodeln; in der Menge verloren, sehe ich, wie Nadjenka zum Berg kommt, wie sie mit den Augen nach mir sucht … Dann steigt sie schüchtern die Treppe hinauf … Sie hat Angst, allein zu fahren, ach, welche Angst! Sie ist bleich wie der Schnee, zittert, sie geht wie zur eigenen Hinrichtung, aber geht, geht ohne sich umzuschauen, entschlossen. Offenbar hat sie beschlossen, endlich die Probe zu machen: werden diese wunderbaren süßen Worte auch zu hören sein, wenn ich nicht mitfahre? Ich sehe, wie sie, bleich, mit vor Schrecken geöffnetem Mund, sich in den Schlitten setzt, die Augen schließt, der Welt für immer Lebewohl sagt und sich abstößt … »Ssss …« – surren die Kufen. Ob Nadjenka die Worte hört, ich weiß es nicht … Ich sehe nur, wie sie sich erschöpft und schwach vom Schlitten erhebt. Und ihrem Gesicht ist anzusehen, sie weiß selbst nicht, ob sie die Worte gehört hat oder nicht. Die Angst, während sie den Berg hinunterfuhr, hat sie der Fähigkeit beraubt zu hören, Laute zu unterscheiden, zu verstehen...

Da naht jedoch der Frühlingsmonat März... Die Sonne beginnt zu liebkosen. Unser Eisberg dunkelt, verliert seinen Glanz, schließlich taut er. Wir können nicht mehr rodeln. Die arme Nadjenka wird nirgends mehr jene Worte hören, und es ist auch niemand mehr da, der sie sagen könnte, denn kein Wind ist zu spüren, und ich reise bald nach Petersburg – für lange Zeit, wahrscheinlich für immer.

Irgendwann vor der Abreise, ein, zwei Tage vorher, sitze ich bei Dämmerlicht im Garten, der von dem Hof, auf dem Nadjenka lebt, durch einen hohen Bretterzaun mit Nägeln getrennt ist... Noch ist es ziemlich kalt, unter dem Mist liegt noch der Schnee, die Bäume sind tot, doch es riecht schon nach Frühling, und beim Aufsuchen ihres Nachtlagers krächzen laut die Krähen. Ich trete an den Zaun und schaue lange durch einen Spalt. Ich sehe, wie Nadjenka auf die Freitreppe hinaustritt und einen kummervollen, sehnsüchtigen Blick zum Himmel richtet... der Frühlingswind bläst ihr direkt ins bleiche, bedrückte Gesicht... Er erinnert sie an den Wind, der uns damals auf dem Berg entgegenheulte, als sie jene vier Worte hörte, und ihr Gesicht wird traurig, so traurig, über die

Wange rollt eine Träne … Und das bleiche Mädchen streckt beide Arme aus, wie um den Wind zu bitten, ihr noch einmal jene Worte zuzutragen. Und ich warte einen Windstoß ab und sage halblaut:

– Ich liebe Sie, Nadja!

Mein Gott, was geschieht da mit Nadjenka? Sie schreit auf, lächelt, strahlt über das ganze Gesicht und streckt dem Wind die Arme entgegen, voller Freude, glücklich und so schön.

Und ich gehe packen …

Das alles ist lange her. Heute ist Nadjenka verheiratet; ob man sie verheiratet hat oder ob sie selbst gewählt hat – es ist der Sekretär am Vormundschaftsgericht, und sie hat heute drei Kinder. Dass wir damals zusammen rodeln gingen und ihr der Wind die Worte zutrug »Ich liebe Sie, Nadjenka«, ist nicht vergessen; für sie ist das heute die glücklichste, die anrührendste und schönste Erinnerung ihres Lebens …

Und ich kann heute, da ich älter bin, nicht mehr begreifen, warum ich jene Worte gesagt habe, wozu ich mir diesen Scherz erlaubt habe …

O. Henry

Liebesgeschichte eines vielbeschäftigten Börsenmaklers

Pitcher, Prokurist in der Firma des Börsenmaklers Harvey Maxwell, gestattete seinem sonst ausdruckslosen Gesicht, mildes Interesse und eine leichte Überraschung zu zeigen, als sein Brotherr um halb zehn in Begleitung seiner jungen Sekretärin das Büro betrat. Mit einem forschen »Guten Morgen, Pitcher« rannte Maxwell auf seinen Schreibtisch zu, als hätte er die Absicht, diesen im Sprung zu nehmen, und stürzte sich in einen hohen Stoß von Briefen und Telegrammen, die ihn dort erwarteten.

Die junge Dame war seit einem Jahr Maxwells Sekretärin. Sie war auf eine Weise schön, die mit Kurzschrift entschieden nichts zu tun hatte. Sie verzichtete auf den Pomp der verführerischen Pompadour, trug weder Ketten, Armbänder noch Medaillons. Sie gab sich nicht den Anschein, als erwarte sie eine Einladung zum Mittagessen. Ihr Kleid war schlicht und grau, es umschloss ihre

Gestalt knapp, aber mit Geschmack. Den zierlichen, schwarzen, turbanartigen Hut schmückte eine goldgrüne Vogelschwinge. An diesem Morgen strahlte sie auf eine weiche und scheue Art. Ihre Augen hatten einen träumerischen Glanz, ihre Wangen trugen einen echten Pfirsichhauch, ihr Ausdruck war glücklich, aber ein wenig nachdenklich.

Pitcher, immer noch von einer leichten Neugierde geplagt, fand ihre Art heute Morgen ein wenig verändert. Statt geradewegs in den Nebenraum zu gehen, wo sich ihr Schreibtisch befand, drückte sie sich ein wenig unentschlossen im äußeren Büro herum. Einmal trat sie an Maxwells Schreibtisch heran, so nahe, dass er ihre Gegenwart bemerken musste.

Die Maschine, die an diesem Schreibtisch saß, war kein Mensch mehr; es war ein vielbeschäftigter New Yorker Börsenmakler, der von schnurrenden Rädern und wippenden Stahlfedern in Bewegung gehalten wurde.

»Nun – was ist denn? Ist irgendwas?«, fragte Maxwell scharf. Die geöffnete Post lag wie eine künstliche Schneewehe auf seinem vollgepackten Schreibtisch. Seine scharfen grauen Augen hoben sich kurz und blitzten sie brüsk und ungeduldig an.

»Nichts«, antwortete die Sekretärin und trat mit einem leisen Lächeln weg.

»Mr. Pitcher«, sagte sie zu dem Prokuristen, »hat Mr. Maxwell gestern etwas davon gesagt, dass er eine neue Sekretärin einstellen will?«

»Ja«, sagte Pitcher, »er hat mich beauftragt, eine neue zu engagieren. Ich habe die Agentur gestern Nachmittag beauftragt, heute Morgen ein paar zur Vorstellung herzuschicken. Es ist jetzt 9.45 Uhr, und kein einziger Florentinerhut, kein einziger Kaugummi mit Ananasgeschmack ist bis jetzt aufgetaucht.«

»Dann will ich wie sonst die Arbeit tun«, sagte die junge Dame, »bis jemand da ist, der meine Stelle einnimmt.« Und sie ging sofort an ihren Schreibtisch und hängte den schwarzen Turban mit der goldgrünen Vogelschwinge an seinen gewohnten Platz.

Derjenige, der noch nie einen vielbeschäftigten Manhattan-Börsenmakler im Drang der Geschäfte erlebt hat, ist für den Beruf eines Anthropologen ungenügend ausgerüstet. Der Dichter singt von der »erfüllten Stunde des herrlichen Lebens«. Die Stunde des Maklers ist nicht nur ausgefüllt, die Minuten und Sekunden hängen an allen Halteriemen und füllen dichtgedrängt sowohl die vordere wie die hintere Plattform. Und dieser Tag war für Harvey Maxwell ein vollbesetzter Tag. Der Fernschreiber spuckte stotternd die Stöße sich rollender Papierstreifen aus, das Telefon auf dem Schreibtisch summte in chronischen Anfällen. Menschen begannen in das Büro zu strömen und ihm über das Absperrungsgitter hinweg in munterem, scharfem, boshaftem, aufgeregtem Ton etwas zuzurufen. Botenjungen liefen mit Nachrichten und Telegrammen ein und aus. Die Angestellten im Büro sprangen herum wie Matrosen während eines Sturms. Sogar Pitchers Gesicht entspannte sich und zeigte so etwas wie Leben.

An der Börse gab es Stürme und Bergstürze, Schneestürme, Vereisungen und Vulkanausbrüche, und all diese Naturkatastrophen wiederholten sich in Miniatur im Büro des Maklers. Maxwell schob seinen Stuhl gegen die Wand und vollführte seine Geschäfte in der Art eines Balletttänzers. Er sprang mit der geübten Wendigkeit eines Harlekins vom Telefon zum Fernschreiber, vom Schreibtisch zur Tür.

In der Mitte dieses wichtigen und immer noch zunehmenden Getümmels gewahrte der Makler plötzlich eine hochgetürmte Rolle von goldenem Haar unter einem wippenden Baldachin von Samt und Straußenfedern, eine Jacke aus imitiertem Seal und eine Kette von walnussgroßen Perlen, die in Bodennähe in einem silbernen Herzen endete. Eine selbstbewusste Dame war mit diesen Zutaten verknüpft, und Pitcher war dabei, das Phänomen zu erklären.

»Hier ist eine Dame von der Agentur wegen der Stellung«, sagte Pitcher.

Maxwell, die Hände voll von Papieren und Streifen aus dem Fernschreiber, wandte sich halb um.

»Was für eine Stellung?«, fragte er stirnrunzelnd.

»Stellung als Sekretärin«, sagte Pitcher. »Sie haben mir doch gestern gesagt, ich solle anrufen und für heute Morgen jemanden herbestellen.«

»Sie sind wohl nicht ganz bei Verstand, Pitcher«, sagte Maxwell. »Warum sollte ich Ihnen einen solchen Auftrag gegeben haben? Miss Leslie hat während des Jahres, das sie hier ist, zu meiner vollen Zufriedenheit gearbeitet. Sie behält die Stelle, solange sie Wert darauf legt. Wir haben keine freie Stelle, Fräulein. Widerrufen Sie den Auftrag bei der Agentur, Pitcher, und bringen Sie keinen mehr hier ’rein.«

Das silberne Herz verließ das Büro, schwang dabei hin und her und knallte gegen die Büromöbel, während es aufgebracht verschwand. Pitcher benutzte die Pause, um dem Buchhalter zuzuflüstern, der »Alte« käme ihm jeden Tag zerstreuter und vergesslicher vor.

Der Andrang und das Tempo der Geschäfte wurden wüster und schneller. Auf dem Fußboden stapelten sich ein halbes Dutzend verschiedener Aktien, in die Maxwells Kunden eifrig investierten. Aufträge zum Kauf und Verkauf kamen und gingen so schnell wie die Schwalben. Einige seiner eigenen Bestände kamen in Gefahr, und der Mann arbeitete wie eine hochgezüchtete, empfindliche, starke Maschine – in höchster Anspannung, in vollem Tempo, genau, niemals zögernd, das richtige Wort, die richtige Entscheidung, die richtige Handlung kamen mit der Genauigkeit eines Uhrwerks. Aktien und Pfandbriefe, Anleihen und Hypotheken, Spielraum und Sicherheiten – das hier war eine Welt der Finanzen, hier war kein Raum für eine menschliche Empfindung oder für die Natur.

Als die Mittagszeit sich näherte, ließ der Aufruhr ein wenig nach.

Maxwell stand an seinem Schreibtisch, die Hände voller Telegramme und Merkzettel, eine Füllfeder hinter dem rechten Ohr. Das Haar hing ihm in unordentlichen Strähnen ins Gesicht. Das Fenster stand offen, denn der gütige Hausmeister Frühling hatte die Heizungsventile der Welt ein wenig geöffnet.

Und durch das Fenster strömte ein – vielleicht verlorener – zarter, süßer Hauch von Flieder, der den Makler für einen Augenblick erstarren ließ.

Denn dieser Duft gehörte zu Miss Leslie; er gehörte ihr, nur ihr allein.

Der Duft drang lebhaft, fast körperhaft auf ihn ein. Die Welt der Finanzen schrumpfte plötzlich zu einem Fleckchen. Und sie war im Nebenzimmer – nur zwanzig Schritte entfernt.

»Mein Gott, jetzt wag' ich es«, sagte Maxwell halblaut, »jetzt frage ich sie. Warum habe ich es nicht schon längst getan?«

Er eilte in das innere Büro, als müsste er sich wichtige Effekten sichern. Er stürzte auf den Schreibtisch der Sekretärin zu.

Sie blickte lächelnd zu ihm auf. Eine sanfte Röte stieg ihr in die Wangen, und ihr Blick war freundlich und offen. Maxwell stützte sich mit einem Ellbogen auf ihren Schreibtisch. Beide Hände umklammerten immer noch flatternde Papiere, und die Feder steckte noch hinter seinem Ohr.

»Miss Leslie«, begann er atemlos, »ich habe nur einen Moment Zeit. In diesem Moment muss ich Ihnen etwas sagen. Wollen Sie meine Frau werden? Ich habe nicht die Zeit gehabt, Ihnen in der üblichen Weise den Hof zu machen, aber ich liebe Sie wirklich. Bitte – sagen Sie es schnell – diese Burschen reißen noch die Füllung aus ›Union Pacific‹ 'raus.«

»Wovon redest du eigentlich?«, rief die junge

Dame. Sie war aufgesprungen und starrte ihn mit runden Augen an.

»Verstehen Sie denn nicht?«, sagte Maxwell beunruhigt. »Ich möchte, dass Sie mich heiraten. Ich liebe Sie, Miss Leslie. Das wollte ich Ihnen sagen, und ich habe mir eine Minute dazu gestohlen, als alles ein bisschen ruhiger wurde. Jetzt klingelt das Telefon schon wieder. Pitcher, sie sollen einen Augenblick warten. Wollen Sie, Miss Leslie?«

Die Sekretärin benahm sich sehr seltsam. Zuerst schien sie vor Erstaunen überwältigt; dann entströmten Tränen ihren ratlosen Augen, dann brach ein sonniges Lächeln durch die Tränen, und sie legte zärtlich einen Arm um den Hals des Maklers.

»Jetzt weiß ich es«, sagte sie sanft. »Dieses blöde Geschäft hat dich für den Augenblick alles vergessen lassen. Zuerst bin ich erschrocken. Weißt du es denn nicht mehr, Harvey? Gestern abend um acht haben wir in der kleinen Kirche um die Ecke geheiratet.«

W. Somerset Maugham

Mister Allwissend

Ich fand diesen Max Kelada unsympathisch, noch ehe ich ihn kannte. Es war kurz nach Kriegsende. Der Schiffsverkehr stieg an, die Passagierdampfer sämtlicher Linien waren überfüllt, man hatte Mühe, einen Platz zu ergattern, und durfte sich erst gar keine Hoffnung auf eine Einzelkabine machen. Ich konnte noch von Glück sagen, dass die mir zugewiesene Kabine nur über zwei Betten verfügte. Mein Glücksgefühl sank, als ich den Namen meines Reisegefährten erfuhr. Er weckte in mir die zwingende Vorstellung dichtverriegelter Luken und muffiger Luft. Eine Kabine vierzehn Tage lang – ich fuhr von San Francisco nach Yokohama – mit einem fremden Menschen teilen zu müssen, war schlimm genug. Aber ich hätte es leichter ertragen, wenn der Name dieses fremden Menschen Smith oder Brown gewesen wäre.

Als ich an Bord kam, stand Mr. Keladas Gepäck bereits in unserer Kabine. Es missfiel mir auf den ersten Blick, weil es zu viele Hotel-Etiketten trug und weil der Schrankkoffer zu pompös war. An den schon ausgepackten Toilettengegenständen konnte ich feststellen, dass Mr. Kelada zu den Kunden des vortrefflichen Monsieur Coty zählte. Kölnischwasser, Haarwasser, Brillantine – alles von Coty. Auf den Ebenholzgriffen seiner diversen Bürsten prangte in goldenen Lettern das Monogramm M. K. Wie ich schon sagte: Mr. Kelada war mir sofort unsympathisch.

Ich ging in den Rauchsalon, verlangte einen Stapel Spielkarten und begann eine Patience zu legen.

Nach wenigen Sekunden sah ich mich einem Mann gegenüber, der mich fragte, ob er in mir seinen Reisegefährten vermuten dürfe. Er selbst stellte sich als Mr. Kelada vor, fletschte mir mit blinkenden Zähnen ein Lächeln zu und nahm unaufgefordert Platz.

Ich bestätigte ihm, dass wir die Kabine miteinander teilten.

»Das nenne ich Glück«, entgegnete er. »Man weiß ja nie, mit wem man's auf einer solchen Reise zu tun bekommt. Ich war mächtig froh, als ich hörte, dass Sie Engländer sind. Wissen Sie, wir Engländer müssen zusammenhalten. Besonders im Ausland. Sie verstehen, was ich meine.«

Ich blinzelte.

»Sie sind Engländer?«, fragte ich vielleicht ein wenig taktlos.

»Allerdings. Oder haben Sie mich vielleicht für einen Amerikaner gehalten? Britisch bis in die Knochen, jawohl, das bin ich.«

Zum Beweis zog Mr. Kelada seinen Reisepass aus der Tasche und hielt ihn mir unter die Nase.

König George hat viele sonderbare Untertanen, und Mr. Kelada war zweifellos einer der sonderbarsten: von kleinem, stämmigem Wuchs, das dunkelhäutige Gesicht mit peinlicher Sorgfalt rasiert, eine fleischige, gekrümmte Nase, sehr große, lebhafte, glänzende Augen und langes schwarzes, brillantinegepflegtes Haar, das sich im Nacken kräuselte. Er sprach mit einer keineswegs britisch wirkenden Geschwindigkeit und weitausladenden Handbewegungen. Kein Zweifel: Eine genauere Untersuchung seines Passes hätte ergeben, dass Mr. Kelada unter einem beträchtlich sonnigeren Himmel geboren war, als man ihn in England zu sehen bekommt.

»Was nehmen Sie?«, fragte er mich.

Ich sah ihn zweifelnd an. Um diese Zeit war in Amerika noch die Prohibition in Kraft; sie galt, soviel ich feststellen konnte, auch für unser Schiff. Es blieb mir also nur die Wahl zwischen Ginger Ale und Zitronenlimonade, und ich finde beides abscheulich.

»Whisky oder einen trockenen Martini?« Mr. Kelada bedachte mich mit einem breiten orientalischen Lächeln. »Sie brauchen nur zu befehlen.«

Damit fischte er aus den Seitentaschen seines Jacketts zwei Flaschen hervor und stellte sie auf den Tisch. Ich entschied mich für den Martini. Mr. Kelada bestellte beim Steward zwei Gläser und Eiswürfel.

»Schmeckt gut«, sagte ich.

»Das freut mich. Und wo das herkommt, gibt's noch mehr davon. In meinem Reisegepäck, meine ich. Wenn Sie Freunde an Bord haben, sagen Sie ihnen ruhig, dass sich in der Kabine eines Ihnen gut bekannten Passagiers alle Alkoholika der Welt befinden.«

Mr. Kelada kam ins Plaudern. Er sprach über New York und San Francisco, über Theateraufführungen und Konzerte, über Bücher und Politik. Außerdem war er ein Patriot. Nun ist ja die britische Nationalflagge ganz gewiss ein eindrucksvolles Produkt heimischer Webkunst, aber wenn sie von einem aus Alexandria oder Beirut stammenden Herrn allzu aufdringlich geschwenkt wird, büßt sie etwas von ihrer Würde ein. Auch Mr. Keladas Leutseligkeit ging mir allmählich auf die Nerven. Ich möchte mich nicht aufspielen, aber von einem mir ganz fremden Menschen darf ich doch wohl erwarten, dass er ein ›Mister‹ vor meinen Namen setzt. Doch Mr. Kelada – vielleicht um für Entspannung und Gemütlichkeit zu sorgen – ließ solche Förmlichkeiten gar nicht erst aufkommen. Nein, Mr. Kelada war mir nicht sympathisch.

Ich hatte die Karten weggelegt, als er mir seine unerbetene Gesellschaft zuteil werden ließ. Jetzt, so fand ich, hatte unser Gespräch für eine erste Begegnung lange genug gedauert. Ich fuhr mit meiner Patience fort.

»Die Drei auf die Vier«, sagte Mr. Kelada.

Nichts erzürnt mich mehr, als wenn mir beim Patience-Legen jemand mitteilt, wohin ich eine Karte legen soll, die ich selbst noch gar nicht gesehen habe.

»Die Patience geht auf!«, jubelte er. »Sie geht auf! Die Zehn auf den Buben!«

Verzweiflung und Abscheu im Herzen, beendigte ich mein Spiel und schob die Karten zusammen. Sogleich ergriff Mr. Kelada den Stapel.

»Mögen Sie Kartentricks?«

»Ich hasse Kartentricks«, antwortete ich.

»Dann will ich Ihnen nur diesen einen zeigen.«

Er zeigte mir drei und hätte mir bestimmt noch einen vierten gezeigt, wenn ich ihn nicht informiert hätte, dass ich in den Speisesaal gehen wolle, um mir einen Tischplatz zu besorgen.

»Schon erledigt«, sagte Mr. Kelada. »Ich habe für uns beide einen Tisch reserviert. Da wir Kabinengefährten sind, sollten wir auch Tischgefährten sein.«

Mr. Kelada war mir nicht sympathisch.

Ich teilte die Kabine mit ihm, ich nahm drei Mahlzeiten täglich in seiner Gesellschaft ein, ich konnte nicht den kleinsten Spaziergang auf Deck unternehmen, ohne dass er plötzlich neben mir auftauchte. Es gab keine Möglichkeit, ihn loszuwerden. Auf den Gedanken, dass er einem lästig werden könnte, verfiel er überhaupt nicht. Er war überzeugt, dass seine Umwelt ihn ebenso anziehend fand wie er seine Umwelt. Hätte man ihn zu Hause die Treppe hinuntergeworfen und die Tür hinter ihm zugeschlagen, wäre wohl nicht der leiseste Verdacht in ihm aufgestiegen, dass sein Besuch vielleicht unerwünscht sei. Er fand sich überall zurecht, auch hier an Bord, wo er bald jedermann kannte. Er beförderte sich zum Maître de Plaisir, organisierte allerlei Spiele, leitete Auktionen, sammelte Geld für die Preise, die er den Gewinnern sportlicher Veranstaltungen überreichte, arrangierte ein Minigolf- und ein Wurfring-Turnier, ein Konzert und einen Maskenball. Er war überall und immer an mehreren Orten gleichzeitig. Er war der unbeliebteste Mann auf dem ganzen Schiff. Wir nannten ihn ›Mister Allwissend‹ und sagten es ihm sogar ins Gesicht. Er fasste es als Kompliment auf. Den Gipfel seiner Unerträglichkeit erreichte er während der Mahlzeiten. Da war man ihm für mindestens eine Stunde restlos ausgeliefert. Er floß vor Jovialität über, er war ebenso redselig wie streitlustig, wollte immer recht behalten und gab ein Gesprächsthema niemals auf, bevor er nicht seine Ansicht durchgesetzt hatte. Die Möglichkeit, dass er sich geirrt haben könnte, zog er nie in Erwägung. Er wusste alles besser.

Wir saßen am Tisch des Schiffsarztes. Mr. Kelada hätte sicherlich auch hier das Gespräch beherrscht, denn der Arzt war von eher schläfriger Wesensart, und ich selbst verspürte keine Lust, mich auf eine Konkurrenz mit Mr. Kelada einzulassen. Das wurde mir von einem anderen Herrn am Tisch abgenommen. Er hieß Ramsay, war ebenso rechthaberisch wie Mr. Kelada und wurde von der eitlen Selbstsicherheit des Levantiners immer wieder in Harnisch gebracht. Die Diskussionen zwischen den beiden waren erbittert und endlos.

Ramsay gehörte zum Stab des amerikanischen Konsulats in Kobe. Er war ein großer, schwerfälliger Geselle aus dem Mittleren Westen, dessen wuchtige, muskelstrotzende Figur aus allen Nähten seines fertig gekauften Anzugs zu platzen drohte. Nach einem kurzen Urlaub in New York befand er sich jetzt auf dem Rückweg zu seiner Dienststelle, in Begleitung seiner Frau, die er ein Jahr lang in New York alleine gelassen hatte. Mrs. Ramsay war ein hübsches kleines Ding mit angenehmen Manieren und Sinn für Humor. Da der konsularische Dienst nicht besonders gut bezahlt wird, konnte sie sich keinen großen modischen Luxus leisten, wusste jedoch ihre einfachen Kleider sehr vorteilhaft zur Geltung zu bringen. Sie wirkte still und distinguiert, und mit diesen Eigenschaften – die man heutzutage beim weiblichen Geschlecht nicht mehr oft antrifft – zog sie meine Aufmerksamkeit auf sich. Man konnte sie nicht ansehen, ohne von ihrer vornehmen Zurückhaltung beeindruckt zu sein.

Eines Abends kamen wir während des Dinners zufällig auf Perlen zu sprechen. Die Zeitungen hatten davon berichtet, dass sich die geschäftstüchtigen Japaner neuerdings in großem Stil auf die Herstellung von Zuchtperlen warfen, und der Schiffsarzt meinte, dass die echten Perlen nun unweigerlich an Wert verlieren würden. Schon jetzt könne man falsche Perlen nur mit Mühe von echten unterscheiden, und über kurz oder lang werde das unmöglich sein.

Wie immer in solchen Fällen riss Mr. Kelada das

Gespräch sofort an sich und erzählte uns alles Wissenswerte über Perlen. Ob Ramsay etwas davon verstand, weiß ich nicht – jedenfalls wollte er sich die Gelegenheit nicht entgehen lassen, dem Levantiner eins auszuwischen. Binnen kurzem war zwischen den beiden ein heftiges Wortgefecht im Gange. Mr. Keladas Redefluss ließ ja auch sonst nichts an Vehemenz zu wünschen übrig, aber diesmal übertraf er sich selbst. Und eine Bemerkung Ramsays reizte ihn so zur Wut, dass er mit der Faust auf den Tisch schlug.

»Mir erzählen Sie nichts!«, brüllte er. »Ich kenne mich aus! Was glauben Sie, wozu ich jetzt nach Japan fahre? Um ins Zuchtperlengeschäft einzusteigen! Ich bin nämlich aus der Branche. Fragen Sie, wen Sie wollen. Jeder wird Ihnen sagen, dass Kelada ein Fachmann ist. Ich weiß, wovon ich rede, und was ich über Perlen sage, das stimmt.«

Der eigentliche Kern seiner Worte war für uns alle eine Überraschung. Denn Mr. Kelada, so geschwätzig er war, hatte uns über seine Tätigkeit niemals genau aufgeklärt. Wir wussten lediglich, dass er in einer kaufmännischen Angelegenheit nach Japan unterwegs war. Jetzt kannten wir den Zweck seiner Reise.

Mr. Kelada blickte triumphierend um sich:

»Was soll das heißen, dass man echte Perlen nicht

von falschen unterscheiden kann? Eine Zuchtperle, die ein Fachmann wie ich nicht sofort als solche erkennt, werden auch die Japaner nie zustande bringen.« Damit deutete er auf die Perlenkette an Mrs. Ramsays Hals. »Lassen Sie sich von mir sagen, Mrs. Ramsay, dass die Kette, die Sie da tragen, auch in Zukunft keinen Cent weniger wert sein wird als heute.«

Mrs. Ramsay errötete ein wenig, und es entsprach durchaus ihrer gewohnten Bescheidenheit, dass sie die Kette unter ihr Kleid gleiten ließ.

Ramsay beugte sich vor und sah uns der Reihe nach mit einem sonderbaren Lächeln an:

»Eine hübsche Kette, nicht wahr?«

»Mir ist sie sofort aufgefallen«, gab Mr. Kelada zurück. »Das ist ja allerhand, habe ich mir sofort gesagt. Ganz große Klasse, diese Perlen.«

»Ich habe sie nicht selbst gekauft.« Ramsays Lächeln verstärkte sich. »Aber ich würde gerne von Ihnen erfahren, was diese Kette Ihrer Meinung nach wert ist.«

Mr. Kelada wiegte bedächtig den Kopf:

»Im Handel etwa fünfzehntausend Dollar. Bei einem der großen Juweliere der Fifth Avenue würde sie wahrscheinlich das Doppelte kosten.«

Jetzt wurde Ramsays Grinsen unverkennbar hämisch: »Es wird Sie vielleicht überraschen, dass

Mrs. Ramsay diese Kette in einem New Yorker Warenhaus für achtzehn Dollar gekauft hat.«

Mr. Keladas Gesicht lief dunkelrot an: »Unsinn. Die Perlen sind nicht nur echt – sie gehören zu den schönsten, die ich in dieser Größe je gesehen habe.«

»Was wollen Sie wetten? Hundert Dollar, dass es falsche Perlen sind?«

»Einverstanden.«

»Ach, Elmer«, sagte Mrs. Ramsay lächelnd und mit einem leichten Tadel in ihrer angenehmen Stimme. »Du kannst doch nicht auf etwas wetten, was du ganz bestimmt weißt.«

»Warum kann ich das nicht? Warum soll ich mir eine solche Gelegenheit entgehen lassen? Da wäre ich ja ein Narr. So leicht verdiene ich hundert Dollar nie wieder.«

»Aber es gibt doch keinen Beweis«, sagte Mrs. Ramsay. »Es steht doch mein Wort gegen das von Mr. Kelada.«

»Beweis? Lassen Sie mich die Kette nur ansehen!«, sagte Mr. Kelada. »Ich werde Ihnen auf den ersten Blick sagen, ob es eine Imitation ist oder nicht. Ich kann's mir leisten, hundert Dollar zu verlieren.«

»Nimm die Kette ab, Liebling. Mr. Kelada soll sie ansehen, solange er will.«

Zögernd betastete Mrs. Ramsay die Schließe.

»Ich kann sie nicht öffnen. Mr. Kelada wird mir aufs Wort glauben müssen.«

Mit einem Mal hatte ich das Gefühl, dass sich hier ein Unheil anbahnte. Aber es fiel mir nichts ein, wodurch ich es hätte verhindern können.

Ramsay war aufgesprungen: »Schön, dann werde ich sie dir abnehmen.«

Und er überreichte Mr. Kelada die Kette.

Der Levantiner zog ein Vergrößerungsglas aus seiner Tasche und widmete sich der Untersuchung. Ein zufriedenes Lächeln erschien auf seinem fetten Gesicht. Er reichte die Kette zurück und wollte zu sprechen beginnen.

Plötzlich fiel sein Blick auf Mrs. Ramsay. Sie saß totenblass da und schwankte, als ob sie im nächsten Augenblick ohnmächtig umsinken wollte. Ihre vor Schreck geweiteten Augen waren so flehend auf Mr. Kelada gerichtet, dass ich mich wunderte, wieso ihr Gatte von alledem nichts merkte.

Mr. Kelada hielt den Mund noch einige Sekunden offen, dann biss er sich auf die Lippen und senkte den Kopf. Man sah förmlich, wieviel Überwindung es ihn kostete.

»Ich habe mich geirrt«, sagte er. »Die Perlen sind eine sehr gute Imitation. Sehen aus wie echt. Aber durch mein Vergrößerungsglas habe ich natürlich sofort gemerkt, dass sie falsch sind. Mit achtzehn Dollar haben Sie für dieses verdammte Zeug genau das Richtige bezahlt.«

Er zog seine Brieftasche hervor und hielt Ramsay eine Hundertdollarnote hin.

Ramsay steckte sie befriedigt ein:

»Das wird Sie vielleicht lehren, nicht immer so große Töne zu spucken, mein Freund«, sagte er.

Ich sah, dass Mr. Keladas Hand zitterte.

Der Vorfall machte die Runde auf dem Schiff, und Mr. Kelada musste sich an diesem Abend eine Menge Neckereien gefallen lassen. Die Freude über den Denkzettel, den Mister Allwissend abbekommen hatte, war allgemein.

Mrs. Ramsay litt an Kopfschmerzen und blieb in ihrer Kabine.

Als ich am folgenden Morgen vor dem Spiegel stand und mich rasierte – Mr. Kelada lag auf seinem Bett und rauchte eine Zigarette –, hörte ich ein leises Raschelgeräusch an der Tür. Ein Brief war durch den Spalt geschoben worden. Ich öffnete die Tür und schaute hinaus. Es war niemand zu sehen. Ich hob den Brief auf und überreichte ihn Mr. Kelada, dessen Name in Blockbuchstaben auf dem Umschlag stand.

»Für mich? Von wem?« Er riss den Brief auf. »Oh!«, machte er.

In dem Umschlag befand sich eine Hundertdollarnote. Sonst nichts. Mr. Kelada warf mir mit gerötetem Gesicht einen Blick zu, zerriss den Umschlag in kleine Stückchen und drückte sie mir in die Hand:

»Darf ich Sie bitten, das hier zur Luke hinauszuwerfen?«

Ich erfüllte seinen Wunsch und sah ihn dann mit einem Lächeln an.

»Niemand macht sich gern vor anderen Leuten zum Idioten«, sagte Mr. Kelada.

»Waren die Perlen echt?«, fragte ich.

»Nun, jedenfalls – wenn ich eine so hübsche kleine Frau hätte, würde ich sie nicht ein Jahr lang allein in New York lassen.«

In diesem Augenblick war mir Mr. Kelada nicht mehr so unsympathisch. Er holte seine Brieftasche hervor und legte die Hundertdollarnote sorgfältig hinein.

D. H. Lawrence

Zwei blaue Vögel

Es war einmal eine Frau, die liebte ihren Mann, aber sie konnte nicht mit ihm leben. Der Mann wiederum hing aufrichtig an seiner Frau, doch er konnte nicht mit ihr leben. Beide waren noch nicht vierzig, beide waren hübsch und anziehend. Sie hegten die aufrichtigste Achtung voreinander und glaubten sich seltsamerweise auf ewig verbunden. Sie kannten sich intimer, als sie sonst irgendjemanden kannten, und sie fühlten sich vom andern besser verstanden als von sonst irgendjemandem.

Und doch konnten sie nicht miteinander leben. Meistens wahrten sie einen Abstand von tausend Meilen – im geographischen Sinne. Doch wenn er in Englands Nebellandschaft saß, war er sich im Hintergrund seines Denkens stets mit einer gewissen grimmigen Treue seiner Frau bewusst, seiner Frau und ihrer seltsamen Begier, treu und anhänglich zu sein, und dabei hatte sie irgendwo im Süden, in der Sonne, ihre galanten Freunde. Und wenn sie auf der Terrasse über dem Meer saß, ihren Cocktail trank und ihre grauen, spöttischen Augen auf das kräftige, dunkle Gesicht ihres Verehrers richtete, den sie eigentlich sehr gern mochte, dann kreisten ihre Gedanken um die scharf geschnittenen Gesichtszüge ihres hübschen jungen Gatten, und wie er wohl gerade seine Sekretärin bat, etwas für ihn zu erledigen – es mit der gutgelaunten, zuversichtlichen Stimme eines Mannes erbat, der genau weiß, dass seine Bitte nur zu gern erfüllt wird.

Die Sekretärin betete ihn natürlich an. Sie war äußerst tüchtig und sehr jung, und sie sah recht gut aus. Sie betete ihn an. Doch das taten schließlich all seine Angestellten, besonders die weiblichen. Seine männlichen Bedienten beschwindelten ihn wahrscheinlich.

Wenn ein Mann eine Sekretärin hat, die ihn anbetet, und wenn man die Frau dieses Mannes ist – was soll man dann tun? Nicht etwa, dass es zwischen ihnen nicht ganz sauber zuginge, falls ihr wisst, was ich meine! Da war nichts, was man als Ehebruch bezeichnen konnte, um es beim rechten Namen zu nennen. Nein, nein! Sie waren einfach der junge Hausherr und seine Sekretärin. Er diktierte ihr, sie rackerte sich für ihn ab und betete ihn an, und alles ging reibungslos.

Er ›betete‹ sie nicht an. Ein Mann braucht seine

Sekretärin nicht anzubeten. Aber er verließ sich auf sie. »Auf Miss Wrexall kann ich eben bauen!« Und auf seine Frau konnte er niemals bauen. Bis er dann endlich begriffen hatte, dass es auch gar nicht in ihrer Absicht lag, man solle auf sie bauen.

Daher blieben sie Freunde – in jener grauenhaften, unausgesprochenen Vertrautheit ehemals miteinander verheiratet gewesener Menschen.

Für gewöhnlich gingen sie jedes Jahr zusammen in Urlaub, und wären sie nicht Mann und Frau gewesen, hätten sie viel Spaß und Anregung aneinander gefunden. Die Tatsache, dass sie verheiratet waren und während der letzten drei oder vier Jahre nicht miteinander hatten leben können, verdarb ihnen das Vergnügen am andern. Jeder nährte insgeheim bittere Gefühle über den Partner.

Immerhin waren beide furchtbar nett. Er war ein Muster an Großzügigkeit und empfand eine wirklich zärtliche Achtung vor ihr, einerlei, wie viele galante Freundschaften sie hatte. Ihre galanten Freundschaften waren einfach eine Seite ihrer modernen Lebensbedürfnisse. »Schließlich muss ich doch *leben*! Ich kann mich nicht innerhalb von fünf Minuten in eine Salzsäule verwandeln, nur weil du und ich nicht miteinander leben können! Eine Frau wie ich braucht Jahre, um sich in eine Salzsäule zu verwandeln! Wenigstens hoffe ich es!«

»Sehr richtig!«, erwiderte er. »Sehr richtig! Du musst sie unbedingt in Essig konservieren, mach nur Essiggurken daraus, ehe du anfängst, Kristalle anzusetzen! Das empfehle ich dir!«

So war er immer: so grässlich gescheit und rätselhaft! Die Idee mit den eingelegten Essiggurken konnte sie noch halbwegs begreifen, aber das Kristalle-Ansetzen – was mochte das bloß bedeuten?

Oder wollte er ihr damit zu verstehen geben, dass er selber wohlkonserviert war und dass für ihn ein weiteres Einlegen in Essig unterbleiben müsse, weil es nur sein Aroma verderben könnte? Hatte er etwa das gemeint? Und sie selber – wäre sie demnach die Salzlake und das Tränental?

Man wusste ja nie, wie falsch ein Mensch sein konnte, wenn er wirklich gescheit und unergründlich war, und daneben ein bisschen spitzbübisch. Er war so reizend spitzbübisch, wenn er den ausdrucksvollen, eitlen Mund mit der langen Oberlippe verzog, die all seine Eitelkeit verriet! Denn schließlich – ein hübscher junger Mann mit gut geschnittenem Schauspielergesicht – musste der nicht eitel werden? Die Frauen machten ihn ja so!

Ach, die Frauen! Wie nett wären die Männer, wenn es keine andern Frauen gäbe!

Und wie nett wären die Frauen, wenn es keine andern Männer gäbe! Das ist das Beste an einer

Sekretärin: Sie hat vielleicht einen Ehemann, aber ein Ehemann ist der reinste Niemand, verglichen mit dem Chef, dem Boss, dem Mann, der einem diktiert und dessen Worte man getreulich im Stenogramm aufnimmt und dann ins Reine schreibt. Stellt euch eine Ehefrau vor, die alles getreulich festhielte, was ihr Mann sagt! Dagegen eine Sekretärin! Jedes seiner *und* und *aber* bewahrt sie für alle Ewigkeit auf. Was sind – im Vergleich dazu – kandierte Veilchen?

Nun ist es aber so eine Sache, in der Sonne des Südens galante Freundschaften zu haben, wenn man weiß, dass irgendwo hoch oben im Norden in dem Haus, das man als sein Heim betrachten sollte, ein Gatte lebt, den man liebt und der einer Sekretärin diktiert, die man zu verächtlich findet, um sie zu hassen, die man jedoch immerhin verachtet, obwohl man zugibt, dass sie ihre guten Seiten hat. Eine galante Freundschaft nützt einem nicht viel, wenn man ein Staubkorn im Auge hat. Oder irgendwo in einem Herzwinkel.

Was kann man da tun? Der Gatte schickt seine Frau natürlich nicht fort.

»Du hast deine Arbeit und deine Sekretärin«, sagt sie. »Für mich ist kein Platz da!«

»Ein Wohnzimmer und ein Schlafzimmer sind ganz für dich allein da«, erwidert er. »Und ein Garten und ein halbes Auto! Aber tu ganz, was dir beliebt! Tu das, was dir am meisten Freude macht!«

»In dem Fall«, sagt sie, »geh ich über den Winter in den Süden!«

»Ja, tu das!«, erwidert er. »Du genießt es immer so.«

»Ja, ich genieße es immer«, wiederholt sie.

Sie trennten sich mit einer gewissen Unnachgiebigkeit, hinter der ein Anflug wehmütiger Sentimentalität steckte. Sie begab sich zu ihren galanten Freundschaften, die, wie das Ei des Pfarrers, nur teilweise schmackhaft waren. Und er klemmte sich hinter die Arbeit. Wie er sagte, hasste er es zu arbeiten, doch tat er nie etwas anderes. Zehn oder elf Stunden täglich. Das nennt man dann: sein eigener Herr sein!

Der Winter verging also, und der Frühling kam – der Frühling, wenn die Schwalben heimwärts ziehn, oder gen Norden, in unserm Fall. Dieser letzte Winter – einer in einer Reihe ähnlicher Winter – war ziemlich schwer zu überstehen gewesen. Das bisschen Staub im Auge der galanten Dame hatte sich tiefer eingefressen, je mehr sie zwinkerte. Sonnengebräunte Gesichter mögen noch so braun sein, und eisgekühlte Cocktails mögen Glanzlichter aufsetzen: Sie mochte nach Kräften zwinkern, um das kleine Staubkorn loszuwerden, aber umsonst! Unter den duftenden Perlchen der Mimosen dachte sie an ihren Gatten, der zu Hause in seiner Bibliothek saß, oder an seine ordentliche, tüchtige, aber so *gewöhnliche* Sekretärin, die unentwegt niederschrieb, was er sagte!

›Wie ein Mann so was nur *aushalten* kann? Wie *sie* so was aushalten kann, selbst wenn sie noch so gewöhnlich ist – das ist mir ein Rätsel!‹, klagte die Frau vor sich hin.

Sie meinte die ganze Diktiererei, das tägliche, zehn Stunden währende Beisammensein *à deux* – und nichts, das sie verband, nichts als ein Bleistift und ein Schwall von Worten. Was kann man da tun? Die Situation hatte sich verschlimmert, anstatt besser zu werden. Die kleine Sekretärin hatte ihre Mutter und ihre Schwester ins Haus geholt. Die Mutter war eine Art Haushälterin, die auch kochte, und die Schwester war eine Art Zimmermädchen: Sie besorgte die feine Wäsche, kümmerte sich um seine Anzüge und war der beste Diener. Es war wohl eine glänzende Lösung. Die alte Mutter war eine ausgezeichnete Köchin, die Schwester war alles, was man von einem Diener, einer Feinwäscherin, einem Zimmermädchen und einem Tischkellner erwarten konnte. Und bei alledem war es noch recht vorteilhaft. Sie kannten seine Verhältnisse in- und auswendig. Die Sekretärin eilte in die Stadt, wenn ein

Gläubiger gefährlich wurde, und *stets* konnte sie die finanzielle Krise überbrücken.

Natürlich hatte ›er‹ Schulden, und er arbeitete, um sie abzutragen. Und wenn er ein Märchenprinz gewesen wäre, der die Ameisen zu Hilfe rufen konnte, dann hätte er nicht größere Wunder verrichten können, als indem er sich diese Sekretärin und ihre Familie sicherte. Die Entschädigung, die sie erhielten, war nicht der Rede wert. Und sie schienen tagtäglich das Wunder der Speisung der Viertausend zu wiederholen.

›Sie‹ war natürlich die Frau, die ihren Gatten liebte, ihn jedoch in weitere Schulden stürzte, und sie war und blieb ein kostspieliger Posten. Doch wenn sie in ihrem ›Heim‹ erschien, empfing die Sekretärfamilie sie mit ausgesuchtester Ehrerbietung. Der von den Kreuzzügen heimkehrende Ritter konnte keine größere Geschäftigkeit verursachen. Sie kam sich wie die Königin Elizabeth in Kenilworth vor, eine Herrscherin, die ihre getreuen Untertanen mit einem Besuch beehrt. Aber vielleicht drohte schon von jeher das Haar in der Suppe: Ob sie sich nicht freuen, wenn sie mich wieder los sind? Doch sie widersprachen: Nein! Nein! Sie hatten gewartet und gehofft und gebetet, dass sie käme und die Verantwortung übernähme: sie, die Herrin, ›seine‹ Frau! Ah, ›seine‹ Frau!

›Seine‹ Frau. Sein Heiligenschein war ihr wie ein Kübel über den Kopf gestülpt. Die Köchin-Mutter stammte ›aus dem Volk‹, daher kam die Zimmermädchen-Tochter und erkundigte sich nach ihren Wünschen.

»Was wünschen Sie morgen zum Mittagessen und zum Abendbrot, Mrs. Gee?«

»Was haben Sie denn meistens?«

»Oh, wir möchten, dass *Sie* es bestimmen!«

»Aber was haben Sie denn *meistens*?«

»Ach, nichts Bestimmtes. Mutter geht und besorgt das Beste, was sie finden kann – alles, was frisch und gut ist. Ich dachte nur, Sie könnten ihr jetzt sagen, was sie besorgen soll!«

»Oh, das weiß ich nicht! Ich versteh mich nicht so darauf! Sagen Sie ihr nur, sie möchte einfach wie bisher weitermachen; ich bin überzeugt, dass sie's am besten versteht!«

»Vielleicht möchten Sie gern eine Süßspeise vorschlagen?«

»Nein, ich mache mir nichts aus Süßspeisen, und Mr. Gee auch nicht, wie Sie wohl wissen. Also keine Süßspeise für mich.«

Es war nicht zu glauben! Das Haus war blitzsauber, und alles lief wie am Schnürchen; wie konnte da eine unpraktische und verschwenderische Gattin es wagen, sich angesichts von soviel erstaunlicher und fast begeisterter Fürsorge noch einzumischen? Und dabei führten sie den ganzen Haushalt fast für umsonst! Einfach prachtvolle Menschen! Und wie sie ihr schmeichelten!

Doch dabei kam sie sich höchstens lächerlich vor.

»Findest du nicht, dass die Familie den Haushalt sehr gut führt?«, ließ er einen Versuchsballon steigen.

»Unglaublich gut! Beinahe phantastisch gut!«, antwortete sie. »Und du bist wohl restlos glücklich?«

»Ich fühle mich äußerst wohl dabei«, erwiderte er.

»Das sieht man dir an«, entgegnete sie. »Erstaunlich! Soviel Wohlbehagen ist mir ganz unheimlich! Bist du sicher, dass es dir nicht schadet?«

Sie warf einen verstohlenen Blick auf ihn. Er sah sehr gut und – auf seine romantische Art – unwahrscheinlich hübsch aus. Er war verblüffend gut angezogen und gepflegt. Und er hatte das elegante Auftreten und die glänzende Laune, die einem Mann so gut stehen und die sich nur dann einstellen, wenn er der Hahn im Korb ist und von seinen Hennen vergöttert wird.

»Ja«, sagte er, nahm die Pfeife aus dem Mund und warf ihr einen spitzbübischen Blick zu. »Seh ich etwa so aus, als schade es mir?«

»Nein, bestimmt nicht«, entgegnete sie sofort und dachte logischerweise – wie man es heutzutage von einer Frau erwartet – an seine Gesundheit und an seine Bequemlichkeit, die offenbar die Grundlage allen Glücks sind.

Doch dann wurde sie natürlich in die Gegenströmung hineingerissen:

»Aber für deine Arbeit ist es vielleicht nicht so gut wie für dich persönlich«, sagte sie mit betont zaghafter Stimme. Sie wusste, dass er es nicht ertragen konnte, wenn sie sich auch nur eine Sekunde lang über seine Arbeit lustig machte. Und er kannte diese betont zaghafte Stimme.

»Inwiefern?«, fragte er, und alle seine Stacheln sträubten sich.

»Oh, ich weiß nicht«, antwortete sie nachlässig. »Vielleicht ist es nicht gut für die Arbeit eines Mannes, wenn er es zu behaglich hat!«

»Das möchte ich sehr bezweifeln«, sagte er, stolzierte selbstbewusst durch die Bibliothek und sog an seiner Pfeife. »Wenn man in Betracht zieht, dass ich buchstäblich zwölf Stunden täglich arbeite und, selbst wenn ich mir einen kurzen Tag mache, noch zehn Stunden schaffe, dann kannst du wohl kaum behaupten, dass ich vor lauter Wohlbehagen verkomme!«

»Nein, eigentlich nicht«, gab sie zu.

Aber sie glaubte es doch. Seine Behaglichkeit bestand nicht so sehr in gutem Essen und einem weichen Bett als vielmehr darin, dass keiner, einfach gar keiner, ihm jemals widersprach. »Ich freue mich so in Gedanken, dass ihm jeder Ärger aus dem Weg geräumt wird«, hatte die Sekretärin zu seiner Frau gesagt.

Dass ihm jeder Ärger aus dem Weg geräumt wird! Was für eine Situation für einen Mann! Verhätschelt von Frauen, die darauf achten, dass ihm jeder Ärger aus dem Weg geräumt wird! Wenn überhaupt etwas seine gekränkte Eitelkeit ärger machen konnte, dann doch wohl das!

Seine Frau jedenfalls glaubte es. Aber was konnte man da tun? In der mitternächtigen Stille hörte sie in der Ferne seine diktierende Stimme, wie die Stimme Gottes, die an Samuel erging, eintönig und allein, und im Geist sah sie die kleine Sekretärin, die emsig an ihrem Stenogramm kritzelte. In den sonnigen Morgenstunden dann, wenn er noch im Bett lag – er stand nie vor dem Mittagessen auf –, ertönte aus einer andern Richtung das scharfe Insektengezirp der Schreibmaschine – einem riesigen Heupferdchen gleich, zirpend und scheppernd. Es war das arme Geschöpf, die Sekretärin, die sein Diktat ins Reine tippte.

Diese Sekretärin – sie war erst achtundzwanzig – schuftete sich wirklich ab, bis sie nur noch Haut und Knochen war. Sie war klein und gepflegt, aber sie war buchstäblich verbraucht. Sie leistete viel mehr Arbeit als er, denn sie musste nicht nur alle Worte aufnehmen, die er äußerte, sondern sie auch tippen und drei Durchschläge anfertigen, während er sich noch ausruhte.

›Was sie bloß davon hat‹, dachte die Gattin, ›kann ich mir einfach nicht vorstellen. Sie arbeitet sich halbtot, und für ein erbärmlich niedriges Gehalt, und er hat sie nie geküsst und wird's auch nie tun, wie ich ihn kenne – oder ich müsste mich sehr täuschen.‹

Ob es dadurch schlimmer oder besser wurde, dass er sie nie geküsst hatte (die Sekretärin nämlich), das machte sich die Gattin nicht klar. Er küsste nie jemanden. Ob sie (die Gattin nämlich) von ihm geküsst werden wollte – auch darüber war sie sich nicht im Klaren. ›Wohl lieber nicht‹, meinte sie.

Was, um Himmels willen, wollte sie denn dann? Sie war seine Gattin. Was, um Himmels willen, wollte sie von ihm?

Bestimmt wollte sie nicht Stenogramm aufnehmen und dann all seine Worte tippen. Und sie wollte eigentlich auch nicht, dass er sie küsste; sie kannte ihn zu gut. Ja, sie kannte ihn zu gut. Wenn man einen Menschen zu gut kennt, möchte man sich nicht von ihm küssen lassen.

Was also dann? Was wollte sie? Warum hatte sie seinetwegen einen so unerhörten Katzenjammer? Nur weil sie seine Frau war? Warum ›genoss‹ sie (und sie war, was Genuss betraf, sehr kritisch) das Zusammensein mit andern Männern, ohne sie je ernst zu nehmen? Und warum musste sie *ihn* so verdammt ernst nehmen, obwohl sie das Zusammensein mit ihm doch nie richtig ›genoss‹?

Natürlich hatte sie es früher mal *nett* mit ihm gehabt – früher, bevor – ach, bevor sich tausenderlei Kleinigkeiten ereigneten, die im Grunde belanglos waren. Und jetzt genoss sie ihn nicht mehr. Sie genoss es nicht einmal, mit ihm zusammenzusein. Eine ewige, unausgesprochene Spannung bestand zwischen ihnen, die nie nachließ, selbst wenn sie tausend Meilen voneinander getrennt waren.

Scheußlich! So was nannte man Verheiratetsein! Was konnte man nur tun? Lächerlich, so gut im Bilde zu sein und gar nichts unternehmen zu können!

Wieder einmal kehrte sie zurück, wieder einmal war sie in ihrem eigenen Haus eine Art Supergast – sogar für ihn. Und die Sekretärsfamilie opferte sich für ihn auf.

Sie opferten sich für ihn auf! Buchstäblich! Drei

Frauen opferten ihm Tag und Nacht ihr ganzes Leben. Und was erhielten sie dafür als Entgelt? Keinen einzigen Kuss! Sehr wenig Geld, denn seine Schulden waren ihnen ja bekannt, und sie hatten es sich zur Lebensaufgabe gemacht, sie abzutragen. Keine Hoffnungen! Täglich zwölf Stunden Arbeit! Isolierung von der Umwelt, denn er empfing keinen Menschen.

Und außerdem? Nichts! Vielleicht ein erhebendes Gefühl der Wichtigkeit, wenn sie manchmal seinen Namen und sein Bild in einer Zeitung sahen. Aber konnte man sich vorstellen, dass ihnen so etwas genügte?

Und doch genossen sie es. Sie schienen eine tiefe Genugtuung daraus zu ziehen – wie etwa Leute mit einer geheimen Mission. Unerhört!

Aber gut – mochten sie nur! Es waren natürlich ziemlich einfache Leute aus dem Volk – vielleicht waren sie von solchem Glanz betört?

Doch ihm schadete es. Daran war nicht zu zweifeln. Er wurde weitschweifig in seinen Ausführungen und verlor an Qualität, was kein Wunder war. Sein ganzer Stil wurde platter, gewöhnlicher … Natürlich schadete es ihm!

Da sie seine Gattin war, fand sie, dass sie etwas tun müsse, um ihn zu retten. Aber wie konnte sie das tun? Wie konnte sie auf die so durch und durch ergebene, wunderbare Sekretärsfamilie einen Vorstoß unternehmen? Und doch hätte sie gar zu gern alle zum Teufel gejagt! Natürlich schadeten sie ihm; sie ruinierten sein Werk, seinen Ruf als Schriftsteller, sein Leben. Sie ruinierten ihn mit ihren sklavenhaften Diensten.

Natürlich sollte sie einen Sturmangriff gegen sie unternehmen. Aber wie konnte sie? Angesichts von so viel Aufopferung! Und was hatte sie an deren statt zu bieten? Bestimmt keine sklavenhafte Aufopferung – weder ihm noch seinem Wortschwall gegenüber! Bestimmt nicht!

Sie malte sich's aus – er entblößt, seiner Sekretärin und seiner Sekretärsfamilie beraubt – und schauderte. Das hieße ja, ein nacktes Baby in eine Mülltonne werfen! So was tat man nicht!

Und doch musste etwas getan werden! Sie spürte es. Es juckte sie, noch weitere tausend Pfund Schulden zu machen und wie bisher die Rechnung zu schicken – oder sie ihm schicken zu lassen. Aber nein! Es musste drastischer sein!

Drastischer – oder vielleicht sanfter. Sie schwankte zwischen dem einen und dem andern. Und weil sie schwankte, tat sie zunächst gar nichts, kam zu keinem Entschluss, trödelte müßig von Tag zu Tag und wartete auf genügend Energie, um wieder Abschied zu nehmen.

Es war Frühling. Wie dumm sie gewesen war, im Frühling herzukommen! Und sie war vierzig! Was für ein Kamel war sie doch, schon vierzig zu werden!

An einem Nachmittag ging sie durch den Garten, als die Vögel laut in ihrem Laubversteck zwitscherten und der Himmel schwer und warm war und sie nichts zu tun hatte. Der Garten war voller Blumen. Er liebte sie, weil sie sich so romantisch zur Schau stellten: Flieder und Schneeball und Goldregen und Rotdorn, Tulpen und Anemonen und rosige Gänseblümchen. Eine Fülle von Blumen. Ganze Beete voller Vergissmeinnicht. Blauäuglein. Was für verrückte Namen manche Blumen hatten! Sie hatte sie einfach blaue Knöpfe und gelbe Kleckse und weiße Rüschen genannt. Bitte ein bisschen weniger sentimental, ja?

Der Frühling hatte immer etwas Albernes an sich, all das Zurschaustellen, all das Gepränge mit seinen sprießenden Blättern und Ballettröckchen-Blumen – es sei denn, man hätte etwas Entsprechendes im eigenen Herzen. Hatte sie aber nicht.

Ach du liebe Güte! Hinter der Hecke hörte sie eine Stimme, eine gleichmäßige, ziemlich theatralische Stimme. Ach du liebe Güte! Er diktierte seiner Sekretärin im Garten! Lieber Himmel, war man denn nirgends davor sicher?

Sie blickte sich um: Es gab allerdings noch viele Zufluchtswinkel. Aber was nützte es, dorthin zu flüchten? Er würde ewig so weitermachen. Sie trat leise an die Hecke und hörte zu.

Er diktierte einen Artikel über den modernen Roman – für eine Zeitschrift. »Was dem modernen Roman fehlt, ist Architektonik.« Lieber Himmel: Architektonik! Ebensogut könnte er sagen: Was dem modernen Roman fehlt, ist Fischbein – oder ein Teelöffel – oder ein plombierter Zahn.

Doch die Sekretärin nahm alles auf, nahm alles auf, nahm alles auf. Nein, das durfte nicht so weitergehen! Es war mehr, als Fleisch und Blut ertragen konnten!

Sie ging leise die Hecke entlang. Es lag etwas Wölfisches in der Art, wie sie sich näher schlich, die breite, kräftige Frau in dem teuren senfgelben Seidenpullover und dem sahneweißen Faltenrock. Ihre Beine waren lang und schön, und ihre Schuhe waren kostbar.

Mit einer merkwürdig wölfischen Heimlichkeit ging sie um die Ecke herum und blickte auf den schmalen, schattigen Rasen, wo sich die Gänseblümchen in unverschämter Fülle breitmachten. Unter der rotblühenden Rosskastanie saß ›er‹: halb zurückgelehnt in einem bunten Liegestuhl, in weißen Wollstoff gekleidet, dazu trug er ein feines gelbes Leinenhemd. Seine elegante Hand hing lose über die Armlehne und schlug gewissermaßen den Takt zu seinen Worten. An einem kleinen grünen Korbtisch neigte die kleine Sekretärin in einem grünen Jerseykleid den dunklen Kopf über ihren Stenoblock und schrieb fleißig all die abscheulichen Kurzschriftkrakel hin. Es war nicht schwierig, seinem Diktat zu folgen, denn er sprach langsam und wahrte eine Art Rhythmus, zu dem die herunterbaumelnde Hand den Takt schlug.

»Jeder Roman muss einen klar herausgestellten Helden haben, womit wir sympathisieren – mit dem wir sympathisieren – selbst wenn wir erkennen – auch wenn wir uns seiner menschlichen Schwächen durchaus bewusst sind…«

›Jeder sein eigener Held‹, dachte die Gattin ergrimmt und vergaß dabei ganz, wie sehr jede Frau ihre eigene Heldin ist.

Aber was sie dann erschreckte, war ein blauer Vogel, der dicht vor den Füßen der konzentriert ihr Stenogramm kritzelnden kleinen Sekretärin herumhüpfte. Es war zwar bloß eine Blaumeise, blau mit Grau und ein wenig Gelb. Doch der Gattin kam sie im saftstrotzenden Frühling und an diesem schimmernden Nachmittag rein blau vor. Der blaue Vogel umflatterte die netten, aber ziemlich *gewöhnlichen* Füße der kleinen Sekretärin.

›Der blaue Vogel! Der blaue Glücksvogel! Oh, ich habe Glück, ich habe Glück‹, dachte die Gattin.

Und da sie Glück hatte, erschien noch ein zweiter blauer Vogel, das heißt noch eine Blaumeise, und begann sich mit der ersten Blaumeise zu streiten. Ein Paar blaue Glücksvögel, die sich stritten! ›Oh, ich habe wirklich Glück!‹

Sie stand nicht gerade in der Blickrichtung des in die Arbeit versunkenen Menschenpaars. Doch ›ihn‹ störten die kämpfenden blauen Vögel, deren kleine Federn herumzustieben begannen.

»Geht weg!«, sagte er milde und verscheuchte sie mit seinem dunkelgelben Taschentuch. »Tragt euren kleinen Streit anderswo aus, ihr lieben kleinen Kampfhähne, und bringt eure Privatangelegenheiten nicht gerade hier in Ordnung!«

Die kleine Sekretärin blickte rasch auf, denn sie hatte schon angefangen, es niederzuschreiben. Er bedachte sie mit seinem schiefen, kapriziösen Lächeln.

»Nein, das müssen Sie nicht schreiben«, sagte er freundlich. »Haben Sie die beiden Meisen gesehen, wie sie aufeinander losgingen?«

»Nein«, antwortete die kleine Sekretärin und blickte sich strahlend um – mit Augen, die von der Arbeit noch halb blind waren.

Was sie jedoch sah, war die eigenartige, kraftvolle, elegante Wolfsgestalt der Gattin, und ihre Augen weiteten sich entsetzt.

»Aber *ich* hab sie gesehen!«, sagte die Gattin und trat mit den schön geformten, seltsam wölfischen Beinen näher, die unter dem sehr kurzen Rock hervorschauten.

»Sind es nicht erstaunlich boshafte kleine Biester?«, sagte er.

»Ja, erstaunlich«, wiederholte sie, bückte sich und hob eine kleine Brustfeder auf. »Erstaunlich! Da sieh, wie die Federn fliegen!«

Und sie nahm die Feder zwischen die Fingerspitzen und betrachtete sie. Dann blickte sie die Sekretärin an, und dann blickte sie ihn an. Zwischen ihren Augenbrauen stand ein sonderbarer, werwolfartiger Ausdruck.

»Ich finde«, begann er jetzt, »das sind die herrlichsten Nachmittage, wenn kein direktes Sonnenlicht da ist, jedoch alle Töne und Farben und Gerüche in der Luft verschmelzen, verstehst du, wenn die ganze Geschichte vom Frühling durchtränkt ist. Dann ist's, als wäre man innen drin, du weißt wohl, wie ich's meine, wie innen im Ei, und bereit, die Schale aufzupicken.«

»Ja, genau so«, pflichtete sie ihm bei, ohne davon überzeugt zu sein.

Eine kleine Pause entstand. Die Sekretärin sagte

nichts. Sie warteten darauf, dass die Gattin wieder ginge.

»Vermutlich bist du furchtbar beschäftigt«, sagte sie, »wie meistens?«

»So ungefähr«, erwiderte er und verzog abweisend den Mund.

Wieder eine leere Pause, in der er nur darauf wartete, dass sie ginge.

»Ich weiß, dass ich dich gestört habe«, sagte sie.

»Eigentlich«, erwiderte er, »hatte ich gerade die beiden Blaumeisen beobachtet.«

»Zwei kleine Teufelchen!«, sagte die Frau und blies die gelbe Feder von ihrer Fingerspitze fort.

»Richtig!«, sagte er.

»Aber dann will ich lieber gehen, damit du mit deiner Arbeit vorankommst«, meinte sie.

»Es eilt nicht«, entgegnete er mit wohlwollend nachlässigem Tonfall. »Ich glaube eigentlich nicht, dass es sehr fördernd ist, im Freien zu arbeiten.«

»Warum hast du's denn getan?«, fragte die Gattin. »Du weißt doch, dass du's nie konntest!«

»Miss Wrexall schlug es vor, weil sie meinte, es könnte anregend sein. Aber ich glaube nicht, dass es irgendwie förderlich ist, nicht wahr, Miss Wrexall?«

»Es tut mir sehr leid!«, flüsterte die kleine Sekretärin.

»Warum soll es *Ihnen* leid tun?«, fragte die Gattin und blickte beinah gütig auf sie herab, wie etwa ein Wolf auf einen kleinen schwarzbraunen Straßenköter. »Sie haben es sicher nur zu seinem Besten vorgeschlagen.«

»Ich dachte, die frische Luft könnte ihm guttun«, gab die kleine Sekretärin zu.

»Warum denken Menschen wie Sie niemals an sich selber?«, fragte die Gattin.

Die Sekretärin blickte sie scharf an.

»Das tun wir, glaube ich, doch – wenn auch auf andere Art«, erwiderte sie.

»Auf *sehr* andere Art!«, bemerkte die Gattin ironisch. »Warum bringen Sie ihn nicht dahin, dass er an *Sie* denkt?«, fuhr sie langsam und mit schleppender Stimme fort. »An einem so milden Frühlingsnachmittag sollten Sie ihn dahin bringen, Ihnen an Sie gerichtete Gedichte zu diktieren, die von den blauen Glücksvögeln handeln, wie sie Ihre zierlichen kleinen Füßchen umflattern! Ich würde das bestimmt tun, wenn ich seine Sekretärin wäre.«

Eine drückende Pause folgte. Die Gattin stand unbeweglich wie eine Statue in einer Haltung da, die bezeichnend für sie war: Halb hatte sie sich der kleinen Sekretärin zugewandt, halb kehrte sie ihr den Rücken. So machte sie es immer: kehrte allem ein wenig den Rücken. Die Sekretärin blickte ihn an.

»Ich schrieb nämlich gerade einen Aufsatz über die Zukunft des Romans«, sagte er.

»Ich weiß, ich weiß!«, sagte die Gattin. »Das macht es ja so schlimm! Warum nicht etwas Lebendiges aus dem Leben eines Romanschriftstellers?«

Diesmal entstand ein längeres Schweigen, während sich ein leidender und irgendwie abwesender, statuenhafter Ausdruck bei ihm zeigte. Die kleine Sekretärin ließ den Kopf hängen. Die Gattin schlenderte gemächlich von dannen.

»Wo waren wir stehengeblieben, Miss Wrexall?«, ließ sich seine Stimme vernehmen.

Die kleine Sekretärin zuckte zusammen. Sie war zutiefst empört! Ihre wunderschöne Beziehung – die zwischen ihm und ihr – so zu verderben!

Doch bald lavierte sie auf dem Gefälle seiner Worte wieder stromabwärts und war zu emsig bei der Sache, um irgendwelche Gefühle zu haben, ausgenommen das einer großen Emsigkeit.

Die Teestunde war da; ihre Schwester trug das Teebrett in den Garten hinaus. Und sofort erschien auch die Gattin. Sie hatte sich umgezogen und trug jetzt ein Kleid aus zichorienblauem, feinem Tuch. Die kleine Sekretärin raffte ihre Papiere zusammen und wollte auf ihren ziemlich hochhackigen Schuhen davonstöckeln.

»Gehen Sie nicht, Miss Wrexall!«, sagte die Gattin. Die kleine Sekretärin blieb augenblicklich stehen und zauderte dann. »Meine Mutter erwartet mich«, wandte sie ein.

»Erklären Sie ihr, Sie kämen nicht. Und bitten Sie Ihre Schwester, noch eine Tasse Tee zu bringen. Ich möchte, dass Sie mit uns Tee trinken.«

Miss Wrexall warf einen Blick auf den Mann, der sich im Liegestuhl auf den einen Ellbogen stützte und eine rätselhafte Hamlet-Miene aufgesetzt hatte.

Er warf ihr einen raschen Blick zu und verzog dann, gleichgültig wie ein Knabe, seinen Mund.

»Ja, bleiben Sie doch einmal, um mit uns Tee zu trinken«, sagte er. »Ich sehe Erdbeeren und weiß, dass Sie gern davon picken würden!«

Sie blickte ihn an, lächelte gezwungen und eilte dann fort, um ihrer Mutter Bescheid zu geben. Sie blieb sogar lange genug weg, um sich ein anderes Kleid überzuwerfen.

»Oh, wie elegant Sie sind!«, rief die Frau, als die kleine Sekretärin in ihrer zichorienblauen Seide auf dem Rasen erschien.

»Ach, es lohnt sich nicht, mein Kleid anzusehen – neben Ihrem!«, entgegnete Miss Wrexall. Die beiden Kleider waren tatsächlich derselben Farbe.

»Wenigstens haben Sie sich Ihres verdient, und

das ist mehr, als ich von meinem behaupten kann«, sagte die Gattin, während sie den Tee eingoss. »Trinken Sie ihn stark?«

Sie blickte aus ihren schweren Augen auf das kleine, überarbeitete junge Ding, ein blaugekleidetes Vögelchen, und ihre Augen sprachen Bände – so dunkel und rätselhaft blickten sie.

»Ach, danke, einfach, wie es kommt!«, antwortete Miss Wrexall und beugte sich nervös vor.

»Er ist sehr stark – falls Sie Ihre Gesundheit ruinieren wollen?«

»Oh, dann möchte ich ihn mit etwas Wasser.«

»Finde ich auch.«

Während sie Tee tranken und die beiden Frauen gegenseitig ihre blauen Kleider betrachteten, fragte die Gattin: »Wie ging's mit der Arbeit – gut?«

»Ach«, erwiderte er, »nicht besser, als zu erwarten war! Nichts als Geschwafel! Aber gerade das wollen sie haben. Ein furchtbarer Blödsinn, nicht wahr, Miss Wrexall?«

Miss Wrexall rückte unbehaglich auf ihrem Stuhl hin und her. »Es hat mich interessiert«, sagte sie, »wenn auch nicht so sehr wie der Roman.«

»Der Roman? Welcher Roman?«, fragte die Gattin. »Ein neuer?« Miss Wrexall blickte ihn an. Nicht um die Welt würde sie etwas aus seinem dichterischen Schaffen verraten.

»Ach, ich hatte Miss Wrexall nur erst den Gedankengang skizziert«, erklärte er.

»Erzähl mal!«, rief die Gattin. »Miss Wrexall, erzählen Sie uns mal, um was es geht!« Sie drehte sich auf ihrem Stuhl ein wenig um und fixierte die kleine Sekretärin.

Miss Wrexall wand sich verlegen: »Oh, ich hab's leider nicht sehr gut begriffen!«

»Ach was, nur zu! Dann erzählen Sie uns eben das, was Sie begriffen haben.«

Miss Wrexall saß stumm und verärgert da. Sie spürte, dass ihr eine Falle gestellt wurde. Sie blickte auf die blauen Falten ihres Rockes.

»Ich fürchte, ich kann es nicht«, erklärte sie.

»Warum befürchten Sie es denn? Sie sind so *überaus* tüchtig. Bestimmt können Sie alles nur so aus dem Ärmel schütteln. Ich vermute sogar, dass Sie einen großen Teil von Mr. Gees Büchern für ihn schreiben! Er skizziert die Umrisse, und Sie füllen alles aus. So haben Sie es doch gemacht, nicht wahr?« Sie sprach lustig und als wollte sie ein Kind necken. Und dann blickte sie auf die feinen Falten in ihrem eigenen blauen Kleid, das so vornehm und so kostbar war.

»Sie können unmöglich im Ernst sprechen!«, entgegnete Miss Wrexall nun ganz erbittert.

»Doch, natürlich. Ich habe es längst vermutet,

das heißt seit einiger Zeit schon, dass Sie einen großen Teil von Mr. Gees Büchern für ihn schreiben – seinen Anweisungen folgend!« Es wurde in spöttischem Ton geäußert, doch die Worte waren brutal.

»Ich würde mich sehr geschmeichelt fühlen«, entgegnete Miss Wrexall und richtete sich auf, »wenn ich nicht wüsste, dass Sie mich nur demütigen wollen.«

»Sie demütigen? Aber nein, mein liebes Kind – nichts könnte mir ferner liegen! Sie sind doppelt so gescheit wie ich und millionenmal klüger! Nein, mein liebes Kind, ich hege die größte Bewunderung für Sie! Ich möchte nicht tun, was Sie tun – nicht für alle Schätze Arabiens! Ich könnt's auch gar nicht…«

Miss Wrexall verkapselte sich und schwieg.

»Willst du etwa sagen, meine Bücher läsen sich, als hätte…«, begann er mit zermarterter Stimme und richtete sich auf.

»Ja, sicher«, erwiderte die Gattin. »*Genau so* sind sie, als hätte Miss Wrexall sie nach deinen Anweisungen geschrieben! Ich habe es *allen Ernstes* geglaubt, dass sie es tut – vielleicht, wenn du zu beschäftigt bist…«

»Wie gescheit von dir«, sagte er.

»Sehr«, erwiderte sie. »Besonders, falls ich mich getäuscht habe!«

»Das hast du!«, sagte er.

»Wie äußerst seltsam!«, rief sie. »Dann hätte ich mich also wieder einmal getäuscht!«

Eine völlige Stille trat ein.

Sie wurde von Miss Wrexall unterbrochen, die nervös an ihren Fingern zupfte. »Sie wollen verderben, was zwischen mir und ihm ist, das ist mir ganz klar«, sagte sie bitter.

»Aber liebes Kind, was *ist* denn zwischen Ihnen und ihm?«, fragte die Gattin.

»Ich war *glücklich*, mit ihm zu arbeiten und für ihn zu arbeiten! Ich war *glücklich*, für ihn zu arbeiten!«, rief Miss Wrexall, und vor Kummer und zorniger Empörung stiegen ihr die Tränen in die Augen.

»Mein liebes Kind!«, rief die Gattin mit geheuchelter Begeisterung. »Sie müssen weiterhin glücklich sein, für ihn zu arbeiten, Sie müssen glücklich sein, solange Sie's können! Wenn es Sie glücklich macht – oh, dann genießen Sie es! Natürlich! Glauben Sie, ich wäre so grausam und wollte es Ihnen nehmen? Dass Sie mit ihm arbeiten? Ich kann weder stenographieren noch tippen noch doppelte Buchführung oder wie man das nennt. Ich versichere Ihnen, dass ich durch und durch unfähig bin. Ich habe noch nie Geld verdient. Ich bin der Schmarotzer auf der britischen Eiche – wie die

Mistel. Der blaue Glücksvogel flattert nicht um *meine* Füße. Wahrscheinlich sind es zu große Treter.«

Sie blickte auf ihre teuren Schuhe. »Wenn ich überhaupt ein kritisches Wort zu äußern hätte«, sagte sie und wandte sich an ihren Mann, »dann beträfe es dich, Cameron, weil du soviel von ihr entgegennimmst und ihr nichts gibst!«

»Aber er gibt mir alles, alles!«, rief Miss Wrexall. »Er gibt mir alles!«

»Was meinen Sie mit ›alles‹?«, fragte die Gattin und blickte sie streng an.

Miss Wrexall zügelte sich sofort. Irgendetwas peitschte durch die Luft, und die Stromrichtung wechselte.

»Ich meine damit nichts, um das *Sie* mich beneiden müssten!«, erklärte die kleine Sekretärin ziemlich hochmütig. »Ich habe mich noch nie billig gemacht!«

Ein verblüfftes Schweigen folgte.

»Mein Gott!«, rief die Gattin dann. »Wenn Sie das nicht billig nennen? Ich muss wirklich feststellen, dass Sie überhaupt nichts von ihm bekommen, sondern nur immer geben! Und wenn Sie das nicht ›Sich-billig-Machen‹ nennen – mein Gott!«

»Wir sehen eben die Dinge von ganz verschiedenen Standpunkten aus«, erklärte die Sekretärin.

»Allerdings tun wir das – Gott sei Dank!«, sagte die Gattin.

»Wem zuliebe dankst du Gott?«, fragte er sarkastisch.

»Jedermann zuliebe, scheint mir! Deinetwegen, weil du alles ohne Gegenleistung erhältst, und Miss Wrexalls wegen, weil ihr das ja offenbar gefällt, und meinetwegen, weil ich mir das alles als ein Außenseiter ansehen kann!«

»Sie *brauchten* kein Außenseiter zu sein«, rief Miss Wrexall großmütig, »wenn Sie sich nicht selber zum Außenseiter gemacht hätten!«

»Besten Dank, mein liebes Kind, für Ihr Entgegenkommen«, sagte die Gattin und erhob sich, »aber ich fürchte, kein Mann kann erwarten, dass zwei blaue Glücksvögel um seine Füße flattern und sich gegenseitig die kleinen Federn ausreißen!«

Und damit ging sie weg.

Nach einer verkrampften und verzweifelten Stille rief Miss Wrexall:

»Auf mich braucht doch wirklich keine Frau eifersüchtig zu sein?«

»Stimmt!«, sagte er.

Und das war alles, was er sagte.

F. Scott Fitzgerald

Drei Stunden zwischen zwei Flügen

Er musste es einfach auf gut Glück versuchen – Donald, gesund und gelangweilt, hatte das befriedigende Gefühl, eine lästige Pflicht erfüllt zu haben, und war entsprechend in Stimmung. Jetzt würde er sich belohnen. Vielleicht.

Nach der Landung trat er in die Sommernacht des Mittelwestens hinaus und steuerte den einsamen ländlichen Flughafen an, der wie ein altes rotes Bahnhofsgebäude aussah. Er wusste nicht, ob sie noch lebte, ob sie noch in dieser Stadt wohnte oder wie sie jetzt hieß. Mit wachsender Erregung suchte er im Telefonbuch nach ihrem Vater, der womöglich inzwischen auch gestorben war, es war schließlich zwanzig Jahre her. – Nein. Richter Harmon Holmes – Hillside 3194.

Eine belustigte Frauenstimme beantwortete seine Frage nach Miss Nancy Holmes.

»Nancy ist jetzt Mrs. Walter Gifford. Wer spricht denn da?«

Aber Donald legte auf, ohne zu antworten. Er

hatte erfahren, was er hatte wissen wollen, und er hatte nur drei Stunden zur Verfügung. An einen Walter Gifford konnte er sich nicht erinnern, und einen Augenblick war noch einmal alles in der Schwebe, als er erneut das Telefonbuch durchsuchte. Möglich, dass sie nach der Heirat weggezogen war.

Nein. Walter Gifford – Hillside 1191. Das Blut kehrte in seine Fingerspitzen zurück.

»Hallo?«

»Hallo. Ist Mrs. Gifford da? Hier spricht ein alter Freund von ihr.«

»Hier ist Mrs. Gifford.«

Da war der seltsame Zauber in der Stimme, an den er sich erinnerte oder zu erinnern meinte.

»Hier Donald Plant. Ich hab dich zuletzt gesehen, als ich zwölf war.«

»Oh-h-h-h.« Das klang äußerst überrascht und sehr höflich, aber er konnte darin weder Freude ausmachen noch erkennen, ob sie ihn überhaupt noch einzuordnen wusste.

»... Donald«, fügte die Stimme an. Diesmal schwang mehr darin als mühsames Erinnern.

»Seit wann bist du zurück?« Und ausgesprochen herzlich: »Wo bist du überhaupt?«

»Am Flughafen. Nur für ein paar Stunden.«

»Dann komm doch bei mir vorbei.«

»Wenn du nicht gerade ins Bett gehen wolltest?«

»Du lieber Himmel, nein!«, beteuerte sie. »Ich sitze hier allein vor einem Highball. Sag dem Taxifahrer …«

Auf der Fahrt ging Donald das Gespräch noch mal durch. Sein »am Flughafen« signalisierte, dass er seine Position im oberen Mittelstand hatte halten können. Dass Nancy allein war, konnte bedeuten, dass sie eine unattraktive Frau ohne Freunde und Bekannte geworden war. Ihr Mann war möglicherweise entweder außer Haus oder im Bett. Und weil sie in seinen Träumen immer noch zehn Jahre alt war, schockierte ihn der Highball. Aber er besann sich mit einem Lächeln: Sie war fast dreißig.

Am Ende einer geschwungenen Auffahrt sah er eine dunkelhaarige kleine Schönheit – ein Glas in der Hand – im Licht stehen, das durch die geöffnete Haustür fiel. Leicht verunsichert, da er sie nun leibhaftig vor sich sah, stieg Donald aus und fragte: »Mrs. Gifford?«

Sie schaltete die Verandabeleuchtung ein und sah ihn unentschlossen mit großen Augen an. Ein Lächeln durchbrach die Ratlosigkeit.

»Donald … du bist das … wir haben uns alle so verändert. Also das ist wirklich erstaunlich.«

Als sie das Haus betraten, redeten beide davon, »wie doch die Zeit vergeht …«, und Donald hatte plötzlich ein flaues Gefühl im Magen. Ein Grund dafür war das Bild von ihrer letzten Begegnung, das ihm vor Augen stand – als sie auf einem Fahrrad an ihm vorbeigefahren war und ihn wie Luft behandelt hatte –, andererseits befürchtete er, sie könnten sich nichts zu sagen haben. Es war wie bei einem Klassentreffen, dort aber wurde die Unmöglichkeit, die Vergangenheit wiederzufinden, durch Hast und Ausgelassenheit überdeckt. Erschrocken begriff er, dass er womöglich eine lange, leere Stunde vor sich hatte. Mit dem Mut der Verzweiflung stürzte er sich hinein.

»Hübsch warst du schon immer. Aber dass du so eine Schönheit geworden bist, wirft mich fast um.«

Es funktionierte. Durch die prompte Anerkennung ihrer veränderten Umstände und das gewagte Kompliment waren aus verlegenen Jugendfreunden interessante Fremde geworden.

»Einen Highball?«, fragte sie. »Nein? Bitte denk nicht, dass ich zur heimlichen Trinkerin geworden bin, ich war heute abend nur ein bisschen down. Eigentlich hatte ich meinen Mann erwartet, aber er hat telegraphiert, dass er erst in zwei Tagen kommt. Er ist sehr nett, Donald, und sieht gut aus. Ähnlich wie du, auch die Haarfarbe.« Sie zögerte. »... und ich glaube, es gibt da jemanden in New York, aber ich weiß es nicht.«

»Wenn ich dich so sehe, halte ich das für unwahrscheinlich«, beteuerte er. »Ich war sechs Jahre verheiratet, und eine Weile habe ich mich so gequält wie du. Eines Tages habe ich dann die Eifersucht für immer aus meinem Leben verbannt. Nach dem Tod meiner Frau war ich sehr froh darüber. Dadurch blieb eine sehr erfüllte Erinnerung, da gab es nichts, was getrübt oder verpatzt war, nichts, woran man ungern zurückgedacht hätte.«

Sie betrachtete ihn aufmerksam und mit zunehmender Anteilnahme.

»Es tut mir sehr leid«, sagte sie, und nach einer angemessenen Pause: »Du hast dich sehr verändert. Dreh mal den Kopf. Ich weiß noch, dass Vater sagte: ›Der Junge hat Hirn.‹«

»Da hast du vermutlich widersprochen.«

»Es hat mir imponiert. Bis dahin hatte ich gedacht, dass jeder Mensch ein Hirn hat. Deshalb ist es mir in Erinnerung geblieben.«

»Was ist dir noch in Erinnerung geblieben?«, fragte er lächelnd.

Nancy stand unvermittelt auf und tat ein paar rasche Schritte von ihm weg.

»Das ist nicht fair«, sagte sie vorwurfsvoll. »Das klingt, als ob ich ein schlimmes Mädchen gewesen wäre.«

»Warst du nicht«, widersprach er entschieden. »Und jetzt würde ich doch gern was trinken.«

Während sie, immer noch mit abgewandtem Gesicht, den Drink einschenkte, fuhr er fort:

»Bildest du dir ein, dass du das einzige kleine Mädchen warst, das je einen Kuss bekommen hat?«

»Du kommst wohl von dem Thema nicht los.« Dann schmolz der momentane Ärger dahin, und sie sagte: »Ach, was soll's! Wir haben wirklich Spaß gehabt. Wie in dem Song.«

»Beim Schlittenfahren.«

»Genau. Und bei dem Picknick von ... ja, von Trudy James. Und in Frontenac, in jenem – jedem Sommer damals.« An die Schlittenfahrt erinnerte er sich am deutlichsten – wie er im Stroh, in einer Ecke, ihre kühlen Wangen geküsst hatte, während sie lachend zu den kalten weißen Sternen hochgesehen hatte. Das Pärchen neben ihnen hatte ihnen den Rücken zugewandt, und er hatte ihren kleinen Hals und ihre Ohren geküsst, aber nicht die Lippen.

»Und bei der Party von den Macks, als sie Post gespielt haben und ich nicht hingehen konnte, weil ich Mumps hatte«, sagte er.

»Das weiß ich nicht mehr.«

»Du warst aber da. Und du bist geküsst worden, und ich war so rasend eifersüchtig, wie ich es seitdem nie mehr gewesen bin.«

»Komisch, dass ich das nicht mehr weiß. Vielleicht wollte ich es vergessen.«

»Aber warum?«, fragte er belustigt. »Wir waren doch zwei unschuldige Kinder. Wenn ich mit meiner Frau über die Vergangenheit sprach, habe ich ihr immer gesagt, dass ich dich fast sosehr geliebt habe wie sie. Aber ich glaube, ich habe dich genausosehr geliebt. Als wir wegzogen, hab ich dich wie eine Kanonenkugel im Bauch gehabt.«

»Warst du so… aufgewühlt?«

»Mein Gott, natürlich…« Er merkte plötzlich, dass kaum ein halber Meter sie trennte, dass er redete, als liebte er sie jetzt, dass sie ihn mit halbgeöffneten Lippen und verschleiertem Blick betrachtete.

»Sprich weiter«, sagte sie. »Ich muss gestehen, dass ich das gern höre. Dass dich das so mitgenommen hat, wusste ich nicht. Ich dachte immer, dass nur ich darunter gelitten hätte.«

»Du!«, stieß er hervor. »Weißt du nicht, wie du mich im Drugstore hast abblitzen lassen?« Er lachte. »Die Zunge hast du mir rausgestreckt.«

»Das weiß ich nicht mehr. Ich hatte den Eindruck, dass du mich hast abblitzen lassen.« Ihre Hand legte sich leicht, fast tröstend auf seinen Arm. »Ich hab oben ein Fotoalbum, das ich seit Jahren nicht mehr angeschaut habe, das kram ich mal raus.«

In den folgenden fünf Minuten beschäftigte Donald, während er dasaß und wartete, zum einen die absolute Unmöglichkeit, die Erinnerungen zweier Menschen an denselben Abend in Einklang zu bringen, und zum anderen die erschreckende Tatsache, dass Nancy ihn als Frau so anrührte, wie sie es als Kind getan hatte. Binnen einer halben Stunde hatte sich ein Gefühl entwickelt, das er seit dem Tod seiner Frau nicht mehr kannte und das er gehofft hatte, ein für allemal los zu sein.

Sie setzten sich nebeneinander auf die Couch und schlugen das Album auf. Nancy sah ihn glücklich lächelnd an.

»Wie schön das ist«, sagte sie. »Wie schön, dass du so nett bist, dass du so – so liebe Erinnerungen an mich hast. Ich wünschte, das hätte ich damals gewusst. Als du fort warst, habe ich dich gehasst.«

»Ein Jammer«, sagte er sanft.

»Aber jetzt nicht«, versicherte sie, und dann platzte sie heraus: »Gib mir einen Kuss. Zur Versöhnung.«

»Eine gute Ehefrau macht so was nicht«, sagte sie nach einer Minute. »Ich glaube, seit meiner Heirat habe ich keine zwei Männer mehr geküsst.«

Er war erregt, vor allem aber verwirrt. Wen hatte er geküsst? Nancy? Oder eine Erinnerung? Oder diese bildhübsche bebende Fremde, die rasch wegsah und eine Albumseite umblätterte?

»Warte«, sagte er. »Ich könnte im Moment kein Foto erkennen.«

»Wir tun das nicht noch mal. Ich bin auch nicht gerade die Ruhe selbst.«

Donald machte eine dieser trivialen Bemerkungen, die so weitreichende Folgen haben können.

»Wäre es nicht schrecklich, wenn wir uns wieder ineinander verlieben würden?«

»Hör auf!« Sie lachte atemlos. »Das ist vorbei. Es war ein Augenblick. Ein Augenblick, den ich werde vergessen müssen.«

»Sag deinem Mann nichts.«

»Warum nicht? Ich sage ihm sonst alles.«

»Es wird ihm weh tun. Du darfst einem Mann nie solche Sachen sagen.«

»Gut, ich sag's ihm nicht.«

»Küß mich noch einmal«, sagte er gegen die Abmachung, aber Nancy hatte weitergeblättert und zeigte eifrig auf ein Bild.

»Da bist du«, rief sie. »Wie du leibst und lebst.«

Er sah hin. Ein kleiner Junge in Shorts stand auf einem Pier, im Hintergrund war ein Segelboot.

»Ich weiß noch ganz genau, an welchem Tag das entstanden ist«, lachte sie triumphierend. »Kitty hat es gemacht, und ich hab es ihr stibitzt.«

Zunächst konnte Donald sich auf dem Foto nicht erkennen. Er beugte sich tiefer herunter und erkannte sich überhaupt nicht mehr.

»Das bin nicht ich«, sagte er.

»Doch. Es war in Frontenac. In dem Sommer, als wir… als wir immer in die Höhle gegangen sind.«

»Was für eine Höhle? Ich war nur drei Tage in Frontenac.« Wieder bemühte er sich, das leicht vergilbte Foto zu erkennen. »Das bin ich nicht. Das ist Donald *Bowers.* Wir sahen uns wirklich ziemlich ähnlich.«

Jetzt sah sie ihn mit großen Augen an, rückte von ihm weg, schien fast abzuheben.

»Aber du bist doch Donald Bowers!« Ihre Stimme war lauter geworden. »Oder – nein: Du bist Donald *Plant.*«

»Das habe ich dir doch schon am Telefon gesagt.«

Sie war aufgesprungen und machte ein ziemlich entsetztes Gesicht.

»Plant! Bowers! Ich muss verrückt geworden sein. Oder ist es der Whiskey? Ich war ein bisschen daneben, als ich dich vorhin gesehen habe. Hör mal, was hab ich dir erzählt?«

Er rang um mönchische Ruhe, während er weiter in dem Album blätterte.

»Überhaupt nichts«, sagte er. Fotos, auf denen nicht er zu sehen war, zogen an ihm vorbei – Frontenac – eine Höhle – Donald Bowers – »Du hast *mich* abblitzen lassen!«

»Du wirst diese Geschichte niemandem erzählen«, sagte sie vom anderen Ende des Zimmers her. »So was spricht sich sonst herum.«

»Geschichte? Was für eine Geschichte?«, sagte er zögernd. Aber dann dachte er: Sie war also wirklich ein schlimmes kleines Mädchen.

Und jäh erfüllte ihn rasende Eifersucht auf den kleinen Donald Bowers – ihn, der die Eifersucht für immer aus seinem Leben verbannt hatte. Mit den fünf Schritten, die er durchs Zimmer tat, zertrat er zwanzig Jahre und die Existenz von Walter Gifford.

»Küß mich noch einmal, Nancy.« Er ließ sich vor ihrem Sessel auf ein Knie nieder und legte seine Hand auf ihre Schulter. Aber Nancy machte sich los.

»Du hast gesagt, dass du das Flugzeug kriegen musst.«

»Kein Problem. Den Flug kann ich sausen lassen, das spielt keine Rolle.«

»Bitte geh«, sagte sie frostig. »Und versuch dir bitte vorzustellen, wie mir zumute ist.«

»Aber du tust ja, als würdest du dich nicht an

mich erinnern«, empörte er sich. »Als würdest du dich nicht an Donald *Plant* erinnern.«

»Doch, an dich erinnere ich mich auch. Aber das ist alles so lange her.« Und wieder ganz sachlich: »Die Taxinummer ist Crestwood 8484.«

Auf dem Weg zum Flughafen kam Donald aus dem Kopfschütteln nicht heraus. Er hatte sich inzwischen wieder gefangen, verdaut hatte er das Erlebnis aber noch lange nicht. Erst als die Maschine sich donnernd in den dunklen Himmel erhob und die Passagiere eine von der festgefügten Welt dort unten getrennte Einheit bildeten, zog er Parallelen zu ihrem Flug. Fünf funkelnde Minuten lang hatte er wie ein Irrer in zwei Welten zugleich gelebt, waren der zwölfjährige Junge und der zweiunddreißigjährige Mann untrennbar und hoffnungslos miteinander verquickt gewesen.

In diesen Stunden zwischen den Flügen hatte Donald viel verloren – aber da die zweite Lebenshälfte ohnehin ein langer Prozess des Loslassens ist, war das für ihn wahrscheinlich gar nicht weiter von Belang.

Carson McCullers

Ein Baum, ein Felsen, eine Wolke

Es regnete an jenem Morgen, und es war noch sehr dunkel. Als der Junge beim Tram-Café ankam, hatte er seine Tour fast beendet, und er ging hinein, um eine Tasse Kaffee zu trinken. Es war ein die ganze Nacht hindurch geöffnetes Café, das einem verbitterten und geizigen alten Mann namens Leo gehörte. Nach der nasskalten, leeren Straße erschien das Café freundlich und hell. An der Bar waren einige Soldaten und drei Arbeiter von der Baumwollspinnerei, und an der Ecke saß vornübergebeugt ein Mann und ließ die Nase und das halbe Gesicht in sein Bierseidel hängen. Der Junge trug einen Sturzhelm, wie ihn Flugpiloten tragen. Als er das Café betrat, schnallte er den Kinnriemen ab und schlug die rechte Klappe über seinem kleinen rosa Ohr in die Höhe. Meistens, wenn er hier seinen Kaffee trank, redete der eine oder andere nett mit ihm. Aber heute früh blickte ihn Leo nicht an, und von den Männern sprach keiner. Er zahlte und wollte schon das Café verlassen, als ihm eine Stimme nachrief: »Son! Heda, Son!«

Er wandte sich um, und der Mann an der Ecke hatte den Zeigefinger gekrümmt und nickte ihm zu. Er hatte das Gesicht aus dem Bierseidel gehoben und sah plötzlich sehr glücklich aus. Der Mann war groß und bleich und hatte eine lange Nase und ausgeblichenes, apfelsinenfarbenes Haar.

»Heda, Son!«

Der Junge ging zu ihm. Er war etwa zwölf Jahre alt, aber im Wachstum zurückgeblieben, und wegen der Last seiner Zeitungstasche war die eine Schulter hinaufgezogen. Sein Gesicht war platt und von Sommersprossen übersät; seine Augen waren runde Kinderaugen.

»Ja, Mister?«

Der Mann legte die eine Hand auf die Schulter des Zeitungsjungen, fasste ihm dann unters Kinn und drehte sein Gesicht langsam von einer Seite auf die andre. Der Junge zuckte verlegen zurück: »Heh! Was woll'n Sie denn von mir?«

Die Stimme des Jungen war schrill; es wurde auf einmal ganz still im Café.

Der Mann sagte langsam: »Ich liebe dich!«

Alle Männer an der Bar lachten los. Der Junge, der ihm mit finsterem Gesicht ausgewichen war, wusste nicht, was er tun sollte. Er blickte über die

Bartheke hinweg zu Leo, und Leo beobachtete ihn mit einem verdrossenen, brüchigen Grinsen. Der Junge versuchte, auch zu lachen. Aber der Mann sah ernst und traurig aus.

»Ich wollte dich nicht foppen, Son«, sagte er. »Setz dich und trink ein Bier mit mir. Ich muss dir was erklären!«

Vorsichtig und mit einem Seitenblick versuchte der Junge, die Männer an der Bar zu mustern, um herauszufinden, was er tun solle. Aber sie hatten sich wieder ihrem Bier oder ihrem Frühstück zugewandt und kümmerten sich nicht um ihn. Leo stellte eine Tasse Kaffee und ein Kännchen Sahne auf die Bartheke.

»Er ist minderjährig«, sagte er.

Der Zeitungsjunge zog sich auf den Barschemel. Sein Ohr unter der hochgestellten Ohrenklappe war sehr klein und rot. Der Mann nickte ihm ernst zu. »Es ist etwas Wichtiges«, sagte er. Dann fasste er in die hintere Hosentasche und zog etwas heraus; er hielt es dem Jungen zum Betrachten hin.

»Schau es dir genau an!«, sagte er. Der Junge blickte hin, konnte aber nichts entdecken, was man genau anschauen müsste. Der Mann hielt eine Fotografie in seiner großen, schmuddligen Handfläche. Es war das Gesicht einer Frau, aber verschwommen, so dass nur ihr Hut und das Kleid, das sie trug, scharf hervortraten.

»Siehst du's?«, fragte der Mann.

Der Junge nickte, und der Mann steckte sich eine andere Fotografie in die Handfläche. Hier stand die Frau in einem Badeanzug am Strand. Durch den Badeanzug zeichnete sich der Bauch sehr ab, und das war das einzige, was einem auffiel.

»Hast du's genau angeschaut?« Er beugte sich vor und fragte schließlich: »Hast du sie schon mal gesehen?«

Der Junge saß still und rührte sich nicht, sondern blickte nur schräg aus den Augenwinkeln auf den Mann: »Ich glaube nicht.«

»Aha!« Der Mann blies auf die Fotos und steckte sie wieder in die Tasche. »Das war meine Frau.«

»Ist sie tot?«, fragte der Junge.

Der Mann schüttelte langsam den Kopf. Er spitzte den Mund, als ob er pfeifen wollte, und antwortete mit einem langgedehnten: »Naaa-ain! Ich werd's dir erklären.«

Das Bier in dem großen braunen Seidel stand vor dem Mann auf der Bartheke. Er hob es nicht auf, als er trinken wollte. Statt dessen beugte er sich herunter, legte das Gesicht auf den Rand und ließ es dort, wie um auszuruhen. Dann kippte er das Seidel mit beiden Händen ein wenig vor und schlürfte.

»Eines schönen Abends wirst du mit deiner großen Nase im Seidel einschlafen und ersaufen«, sagte Leo. »Berühmter Durchreisender ertrinkt im Bier. Das wäre ein flotter Tod!«

Der Zeitungsjunge versuchte, Leo ein Zeichen zu machen. Während der Mann nicht hinsah, verzog er das Gesicht, bewegte stumm die Lippen und fragte: »Besoffen?« Aber Leo zog nur die Augenbrauen in die Höhe, drehte sich um und legte ein paar rosa Speckstreifen auf den Grill. Der Mann schob das Seidel weg, richtete sich auf und faltete seine schlaffen, verkrümmten Hände auf der Bartheke. Sein Gesicht war traurig, als er den Zeitungsjungen ansah. Die Lider zwinkerten nicht, aber von Zeit zu Zeit schlossen sie sich zart und schwer über den blaßgrünen Augen. Draußen graute der Morgen, und der Junge verschob das Gewicht seiner Zeitungstasche.

»Ich will von der Liebe sprechen«, sagte der Mann. »Bei mir ist sie ein System.«

Der Junge rutschte halb vom Barschemel herunter. Aber der Mann hob den Zeigefinger, und er hatte etwas an sich, das den Jungen festhielt, so dass er nicht fortgehen konnte.

»Vor zwölf Jahren habe ich mich mit der Frau auf der Fotografie verheiratet. Ein Jahr, neun Monate, drei Tage und zwei Nächte war sie meine Frau. Ich habe sie geliebt. Ja…« Er straffte seine undeutliche, schwankende Stimme und wiederholte: »Ich habe sie geliebt. Und ich glaubte, dass sie mich auch liebte. Sie hatte ein behagliches, schönes Heim. Nie kam mir der Gedanke, sie könne nicht zufrieden sein. Aber weißt du, was dann geschah?«

»Miiiiiau!«, machte Leo.

Der Mann wandte die Augen nicht vom Gesicht des Jungen ab. »Sie hat mich verlassen. Eines Abends kam ich heim, und das Haus war leer, und sie war fort. Sie hat mich verlassen.«

»Mit einem andern?«, fragte der Junge.

Der Mann legte seine Handfläche sachte auf die Bartheke. »Das ist wohl selbstverständlich, Son! Frauen laufen nie alleine fort.«

Das Café war still, und draußen auf der Straße fiel dunkel und unaufhörlich der sanfte Regen. Leo drückte den brutzelnden Speck mit den Zinken seiner langen Gabel herunter: »Und seit elf Jahren jagen Sie also dem Weibsbild nach, Sie abgeklapperter alter Knabe!«

Der Mann blickte zum erstenmal auf Leo: »Bitte nicht so ordinär! Außerdem habe ich gar nicht mit Ihnen gesprochen.« Er wandte sich wieder an den Jungen und sagte vertraulich und mit heimlicher, gedämpfter Stimme: »Um den kümmern wir uns gar nicht! Einverstanden?«

Der Zeitungsjunge nickte unsicher.

»Es war nämlich so«, fuhr der Mann fort. »Ich bin ein sehr gefühlvoller Mensch. Mein Leben lang hat immer irgendetwas großen Eindruck auf mich gemacht: Mondschein – ein schönes Mädchenbein – immer eins nach dem andern. Aber der Witz ist nun der: Wenn ich irgendetwas genossen hatte, dann überkam mich ein merkwürdiges Gefühl, als ob es lose in mir herumliege. Nichts schien sich bis zu Ende abzurollen, nichts schien zu den andern Dingen zu passen. Frauen? Von denen hatte ich mein Teil. Es war das gleiche. Hinterher lagen sie lose in mir herum. Ich war ein Mensch, der nie geliebt hatte.« Sehr langsam schloss er die Augenlider, und es war, wie wenn sich im Theater am Schluss eines Auftritts der Vorhang senkt. Als er wieder sprach, war seine Stimme erregt, und die Worte überstürzten sich, und an seinen großen, schlaffen Ohren zitterten die Ohrläppchen.

»Dann begegnete ich jener Frau. Ich war einundfünfzig, und sie war dreißig, wie sie sagte. Ich traf sie an einer Tankstelle, und nach drei Tagen waren wir verheiratet. Und weißt du, wie das war? Ich kann's dir gar nicht beschreiben. Alles, was ich je empfunden hatte, sammelte sich um jene Frau. Nichts lag mehr lose in mir herum: Durch sie kam alles in Ordnung.«

Der Mann brach plötzlich ab und rieb sich die lange Nase. Seine Stimme klang leiser und gleichmäßig vorwurfsvoll. »Ich erkläre es nicht ganz richtig. Es war vielmehr so. Die schönen Gefühle und die kleinen Freuden lagen lose in mir herum. Und die Frau war für meine Seele so etwas wie ein laufendes Band. Ich ließ die losen Teilchen meines Selbst durch sie hindurchlaufen, und heraus kam ich als Ganzes. Verstehst du mich jetzt?«

»Wie hieß sie?«, fragte der Junge.

»Oh«, sagte er, »ich nannte sie Dodo. Aber das gehört nicht hierher.«

»Haben Sie versucht, sie zurückzuholen?«

Der Mann schien nicht hinzuhören. »Unter solchen Umständen kannst du dir wohl vorstellen, wie mir zumute war, als sie mich verließ.«

Leo nahm den Speck vom Grill und legte zwei Streifen zwischen ein Brötchen. Er hatte ein graues Gesicht mit Schlitzaugen und einer mickrigen Nase, in deren Buchten bläuliche Schatten saßen. Einer von den Arbeitern verlangte nochmals Kaffee, und Leo schenkte ihm ein. Er goss nie umsonst nach. Die Spinnereiarbeiter nahmen jeden Morgen ihr Frühstück bei ihm ein, aber je besser Leo seine Kunden kannte, um so geiziger behandelte er sie. An seinem eigenen Brötchen knabberte er auch herum, als ob er sich's nicht einmal selber gönnte.

»Und Sie haben sie nie wieder erwischt?«

Der Junge wusste nicht, was er von dem Mann halten sollte, und in seinem Kindergesicht stritten sich Neugier und Zweifel. Er war noch ein Neuling auf seiner Zeitungsrunde, und er fand es immer noch seltsam, in der merkwürdigen, dunklen Morgenfrühe unterwegs zu sein.

»Nein«, sagte der Mann. »Ich unternahm allerhand Schritte, um sie wiederzubekommen. Ich reiste umher und versuchte, sie aufzustöbern. Ich fuhr nach Tulsa, wo sie Verwandte hatte. Und nach Mobile. Ich reiste in jede Stadt, die sie je erwähnt hatte, und ich spürte jedem Mann nach, mit dem sie früher bekannt war. Tulsa, Atlanta, Chicago, Cheehaw, Memphis ... Fast zwei Jahre lang jagte ich im Land umher und versuchte, sie zu erwischen.«

»Aber das Pärchen war vom Erdboden verschwunden«, sagte Leo.

»Höre nicht auf ihn«, sagte der Mann vertraulich. »Und denk auch nicht mehr an die zwei Jahre. Sie waren nicht wichtig. Wichtig ist, dass mir im dritten Jahr etwas Sonderbares widerfuhr.«

»Was denn?«, fragte der Junge.

Der Mann beugte sich vor und kippte das Seidel etwas schräg, um einen Schluck Bier zu schlürfen. Aber seine Nasenflügel zitterten leise, als er an dem schalen Bier roch, und er trank nicht. »Jedenfalls ist die Liebe etwas sehr Sonderbares. Zuerst dachte ich nur daran, sie wiederzubekommen. Es war wie eine Zwangsvorstellung. Und dann versuchte ich allmählich, mich an sie zu erinnern. Aber kannst du dir vorstellen, was mir passierte?«

»Nein«, antwortete der Junge.

»Wenn ich mich aufs Bett legte und versuchte, an sie zu denken, dann war mein Kopf plötzlich vollkommen leer. Ich konnte sie nicht sehen. Ich holte ihre Bilder hervor und betrachtete sie. Es nützte nichts. Es war ganz vergebens. Völlige Leere. Kannst du dir so was vorstellen?«

»Heda, Mac!«, rief Leo einem Mann weiter unten an der Bar zu. »Kannst du dir so was vorstellen? Der Dummbart hat nichts im Kopf!«

Langsam, als verscheuche er eine Fliege, fuhr die Hand des Mannes durch die Luft. Seine grünen Augen hefteten sich gespannt auf das platte kleine Gesicht des Zeitungsjungen.

»Doch plötzlich bei einer Glasscherbe auf dem Bürgersteig – oder bei einem Schlager aus einem Musikautomaten – oder bei einem Schatten des Nachts auf der Mauer: Da konnte ich mich an sie erinnern. Vielleicht geschah's auf der Straße; dann weinte ich oder schlug mit dem Kopf gegen einen Laternenpfahl. Verstehst du das?«

»Bei einem Stück Glas …?«, fragte der Junge.

»Bei allem möglichen. Ich schlenderte umher, und es stand nicht in meiner Macht, wann und wie ich mich an sie erinnerte. Du meinst sicher, man könnte sich mit einer Art Schild dagegen schützen. Aber die Erinnerung kommt nie von vorne auf einen zu – sie kommt seitlich um die Ecke. Allem, was ich sah und hörte, war ich gewissermaßen ausgeliefert. Anstatt dass ich die Gegend nach ihr abjagte, begann *sie* mich plötzlich in meiner Seele herumzujagen. *Sie* jagte *mich,* denk bloß an! Und in meiner Seele.«

Schließlich fragte der Junge: »In welchem Staat waren Sie damals?«

»Ach«, ächzte der Mann, »ich war richtig krank. Als hätt ich die Windpocken. Ich muss gestehen, Son, dass ich zu saufen anfing. Und herumhurte. Ich beging jede Sünde, die mir in den Sinn kam. Es widert mich an, das zu gestehen, aber ich tu's trotzdem. Wenn ich mich an jene Zeit erinnere, stockt mir das Denken – es war so furchtbar!«

Der Mann beugte den Kopf vornüber und schlug mit der Stirn auf die Bartheke. Ein paar Sekunden lang blieb er so: Der Nacken seines sehnigen Halses war mit apfelsinenfarbenen Stoppeln bedeckt, und die Hände mit den langen, verkrümmten Fingern hielt er Handfläche gegen Handfläche, wie im

Gebet. Dann richtete der Mann sich wieder auf; er lächelte, und plötzlich war sein Gesicht hell und erregt und alt.

»Im fünften Jahr war's, dass es mir widerfuhr«, sagte er. »Und damit begann mein System.«

Leos Mund sprang in flüchtigem, blassem Grinsen auf. »Keiner von uns wird jünger«, sagte er. Dann zerknüllte er in jähem Ärger ein Geschirrtuch und schleuderte es auf den Fußboden. »Sie liederlicher alter Schürzenjäger!«

»Was kam dann?«, fragte der Junge.

Die Stimme des alten Mannes war hell und klar. »Der Frieden«, antwortete er.

»Hm?«

»Es ist nicht so leicht, dir das wissenschaftlich zu erklären, Son«, sagte er. »Ich vermute, logisch lässt es sich einfach so erklären, dass sie und ich so lange voreinander fortrannten, bis wir schließlich ganz verstrickt waren und uns hinlegten und es aufgaben. Frieden. Eine sonderbare und schöne Leere. In Portland war es Frühling, und es regnete jeden Nachmittag. Den ganzen Abend blieb ich im Dunkeln auf meinem Bett liegen. Und so erwarb ich mir mein System.«

Die Fenster draußen spiegelten das blaßblaue Licht. Die beiden Soldaten bezahlten ihr Bier und öffneten die Tür; der eine kämmte sich das Haar und wischte sich den Schmutz von den Wickelgamaschen, ehe er nach draußen ging. Die drei Spinnereiarbeiter beugten sich stumm über ihr Frühstück. An der Wand tickte Leos Uhr.

»Es ist so. Und hör jetzt gut zu! Ich hab über die Liebe meditiert und es alles herausgefunden. Ich hab begriffen, was wir falsch machen. Ein Mann verliebt sich zum ersten Mal. Und in was verliebt er sich?«

Der weiche Mund des kleinen Jungen stand etwas offen; er gab keine Antwort.

»In eine Frau«, sagte der alte Mann. »Ohne System, ohne die geringste Anleitung wagt sich der Mann an das gefährlichste und heiligste Erlebnis auf Gottes Erde. Er verliebt sich in eine Frau. Hab ich recht, Son?«

»Ja«, sagte der Junge leise.

»Aber sie fangen die Liebe am falschen Ende an. Sie fangen beim Höhepunkt an. Kann man sich da wundern, dass es unglücklich ausgeht? Weißt du, wie die Menschen lieben sollten?«

Der alte Mann packte den Zeitungsjungen beim Kragen seiner Lederjacke und schüttelte ihn ganz sachte, während seine grünen Augen ernst und ohne zu zwinkern auf ihn niederschauten.

»Son, weißt du, wie Liebe anfangen sollte?«

Der Junge saß ganz klein und still da und hörte

zu. Er schüttelte langsam den Kopf. Der alte Mann beugte sich näher heran und flüsterte:

»Ein Baum. Ein Felsen. Eine Wolke.«

Auf der Straße draußen regnete es immer noch. Ein milder, grauer, unaufhörlicher Regen. Die Fabriksirene pfiff zum Schichtwechsel, und die drei Spinnereiarbeiter zahlten und gingen. Nun war niemand mehr im Café außer Leo, dem alten Mann und dem kleinen Zeitungsjungen.

»In Portland war das Wetter so wie heute«, erzählte der alte Mann. »Damals fing ich mit meinem System an. Ich meditierte, und ich ging ganz behutsam vor. Ich brachte irgendetwas von der Straße mit nach Hause. Ich kaufte einen Goldfisch und konzentrierte mich auf den Goldfisch und liebte ihn. Und so stieg ich von einer Stufe zur nächsten. Tag für Tag habe ich mich darin geübt. Auf dem Wege von Portland nach San Diego …«

»Ach, hör schon auf!«, schrie Leo plötzlich. »Hör auf! Hör schon auf!«

Der alte Mann hielt den Jungen noch immer beim Jackenkragen gepackt. Er zitterte, und sein Gesicht war ernst und leuchtete wild. »Sechs Jahre bin ich nun ganz allein herumgezogen und hab mein System. Und jetzt bin ich darin ein Meister geworden, Son! Ich kann alles lieben. Ich brauche nicht mal mehr darüber nachzudenken. Ich sehe eine Straße mit vielen Menschen, und ein schönes Licht erfüllt mich. Ich beobachte einen Vogel in den Lüften. Oder ich begegne einem Wanderer auf der Landstraße – einerlei, was, Son, und einerlei, wer es ist. Alles ist fremd, und alles liebe ich. Begreifst du, was ein System wie meins bedeuten kann?«

Der Junge saß steif da. Die Hände hatte er um den Rand der Bartheke geklammert. Schließlich fragte er: »Haben Sie die Dame noch gefunden?«

»Wie? Was hast du gesagt, Son?«

»Ich meinte«, sagte der Junge schüchtern, »ob Sie sich wieder in eine Frau verliebt haben?«

Der alte Mann ließ den Kragen des Jungen los. Er wandte sich ab, und zum erstenmal stand in seinen grünen Augen ein unsicherer und wirrer Ausdruck. Er hob das Seidel von der Theke und kippte das gelbe Bier hinunter. Er schüttelte sehr langsam den Kopf. Dann endlich antwortete er: »Nein, Son! Das wäre nämlich der letzte Schritt in meinem System. Ich gehe aber behutsam vor. Und so weit bin ich noch nicht.«

»Sowas!«, sagte Leo. »Sowas! Sowas!«

Der alte Mann stand in der offenen Tür. »Vergiss es nicht«, sagte er. Im feuchten, grauen Licht der ersten Morgenfrühe sah er eingeschrumpft und schäbig und gebrechlich aus. Aber sein Lächeln war strahlend. »Vergiss es nicht, dass ich dich liebe«, sagte er und nickte noch ein letztes Mal. Und die Tür fiel leise hinter ihm ins Schloss.

Lange Zeit sagte der Junge kein Wort. Er zupfte an den Haarsträhnen, die ihm in die Stirn hingen, und fuhr mit dem schmutzigen kleinen Zeigefinger um den Rand seiner leeren Tasse. Dann fragte er endlich, ohne Leo anzusehen: »War er betrunken?«

»Nein«, antwortete Leo knapp.

Der Junge hob die Stimme: »Dann war er wohl einer, der Rauschgift nimmt?«

»Nein.«

Der Junge blickte zu Leo auf, und sein plattes Gesichtchen war ratlos, und die Stimme war hartnäckig und schrill: »War er denn verrückt? Glauben Sie, dass er wahnsinnig ist?« Und in jähem Zweifel ließ der Zeitungsjunge die Stimme sinken: »Leo? Oder was sonst?«

Aber Leo antwortete ihm nicht. Vierzehn Jahre lang hatte er das kleine Nachtcafé gehabt, und er war überzeugt, dass er sich auskannte, was Verrücktheit betraf. Aus der Stadt kamen sie, oder auch Durchreisende, die nachts hier auftauchten. Er kannte den Wahn jedes Einzelnen von ihnen. Aber die Fragen des wartenden Kindes wollte er nicht beantworten. Er verkniff sein bleiches Gesicht und schwieg.

Der Junge zog die rechte Ohrenklappe seines

Sturzhelms herunter, und als er sich zum Gehen wandte, machte er eine Bemerkung – die einzige, die ihm geheuer schien, die einzige, derentwegen ihn keiner auslachen und verachten konnte: »Bestimmt ist er weit herumgekommen.«

Ray Bradbury

Zur warmen Jahreszeit

George und Alice Smith waren an einem Sommertag mittags in Biarritz dem Zug entstiegen und innerhalb einer Stunde durch ihr Hotel an den Strand ins Meer hinein- und wieder hinausgelaufen, um sich auf dem Sand braten zu lassen.

Wenn man sah, wie George Smith sich dort räkelte und verbrennen ließ, hätte man meinen können, er sei nur ein Tourist, der frisch wie eisgekühlter Kopfsalat nach Europa geflogen worden war und bald wieder heimwärts befördert werden würde. Aber hier war ein Mann, der die Kunst mehr liebte als das Leben.

»Da…« George Smith seufzte. Wieder rieselten ein paar Schweißtropfen über seine Brust. Lass das Leitungswasser von Ohio abkochen, dachte er, und trink danach den besten Bordeaux. Durchsetze dein Blut mit reichhaltigen französischen Sedimenten, so dass du alles mit den Augen eines Einheimischen siehst!

Warum? Warum alles Französische essen, atmen,

trinken? Damit er mit der Zeit den Genius *eines* Menschen wirklich verstehen konnte.

Sein Mund bewegte sich und formte einen Namen.

»George?« Seine Frau tauchte undeutlich vor ihm auf. »Ich weiß, woran du denkst. Ich kann von deinen Lippen lesen.«

Er lag ganz still und wartete. »Und?«

»Picasso«, sagte sie.

Er zuckte zusammen. Eines Tages würde sie wohl noch lernen, diesen Namen auszusprechen.

»Bitte, beruhige dich«, sagte sie. »Ich weiß, dass du heute morgen das Gerücht gehört hast, aber du müsstest mal deine Augen sehen – du hast wieder deinen Tick. Nun ja, Picasso ist hier, ein paar Meilen weiter unten an der Küste, und besucht Freunde in so einem kleinen Fischerort. Aber du musst es vergessen, sonst sind unsere Ferien hin.«

»Ich wünschte, ich hätte das Gerücht nie gehört«, sagte er aufrichtig.

»Wenn dir doch auch andere Maler gefielen«, sagte sie.

Andere? Ja, es gab andere. Er konnte durchaus angemessen von Caravaggio-Stillleben mit Herbstbirnen und mitternachtsblauen Pflaumen frühstücken. Zu Mittag: die feuersprühenden, dicksträhnigen Sonnenblumen von van Gogh, diese Blüten, die ein Blinder mit einer raschen Bewegung der versengten Finger über die brennende Leinwand lesen könnte. Aber das große Festmahl? Die Bilder, die er für seinen Gaumen aufsparte? Dort, den Horizont füllend wie ein emporgetauchter Neptun, gekrönt mit Algengrün, Alabaster und Koralle, den Pinsel wie den Dreizack fest in den Klauen und mit einem Fischschwanz, groß genug, um sommerliche Regenschauer über ganz Gibraltar zu peitschen – wer sonst als der Schöpfer des *Mädchens vor dem Spiegel* und *Guernicas*?

»Alice«, sagte er geduldig. »Wie soll ich das erklären? Als wir mit dem Zug hierherkamen, dachte ich: Großer Gott, das alles ist Picasso-Land!«

Aber ist es das wirklich?, fragte er sich. Der Himmel, die Landschaft, die Leute, die verwaschenen rosa Ziegel hier, die Balkone mit den verschnörkelten stahlblauen Schmiedeeisengittern dort, eine Mandoline, reif wie eine Frucht in den Händen eines Mannes, der tausend Fingerabdrücke auf ihr hinterlässt, Plakatfetzen, die wie Konfetti in Nachtwinden wehten – wieviel war Picasso, wieviel George Smith, der sich mit wilden Picasso-Augen in der Welt umblickte? Er gab die Hoffnung auf, eine Antwort zu finden. Der alte Mann hatte so gründlich Terpentin und Leinsamenöl durch George Smith destilliert, dass sie dessen Wesen formten – in der Abenddämmerung ganz Blaue Periode, im Morgengrauen ganz Rosa Periode.

»Ich denke immer«, sagte er laut, »wenn wir unser Geld sparten …«

»Wir werden nie fünftausend Dollar haben.«

»Ich weiß«, antwortete er ruhig. »Aber es ist schön, zu glauben, dass man sie eines Tages vielleicht doch zusammenbringt. Wäre es nicht großartig, wenn man einfach auf ihn zugehen und sagen könnte: ›Pablo, hier sind fünftausend! Gib uns das Meer, den Sand, diesen Himmel oder irgendeine alte Sache, was du willst, wir werden uns freuen …‹«

Nach einer Weile berührte seine Frau ihn am Arm.

»Ich glaube, es ist besser, wenn du jetzt ins Wasser gehst«, sagte sie.

»Ja«, sagte er. »Am besten tu ich erst mal das.«

Weißes Feuer sprühte auf, als er das Wasser durchschnitt.

Nachmittags ging George Smith zwischen Wasser und Strand hin und her, so mechanisch wie das ganze mal warme, mal abgekühlte Badevolk, das sich schließlich bei Sonnenuntergang, hummerfarben oder wie geschmorte Tauben oder Perlhühner, mühsam zu den Hochzeitstortenhotels hinschleppte.

Der Strand lag endlose Meilen weit verlassen da,

bis auf zwei Leute. Der eine, George Smith, Handtuch über der Schulter, verrichtete seine letzte Andacht.

Weiter unten an der Küste schritt ein anderer, kleinerer, untersetzter Mann allein durch den ruhigen Abend. Er war tiefgebräunt, der kurzrasierte Kopf von der Sonne fast wie Mahagoni gefärbt, die Augen klar und glänzend wie Wasser.

So war die Bühne an der Küste bereit, und in wenigen Minuten würden die beiden Männer sich begegnen. Und wieder einmal richtete das Schicksal die Waagschale für Schrecken und Überraschungen, Ankünfte und Abreisen. Und die ganze Zeit dachten die beiden einsam Schlendernden nicht einen Augenblick an Koinzidenz, diesen undurchschwommenen Strom, der in jeder Menschenmenge, in jeder Stadt dicht an uns vorbeifließt. Und sie grübelten auch nicht darüber nach, dass, wer es wagt, in diesen Strom hineinzutauchen, mit jeder Hand ein Wunder ergreift. Wie die meisten Menschen zuckten sie über solche Torheit nur die Achseln und blieben hoch am Ufer, damit das Schicksal sie nicht hineinstieße.

Der Fremde stand allein. Als er sich umblickte, sah er sein Alleinsein, sah das Wasser der lieblichen Bucht, sah die Sonne in den späten Farben des Tages hinabgleiten, und dann bemerkte er einen kleinen hölzernen Gegenstand auf dem Sand. Es war das dünne Stäbchen einer vor langer Zeit geschmolzenen Eisportion. Lächelnd hob er es auf. Mit einem weiteren Blick, um sich seiner Einsamkeit zu vergewissern, bückte er sich noch einmal, hielt den Stiel vorsichtig umfasst und begann mit leichten Handstrichen das zu tun, was er auf der Welt am besten konnte.

Er zeichnete unglaubliche Gestalten in den Sand.

Er skizzierte eine Figur, ging dann weiter, zeichnete, immer noch hinunterblickend, jetzt ganz in seine Arbeit vertieft, eine zweite und dritte und danach eine vierte und eine fünfte und eine sechste.

George Smith, der die Küste mit seinen Füßen bedruckte, schaute hierhin und dorthin und sah dann den Mann weiter vorn. Er ging näher heran und sah, dass jener tiefbraun gebrannte Mann sich bückte. Noch näher, und es gab keinen Zweifel mehr, was der Mann dort tat. George Smith kicherte. Natürlich, natürlich… Dieser Mann – wie alt mochte er sein? Fünfundsechzig? Siebzig? – kritzelte am Strand allein vor sich hin. Wie der Sand flog! Wie die wilden Porträts dort am Ufer hingeschleudert wurden! Wie…

George Smith trat noch einen Schritt vor und blieb dann still stehen.

Der Fremde zeichnete und zeichnete und schien

gar nicht zu ahnen, dass irgendjemand dicht hinter ihm und der Welt seiner Zeichnungen stand. Inzwischen war er so verzaubert von seiner einsamen Schöpfung, dass er sich nicht umgedreht und seine fliegende Hand selbst dann nicht stillgestanden hätte, wenn in der Bucht Unterwasserbomben explodiert wären.

George Smith blickte auf den Sand. Und nachdem er eine lange Weile hingeschaut hatte, begann er zu zittern.

Denn dort am flachen Ufer waren Bilder griechischer Löwen, mediterrane Ziegen, Mädchen mit Fleisch aus Sand wie Goldpuder, Satyrn, die auf handgeschnitzten Hörnern bliesen, und tanzende Kinder, die am Strand entlang Blumen streuten, von springenden Lämmern gefolgt, Musikanten, die zum Klang ihrer Harfen und Leiern hüpften, Einhörner, die Jünglingen nachjagten, auf ferne Wiesen zu, Waldland, Tempelruinen und Vulkane. Die Hand und der hölzerne Stift dieses Mannes, der sich in Fieber und Schweißregen vorbeugte, schrieb, knüpfte und schlang eine ununterbrochene Linie am Ufer entlang, herum, herüber und hinauf, quer darüber hin, hinein, hinaus, stockte, flüsterte, verharrte und eilte dann weiter, als müsste dieses wandelnde Bacchanal zu Ende gedeihen, bevor das Meer die Sonne ausgelöscht hatte.

Auf zwanzig, dreißig Metern oder mehr sprangen Nymphen, Dryaden und Sommerbrunnen in entschlungenen Hieroglyphen auf. Und der Sand nahm im schwindenden Licht die Farbe geschmolzenen Kupfers an, in das nun eine Botschaft eingemeißelt wurde, die alle Menschen aller Zeiten lesen und an der sie sich Jahre hindurch erfreuen konnten. Alles wirbelte und ruhte in seinem eigenen Wind und seiner eigenen Schwerkraft. Jetzt wurde von traubenblutnassen Füßen tanzender Winzertöchter Wein gestampft, jetzt gebaren schäumende Meere münzenschuppige Ungeheuer, während geblümte Drachen Duft auf ziehende Wolken streuten... jetzt... jetzt...

Der Künstler hielt inne.

George Smith zog sich zurück und blieb weiter abseits stehen.

Der Künstler blickte auf, überrascht, jemand so nahe zu finden. Dann stand er einfach da und blickte von George Smith zu seiner wie nichtige Fußstapfen auf den Weg hingeworfenen Schöpfung. Schließlich lächelte er und zuckte die Achseln, als wollte er sagen: Schau, was ich getan habe; siehst du, was für ein Kind ich bin? Du verzeihst mir, nicht wahr? Ab und zu sind wir alle Narren... Du vielleicht auch? Dann erlaubst du das hier einem alten Narren, he? Na gut!

Aber George Smith konnte nur den kleinen Mann mit der sonnenverbrannten Haut und den scharfen klaren Augen ansehen und den Namen des Mannes einmal flüsternd vor sich hinsagen.

So standen sie vielleicht noch fünf Sekunden. George Smith starrte auf den Sandfries, und der Künstler beobachtete George belustigt und neugierig. George Smith öffnete den Mund, schloss ihn wieder, streckte seine Hand aus und zog sie zurück. Er trat auf die Bilder zu und entfernte sich wieder. Dann ging er an den Figuren entlang wie ein Mann, der eine Reihe kostbarer Marmorbilder in Augenschein nimmt, die man in einer alten Ruine an der Küste zutage gefördert hat. Seine Hand wollte berühren und wagte es nicht. Er wollte fortlaufen, aber er lief nicht.

Plötzlich sah er zum Hotel hinüber. Lauf, ja! Lauf! Was? Nimm einen Spaten, grabe, grabe aus, rette ein Stück von diesem allzu leicht verrieselnden Sand! Suche dir einen Restaurator und hetze ihn zurück mit Gips, um einen Abdruck dieser kleinen, zerbrechlichen Teile anzufertigen. Nein, nein. Unsinn, Unsinn. Oder…? Seine Augen schweiften rasch zu seinem Hotelfenster hinüber. Die Kamera! Lauf, hol sie, komm zurück und jage knipsend an der Küste entlang, knipsend, Filme wechselnd, knipsend, bis…

George Smith fuhr herum und blickte nach der Sonne. Sie brannte noch schwach auf seinem Gesicht; seine Augen waren zwei kleine, von ihr entzündete Feuer. Die Sonne war schon halb unter Wasser, und während er hinübersah, sank sie in Sekundenschnelle das letzte Stück hinab.

Der Künstler war näher getreten und blickte nun sehr freundlich in George Smiths Gesicht, als erriete er jeden Gedanken. Nun nickte er mit einer kleinen Verbeugung. Der Eiskremstiel war ihm unbemerkt aus den Fingern gefallen. Nun sagte er gute Nacht, gute Nacht. Und schon war er fort und ging am Strand zurück nach Süden.

George Smith stand und schaute ihm nach. Nach einer ganzen Minute tat er das Einzige, was er überhaupt noch tun konnte. Er ging vom Anfang des phantastischen Frieses der Satyre und Faune und in Trauben getauchten Mädchen, tänzelnden Einhörner und flötenden Jünglinge langsam am Ufer entlang. Er ging einen langen Weg und betrachtete dabei das frei sich entfaltende Bacchanal. Und als er die letzten Tiere und Menschen erreicht hatte, drehte er sich um und ging in die andere Richtung zurück und starrte vor sich hin, als hätte er etwas verloren und wüsste nicht, wo er es suchen sollte. Dies tat er, bis am Himmel und auf dem Sand kein Licht mehr war, in dem er hätte sehen können.

Er setzte sich an den Tisch zum Abendessen.

»Du kommst spät«, sagte seine Frau. »Ich musste einfach allein hinuntergehen. Ich habe einen fürchterlichen Hunger.«

»Das macht nichts«, sagte er.

»Irgendetwas Interessantes auf deinem Spaziergang?«, fragte sie.

»Nein«, sagte er.

»Du siehst merkwürdig aus, George, du bist doch nicht etwa zu weit hinausgeschwommen und fast ertrunken? Ich sehe es deinem Gesicht an. Du bist zu weit geschwommen, stimmt's?«

»Ja«, sagte er.

»Nun«, sagte sie und blickte ihn forschend an. »Tu das nie wieder. Was möchtest du essen?«

Er nahm die Speisekarte und begann sie zu lesen. Plötzlich hielt er inne.

»Was ist?«, fragte seine Frau.

Er wandte den Kopf und schloss einen Augenblick die Augen.

»Horch.«

Sie lauschte. »Ich höre nichts«, sagte sie.

»Nein?«

»Nein. Was ist denn?«

»Nur die Flut«, sagte er nach einer Weile und hielt die Augen geschlossen. »Nur die Flut, die hereinkommt.«

Patricia Highsmith

Bekenntnisse einer ehrbaren Küchenschabe

Ich bin umgezogen.

Mein Wohnsitz war das Hotel Duke an einer Ecke des Washington Square. Seit Generationen – und darunter verstehe ich mindestens zwei- bis dreihundert Generationen – hatte meine Familie dort ihren Wohnsitz. Aber mir reicht es. Das Hotel ist verkommen. Ich habe noch erlebt, wie meine Ururur- – gehen Sie zurück, soweit Sie wollen, jedenfalls lebte sie noch, als ich mich mit ihr unterhielt – von den guten alten Zeiten erzählte, als die Gäste in Pferdekutschen vorfuhren und Koffer hatten, die nach Leder rochen, Gäste, die ihr Frühstück im Bett einnahmen und für uns ein paar Krümel auf den Teppich fallen ließen. Nicht absichtlich selbstredend, denn auch wir wussten damals noch, wo unser Platz war, nämlich in den Badezimmerecken und unten in der Küche. Heutzutage können wir verhältnismäßig gefahrlos mitten über die Teppiche spazieren, weil die Gäste des Duke viel zu bekifft sind, um uns zu sehen, oder weil sie nicht die Energie aufbringen würden, uns totzutreten, wenn sie uns sähen – oder sie lachen bloß.

Vor dem Eingang des Duke spannt sich heute eine zerlumpte grüne Markise zur Bordsteinkante, so löcherig, dass sie niemandem Schutz vor dem Regen bieten könnte. Man geht vier Zementstufen hinauf in ein schäbiges Foyer mit Schummerbeleuchtung, das nach Haschisch und schalem Whisky riecht. Wahrscheinlich legen die derzeitigen Gäste keinen Wert darauf, ihre Mitbewohner zu erkennen. Im Foyer tritt man sich gegenseitig auf die Füße, so dass es ein Leichtes wäre, Bekanntschaften anzuknüpfen, aber meistens entstehen aus diesen Begegnungen nur unfreundliche Wortwechsel. Links vom Foyer liegt ein noch lichtärmeres Loch mit der Bezeichnung Dr. Toomuch's Dance Floor, für das man an der Tür zwei Dollar Eintritt zahlen muss. Asoziales Gelichter. Herrje.

Ich war im Hotel Duke, als 1970 die amerikanische Volkszählung veranstaltet wurde. Was für ein Schwachsinn. Alle bekamen ein Formular, und alle lachten sich tot. Die meisten Gäste haben vermutlich kein Zuhause, aber auf dem Formular wurde gefragt: »Wie viele Zimmer hat Ihr Haus?« und: »Wie viele Badezimmer?« oder: »Wie viele Kinder haben Sie?« und so weiter. »Und wie alt ist Ihre

Frau?« Die meisten denken, Küchenschaben könnten kein Englisch oder welche Sprache auch immer in der Nachbarschaft gängig ist. Sie denken, die einzige Sprache, die wir verstehen, wäre das plötzlich eingeschaltete Licht, das »Abhauen!« bedeutet. Wenn man so lange da ist wie wir, nämlich schon lange, lange vor der Ankunft der *Mayflower*, dann kriegt man mit, was die Leute reden. Und deshalb bekam ich eine Menge Kommentare über die Fragebögen zu hören, die sowieso von keinem der Penner im Duke ausgefüllt wurden. Es war eine amüsante Vorstellung, dass ich den Fragebogen ausfüllen würde – warum eigentlich nicht? Durch langjährig ererbtes Gewohnheitsrecht war ich mehr Hotelbewohner als die menschlichen Tiere. Ich bin eine Küchenschabe (allerdings kein heimlicher Franz Kafka), und ich weiß weder, wie alt meine Frau ist, noch wie viele Frauen ich habe. Letzte Woche waren es noch sieben, wenn man so will, aber wie viele mögen mittlerweile totgetreten worden sein? Und meine Kinder sind nicht zu zählen, eine Formulierung, mit der sich meine zweibeinigen Nachbarn auch schon gebrüstet haben, aber sollten sie partout auf einem direkten Vergleich bestehen (je mehr, desto besser, scheint ihre Devise zu sein), dann würde ich auf mich setzen, wenn Sie es wirklich wissen wollen. Ich erinnere mich, dass erst letzte Woche zwei meiner Frauen kurz vor der Niederkunft standen, beide im dritten, dem Sauerkrautstockwerk. Du lieber Himmel, ich war selbst in Eile, da auf der Jagd – ich gestehe es nicht ohne Beschämung – nach Essen, das ich gerochen hatte und in einer Entfernung von hundert Metern vermutete. Kartoffelchips mit Käsegeschmack, wie mir schien. Es passte mir nicht, meine Frauen so zwischen Tür und Angel abzufertigen, aber meine Bedürfnisse waren vielleicht so dringend wie die ihren, und wo wären sie oder eher unsere Rasse, wenn ich nicht darauf achten würde, bei Kräften zu bleiben? Im nächsten Moment sah ich eine dritte Ehefrau, zermalmt unter einem Cowboystiefel (die Hippies hier kleiden sich im Westernstil, auch wenn sie aus Brooklyn stammen), obwohl sie wenigstens nicht im Wochenbett war, sondern in die der meinen entgegengesetzten Richtung rannte. Gehab dich wohl! – Doch, ach, ich nehme an, dass sie mich gar nicht gesehen hat. Auch meine zwei Wöchnerinnen werde ich vielleicht nie wiedersehen, wenngleich mir ist, als hätte ich einige unserer Sprösslinge erblickt, bevor ich das Duke verließ. Wer weiß?

Wenn ich manche der Leute hier sehe, kann ich mir nur gratulieren, dass ich eine Küchenschabe bin. Ich bin auf jeden Fall gesünder als sie, und in bescheidenem Rahmen trage ich sogar zu einer sauberen Umwelt bei. Was mich zum Thema bringt. Früher gab es Abfälle in Form von Brotkrümeln, vereinzelten Kanapees, die von Zimmerpartys übrig waren. Die gegenwärtige Klientel des Hotel Duke isst nicht. Sie ernährt sich von Rauschgift und Alkohol. Die guten alten Zeiten kenne ich nur aus den Erzählungen meiner Urururgroßmütter und -väter. Aber ich glaube ihnen. Sie sagten, man hätte beispielsweise in einen Schuh vor einer der Zimmertüren springen können und wäre um acht Uhr morgens von einem Hoteldiener zusammen mit dem Tablett ins Zimmer gebracht worden, wo einen dann ein Frühstück aus Croissantkrümeln erwartete. Auch die Tage des Schuhputzens sind vorbei, denn wenn heute jemand die Schuhe vor sein Zimmer stellte, dann würden sie nicht nur nicht geputzt, sondern gestohlen. Alles, was man sich heute von diesen haarigen Ungeheuern in ihren Wildlederfransenjacken und von ihren spindeldürren Freundinnen erhoffen kann, ist, dass sie alle Jubeljahre einmal ein Bad nehmen und einem ein paar Tropfen Wasser zum Trinken in der Wanne übriglassen. Aus einer Toilettenschüssel zu trinken ist gefährlich, und in meinem Alter will ich so ein Risiko nicht eingehen.

Aber ich wollte von meinem neuen Glück erzählen. Letzte Woche reichte es mir wirklich: Eine junge Ehefrau war vor meinen Augen durch einen unbedachten Schritt zertreten worden (ich weiß noch, dass sie sich an den Rand des Flurs gehalten hatte), und in einem Zimmer amüsierten sich unterbelichtete Junkies damit – ich übertreibe nicht –, ihr Essen vom Boden aufzulecken. Junge Männer und Frauen, splitterfasernackt, die so taten, als hätten sie aus irgendeinem idiotischen Grund keine Hände, und ihre Sandwiches wie Hunde zu fressen versuchten und über den ganzen Boden verstreuten und sich selbst in Salami, Gürkchen und Mayonnaise wälzten. Zu essen gab es dieses eine Mal genug, aber mir war es zu riskant, zwischen den Körpern umherzuflitzen. Gefährlicher als Füße. Aber überhaupt Sandwiches zu sehen zu bekommen – heutzutage eine Seltenheit. Es gibt kein Restaurant mehr, denn die Hälfte der Zimmer im Hotel Duke sind in sogenannte Apartments mit Kühlschränken und Herdplatten umgewandelt. Unter Lebensmitteln verstehen diese Leute in der Hauptsache Tomatensaft für ihre Bloody Marys. Keiner brät sich auch nur ein Spiegelei. Das wäre auch schwierig, da das Hotel den Gästen weder Pfannen noch Töpfe, Dosenöffner oder Besteck zur Verfügung stellt, weil alles umgehend geklaut würde. Und keiner dieser Geistesriesen käme auf den Gedanken, seinen Hintern zu heben und sich selbst einen Topf zu besorgen, um eine Suppe warm zu machen. Deshalb ist hier Schmalhans Küchenmeister, um es poetisch auszudrücken. Und das ist noch nicht das Schlimmste, was die »Serviceleistungen« betrifft. Die meisten Fenster sind undicht, die Betten sehen aus wie ausgebeulte Hängematten, die Stühle sind wackelig, und die sogenannten Sessel, maximal einer pro Zimmer, sind Marterinstrumente, deren Federn sich in die Weichteile bohren. Die Waschbecken sind in der Regel verstopft, und die Wasserspülung der Toiletten geht entweder gar nicht oder pausenlos. Und die Diebstähle! Ich habe genug mit angesehen. Zimmermädchen geben den Generalschlüssel weiter, und schon verschafft sich ein Dieb Zutritt und verschwindet mit dem Kofferinhalt unter dem Arm, in den Taschen oder in einem Kissenbezug, der als Schmutzwäsche getarnt wird.

Wie auch immer, vergangene Woche war ich in einem vorübergehend leerstehenden Zimmer des Duke und versuchte eine Brotkrume oder einen Tropfen Wasser aufzustöbern, als plötzlich ein schwarzer Hotelpage mit einem Koffer erschien, der nach *Leder* roch. Ihm folgte ein Herr, der nach Aftershave roch und selbstverständlich nach Tabak, wie das üblich ist. Er packte seine Sachen aus, legte Unterlagen auf den Schreibtisch, prüfte das warme Wasser und brummte dabei etwas vor sich hin, testete die Wasserspülung und die Dusche, die das ganze Badezimmer nassspritzte, und dann rief er die Rezeption an. Das meiste, was er sagte, konnte ich verstehen. Im Großen und Ganzen sagte er, für den Zimmerpreis dürfe man wohl erwarten, dass verschiedene Dinge besser funktionierten, und dass er gern ein anderes Zimmer hätte.

Ich lauerte in meiner Ecke, durstig, hungrig, aber voller Interesse und außerdem im Wissen, dass dieser Herr mich zertreten würde, wenn ich es wagen sollte, mich auf dem Teppich blicken zu lassen. Ich wäre dann nur ein weiterer Beschwerdepunkt auf seiner Liste gewesen. Die alte Fenstertür ging auf (es war ein windiger Tag), und die Papiere wurden über das ganze Zimmer verstreut. Er musste einen Stuhl unter die Klinke kippen, um das Fenster geschlossen zu halten, bevor er fluchend seine Papiere aufsammelte.

»*Washington Square!* – Henry James würde sich im Grabe umdrehen!«

Ich erinnere mich an seine Worte, weil er sich dabei an die Stirn schlug, als wollte er eine Mücke treffen.

Ein besäuselter Hotelpage in der abgetragenen dunkelblauen Livree des Etablissements erschien und machte sich ergebnislos am Fenster zu schaffen. Es zog fürchterlich, das Fenster klapperte ohrenbetäubend, und alles musste beschwert werden, sogar die Zigarettenschachtel, weil es sonst vom Tisch geweht worden wäre. Als der Page sich die Dusche ansah, wurde er von Kopf bis Fuß nass, worauf er sich mit dem Bescheid verabschiedete, er wolle den »Mechaniker« kommen lassen. Der Mechaniker im Hotel Duke ist ein Witz, den ich nicht weiter kommentieren will. Er ließ sich jedenfalls nicht blicken – wahrscheinlich weil sich dem Gefasel des Pagen nichts Vernünftiges entnehmen ließ –, und der Herr nahm den Telefonhörer ab und sagte: »Können Sie mir bitte jemand möglichst Nüchternen schicken, der mir den Koffer hinunterträgt?... Oh, behalten Sie das Geld, ich ziehe aus. Und rufen Sie mir bitte ein Taxi.«

In diesem Augenblick fasste ich meinen Entschluss. Während der Herr packte, verabschiedete ich mich im Geist von all meinen Ehefrauen, Brüdern, Schwestern, Cousins, Kindern, Enkeln und Urenkeln, und dann bestieg ich den wunderschönen Koffer, der nach Leder roch. Ich krabbelte in ein Fach im Kofferdeckel und machte es mir in einem Plastikfutteral gemütlich, das nach Rasierseife und Aftershave duftete und in dem mir nichts passieren konnte, wenn der Kofferdeckel geschlossen wurde.

Eine halbe Stunde später befand ich mich in einem wärmeren Zimmer mit einem dicken Teppich, der nicht nach Staub roch. Der Herr nimmt sein Frühstück morgens um halb acht im Bett ein. Im Flur kann ich mich von den Tabletts vor den Zimmern auf dem Boden bedienen – es gibt sogar Rühreireste und immer Brötchen mit Marmelade und Butter. Musste gestern um mein Leben rennen, als ein Kellner in weißer Jacke mich dreißig Meter den Flur entlang verfolgte und mit beiden Füßen zutrat, mich aber jedesmal verfehlte. Noch bin ich rüstig, und das Leben im Hotel Duke war ein gutes Training!

Die Küche habe ich bereits lokalisiert, selbstverständlich per Lift. Viel zu essen in der Küche, aber der Nachteil ist, dass einmal in der Woche der Kammerjäger kommt. Habe vier potentielle Ehefrauen kennengelernt, allesamt ein bisschen schwächlich durch das wöchentliche Ausräuchern, aber entschlossen, in der Küche auf dem Posten zu bleiben. Ich wohne oben. Keine Konkurrenz und massenhaft Frühstückstabletts und ab und zu Mitternachtssnacks. Mag sein, dass ich mittlerweile zum alten Hagestolz tendiere, aber noch regt sich genug Leben in mir, wenn sich eine potentielle Ehefrau zeigt. Auf jeden Fall habe ich ein wesentlich besseres Los erwischt als die Zweibeiner im Hotel Duke, die ich Dinge essen gesehen habe, die ich nicht in den Mund nehmen würde, im wörtlichen wie im übertragenen Sinn. Das machen sie, weil sie wetten. Wetten! Das ganze Leben ist ein Glücksspiel, oder? Warum da noch wetten?

Loriot

Feierabend

Bürgerliches Wohnzimmer.
Der Hausherr sitzt im Sessel, hat das Jackett ausgezogen, trägt Hausschuhe und döst vor sich hin. Hinter ihm ist die Tür zur Küche einen Spaltbreit geöffnet. Dort geht die Hausfrau emsiger Hausarbeit nach. Ihre Absätze verursachen ein lebhaftes Geräusch auf dem Fliesenboden.

SIE Hermann...
ER Ja...
SIE Was machst du da?
ER Nichts...
SIE Nichts? Wieso nichts?
ER Ich mache nichts...
SIE Gar nichts?
ER Nein... *(Pause)*
SIE Überhaupt nichts?
ER Nein... ich *sitze* hier...
SIE Du *sitzt* da?

ER Ja…

SIE Aber irgendwas *machst* du doch?

ER Nein… *(Pause)*

SIE *Denkst* du irgendwas?

ER Nichts Besonderes…

SIE Es könnte ja nicht schaden, wenn du mal etwas spazieren gingest…

ER Neinnein…

SIE Ich bringe dir deinen Mantel…

ER Nein danke…

SIE Aber es ist zu kalt ohne Mantel…

ER Ich gehe ja nicht spazieren…

SIE Aber eben wolltest du doch noch…

ER Nein, *du* wolltest, dass ich spazieren gehe…

SIE Ich? *Mir* ist es doch völlig egal, ob *du spazieren gehst…*

ER Gut…

SIE Ich meine nur, es könnte dir nicht schaden, wenn du mal spazieren gehen würdest…

ER Nein, *schaden* könnte es nicht…

SIE Also was willst du denn nun?

ER Ich möchte hier sitzen…

SIE Du kannst einen ja wahnsinnig machen!

ER Ach…

SIE Erst willst du spazieren gehen… dann wieder nicht… dann soll ich deinen Mantel holen… dann wieder nicht… was denn nun?

ER Ich möchte hier sitzen …

SIE Und jetzt möchtest du plötzlich da sitzen …

ER Gar nicht plötzlich … ich wollte immer nur hier sitzen … und mich entspannen …

SIE Wenn du dich wirklich *entspannen* wolltest, würdest du nicht dauernd auf mich *einreden* …

ER Ich sag ja nichts mehr …
(Pause)

SIE Jetzt hättest du doch mal Zeit, irgendwas zu tun, was dir Spaß macht …

ER Ja …

SIE Liest du was?

ER Im Moment nicht …

SIE Dann lies doch mal was …

ER Nachher, nachher vielleicht …

SIE Hol dir doch die Illustrierten …

ER Ich möchte erst noch etwas hier sitzen …

SIE Soll *ich* sie dir holen?

ER Neinnein, vielen Dank …

SIE Will der Herr sich auch noch bedienen lassen, was?

ER Nein, wirklich nicht …

SIE Ich renne den *ganzen* Tag hin und her … Du könntest doch wohl *einmal* aufstehen und dir die Illustrierten holen …

ER Ich möchte jetzt nicht lesen …

SIE Mal möchtest du, mal nicht …

ER Ich möchte einfach hier sitzen.

SIE Du kannst doch tun, was dir Spaß macht!

ER Das tue ich ja…

SIE Dann quengle doch nicht so rum…

ER *(schweigt)*

SIE Hermann!

ER *(schweigt)*

SIE Bist du taub?

ER Neinnein…

SIE Du tust eben *nicht*, was dir Spaß macht… stattdessen *sitzt* du da!

ER Ich sitze hier, *weil* es mir Spaß macht…

SIE Sei doch nicht gleich so aggressiv…

ER Ich bin doch nicht aggressiv…

SIE Warum schreist du mich dann so an?

ER *(schreit)* Ich schreie dich nicht an!!

Henry Slesar

Flitterwochen erster Klasse

Obgleich seine Scheidung schon sieben Monate, zwei Wochen und vier Tage zurücklag, erwachte Edward Gibson am Samstagmorgen mit dem Gefühl ungetrübter Freude in seinem von Gloria befreiten Schlafzimmer. Er gähnte, reckte sich, legte sich quer über das Doppelbett und schwelgte im köstlichen Gefühl der Einsamkeit, der Stille und der Ungebundenheit.

Es gab keine Gloria mehr, die ihn gewaltsam mit ihren weinerlichen Klagen über ihre Schlaflosigkeit, das nächtliche Herzklopfen und die Atemknappheit weckte. Es gab auch keine Vorträge mehr über seine Trägheit, seinen Mangel an Zuneigung, seinen sich vergrößernden Taillenumfang, sein Schnarchen, seinen Mutterkomplex, seine Unaufmerksamkeit und sein Desinteresse für ihre gesundheitlichen Probleme.

Mit dem rechten Zeh stieß Edward das Kissen, das früher Gloria gehört hatte, vom Bett und grinste dabei so glücklich, wie er war.

Als er sich jedoch angekleidet hatte, wurde sein Frohsinn von einer bleiernen Depression abgelöst. Ihm fiel ein, dass heute wieder Zahltag war. Langsam schlenderte er in sein Arbeitszimmer und holte das Scheckheft aus dem viktorianischen Schreibtisch. Wie immer zitterte seine Hand vor Ärger und Widerwillen, als er die vier Zahlen auf die Anweisung schrieb. Die Unterhaltszahlung war für Gloria der einzige Sieg in der dreimonatigen Gerichtsschlacht gewesen, die ihre ehelichen Bindungen endgültig beendet hatte. Es war viel Geld, überlegte Edward traurig. Verdammt viel Geld!

Er leckte gerade das Kuvert an, als leise die Hausglocke in der Wohnung anschlug. Verwirrt runzelte er die Stirn und blickte auf seine Uhr. Besucher um halb zehn waren ungewöhnlich. Entschlossen marschierte er zur Tür und war darauf vorbereitet, sich mit einem Vertreter herumschlagen zu müssen. Statt dessen sah er sich Karl Sebron gegenüber.

»Morgen.« Karl grinste einfältig.

Sebron war ein junger Mann mit dichtem und gelocktem blonden Haar sowie von athletischer Anmut. Als ewiger Student trug er unter seinem Straßenanzug einen Pullover und weiße Segeltuchschuhe an den kleinen Füßen. Wie ein Läufer, der vor einem Rennen die Startlöcher ausprobiert, wippte er auf den Fußballen, und sein Gesicht hatte denselben gespannten und erwartungsvollen Ausdruck.

»Was, zum Teufel, hast du hier zu suchen?«, sagte Edward erheblich ungnädiger, als er beabsichtigte. »Ziemlich früh für dich, nicht?«

»Mag sein«, erwiderte Karl ungerührt. »Wie wäre es, wenn du mich einlassen würdest?«

Knurrend trat Edward beiseite und ließ ihn herein. Mit einer Nonchalance, die nichts anderes als eine unbeholfene Imitation war, betrat Karl das Wohnzimmer und setzte sich. Im College waren sie zwar Klassenkameraden, aber niemals Freunde gewesen. Ihre einzige Verbindung war jetzt Karls scheinbares Interesse an Gloria; aus schwer erklärlichen Gründen war er mit Edwards ehemaliger Frau ständig verabredet.

Immerhin glaubte Edward eine Erklärung dafür gefunden zu haben. Er vermutete, dass ein Teil seiner Unterhaltszahlungen Karl zu Sportjacken und Leinenschuhen verhalf.

»Hast du Gloria in letzter Zeit gesehen?«, fragte er ironisch und setzte sich in den Schaukelstuhl.

»Dauernd«, erwiderte Karl lächelnd. »Um genau zu sein: Eigentlich wollte ich nämlich mit dir über Gloria sprechen.«

»Von Gloria habe ich genug.« Edward nahm eine

Zigarette aus der Porzellandose, die auf dem Tisch stand, und beobachtete dabei den anderen. »Langsam werdet ihr beide zum Stadtgespräch.«

Karl lachte. »Ärgert dich das?«

»Sagen wir lieber, dass es mich erstaunt. Entweder hat Gloria sich vollkommen verändert, oder aber du bist der dämlichste, taubste und blindeste Mann, den ich jemals kennengelernt habe. Merkst du denn nicht, was sie ist?«

»Das kommt darauf an«, sagte Karl. »Gelegentlich kann sie ausgesprochen reizend sein. Und sehr großzügig.«

Edward fluchte leise und legte die Zigarette hin, ohne sie angezündet zu haben, wobei er jede Höflichkeit außer Acht ließ. »Was hast du vor, Karl? Wozu bist du hierhergekommen?«

»Das habe ich bereits erklärt. Um über Gloria zu sprechen. Oh, ich weiß selbst, dass es auf der Welt begehrenswertere Frauen gibt als sie. Sie ist zu füllig, ist ständig krank und redet ununterbrochen.«

»Und?«

»Aber gestern ist mir eine Idee gekommen. Mir fiel der hohe Preis ein, den du zahlst, um sie dir vom Hals zu halten. Wieviel ist es eigentlich, Ed?«

»Das geht dich nichts an.«

»Mindestens zweitausend pro Monat, nicht wahr?«

»Hör mal zu, Karl …«

»Vielleicht verstehst du mich noch nicht.« Karl grinste.

»Ich bin nicht hier, um dir das alles noch einmal unter die Nase zu reiben. Ich bin vielmehr hier, um dir zu helfen. Ich habe nämlich eine Möglichkeit ausgeknobelt, dir eine Menge Geld zu sparen, Ed. Deswegen könntest du mich wenigstens anhören.«

»Du und mir Geld sparen?«

»So ungefähr – ja. Wie diese zweitausend pro Monat. Interessiert es dich?«

Es interessierte Edward sehr, aber sein Gesicht blieb ausdruckslos.

»Also bitte – an was hast du dabei gedacht?«

»An Hochzeit natürlich. Wie sollten diese Unterhaltszahlungen denn sonst aufhören, Ed? Wenn Gloria wieder heiratet, kannst du deinen Zaster behalten. So bestimmt es das Gesetz.«

»Heiraten? Gloria? Weißt du – nur der größte Idiot auf dieser Welt würde sie jemals heiraten. Das weiß ich, weil ich es selbst zwei Jahre lang gewesen bin.« Dann atmete er tief. »Sag nur nicht, dass ausgerechnet du daran denkst.«

»Unter gewöhnlichen Umständen nicht. Aber in letzter Zeit habe ich ziemlich viel Pech gehabt.«

»Du erwartest also, dass Gloria dich aushält?

Mit Ausnahme meines Unterhaltungsschecks besitzt sie nicht einen einzigen Cent.«

»Das habe ich auch nicht gemeint. Was ich brauche, ist möglichst schnell eine runde Summe – verstehst du? Damit mir ein paar äußerst unangenehme Leute nicht dauernd im Nacken sitzen. Die reinsten Spielertypen!«

Er wurde rot und blickte über seine Schulter nach hinten, als stünden diese unangenehmen Leute bereits dort.

»Willst du mir einen Vorschlag machen, Karl?«

»Bezeichnen wir es lieber als Antrag.« Er kicherte nervös. »Das trifft mehr den Kern. Ein Heiratsantrag. Ich bin dazu bereit, wenn du bereit bist, dafür zu zahlen. In bar. Und sofort.«

Edward pfiff leise durch die Zähne. »Junge, Junge – dann muss es dir verdammt schlecht gehen.«

»Ich weiß nicht mehr aus und ein«, sagte Karl. Seine beiden Mundwinkel zuckten jetzt leicht. »Wenn ich bis heute abend nicht zehn Tausender zusammenhabe, besteht alle Aussicht, dass ich mein berühmt gutes Aussehen einbüße.« Er blickte auf. »Ed, das ist mein Ernst. Ich werde Gloria heiraten, wenn du mir heraushilfst. Ich werde ihr einen Antrag machen.«

»Woher willst du eigentlich wissen, dass sie dich auch nimmt?«

»Sie nimmt mich – darüber mache dir keine Gedanken. Aber ich muss das Geld haben – bar oder als Bürgschaft, und möglichst sofort.«

»Ich besitze Bargeld«, sagte Edward sanft. Er griff nach der Zigarette und zündete sie an. »Aber wie kann ich ganz sichergehen? Woher weiß ich, dass du nicht wieder kneifst?«

»Ich gebe es dir schriftlich«, sagte Karl eifrig. »Ich gehe sofort hin und mache ihr einen Antrag. Ich bin sogar bereit, sie jetzt anzurufen, wenn du es wünschst.«

»Ja«, sagte Edward, und sein Herz klopfte schneller. »Rufe sie gleich an, Karl.«

Karl wischte sich die Hände an der Hose ab und ging zum Telefon. Er wählte Glorias Nummer und versuchte ein Lächeln auf sein Gesicht und in seine Stimme zu bringen.

»Gloria?«, sagte er. »Hier ist Karl… Gut, Süße, und dir?« Er lachte laut. »Ja, da hast du recht. Irgendwann werden wir wieder einmal hingehen. Vielleicht heute abend. Hör zu, Gloria…« Er zerrte an der Telefonschnur und wickelte sie sich um seine linke Hand. »Ich muss dich unbedingt etwas fragen. Eigentlich wollte ich schon gestern Abend mit dir darüber sprechen, aber bei den vielen Menschen, die um uns herum saßen… Vielleicht wäre es besser, wenn ich noch bis heute Abend damit wartete. Es geht nämlich darum… Verdammt noch mal, aber bis heute Abend kann ich nicht mehr warten, mein Liebling. Ich muss die Antwort wissen, bevor ich endgültig verrückt werde.«

Er schloss die Augen; die Schweißperlen auf seiner Stirn funkelten im Morgenlicht. »Schatz, ich möchte dich heiraten«, flüsterte er vertraulich. »Ich möchte, dass wir möglichst schnell heiraten.«

Er blickte zu Edward hinüber und strahlte. »Ist das dein Ernst?«, sagte er freudig. »Ist das wirklich dein Ernst, Gloria?… Hör zu, warten wir gar nicht erst bis heute Abend. Wir können uns doch zum Mittagessen oder sonstwo treffen… Ich habe dir so viel zu erzählen. Ja, Liebling… Bis nachher.«

Er legte den Hörer auf, atmete volle fünf Sekunden tief aus und ließ sich dann in die Ecke des Sofas fallen.

Edward starrte ihn an.

»Es ist also tatsächlich dein Ernst«, sagte er. »Du willst also wirklich heiraten, und ausgerechnet diese…«

»Wie ich gesagt habe«, erwiderte Karl nachdenklich. »Und wenn du willst, gebe ich es dir auch noch schriftlich. Hauptsache, ich kriege das Geld. Zehntausend müssen es aber sein, Ed. Hast du überhaupt soviel bei dir?«

»Natürlich«, erwiderte Edward lächelnd. »Und ich lege sogar noch fünfhundert dazu, mein Freund. Damit könnt ihr euch Flitterwochen erster Klasse leisten.« Er durchquerte den Raum und blieb nur kurz stehen, um Karl auf die Schulter zu klopfen. »Warte hier einen Moment. Ich bin gleich wieder da.«

Mit einem Grinsen auf dem Gesicht und schnellen Schritten verschwand Edward in seinem Schlafzimmer.

Um vier Uhr, als er gerade die Behaglichkeit eines Nachmittagsschläfchens genoss, wurde er durch das misstönende Schrillen des Telefons geweckt. Verschlafen stellte er es auf das Kissen und hörte die nasale Stimme am anderen Ende.

»Mr. Gibson? Hier ist Marvin Fleming. Der Anwalt Ihrer früheren Frau.«

»Wer? Ach – Sie, Fleming.« Angewidert verzog Edward den Mund, erinnerte sich dann jedoch, dass ihm diese Last abgenommen war. »Was wünschen Sie?«, sagte er.

»Mir ist gerade eingefallen, dass man Sie vielleicht noch nicht informiert hat, und deswegen glaubte ich, Sie anrufen zu müssen. Hat es Ihnen noch niemand mitgeteilt?«

»Was mitgeteilt?«

»Es ist eine sehr unangenehme Aufgabe«, sagte Fleming ernst. »Und es bekümmert mich, dass ausgerechnet ich es Ihnen mitteilen muss, aber mit Sicherheit ergeben sich gewisse juristische Probleme aus dem Tod Ihrer früheren Frau …«

»Aus ihrem was?«

»Es tut mir schrecklich leid, aber Mrs. Gibson ist in der vergangenen Nacht an einem Herzanfall verstorben. Mr. Sebron war zu diesem Zeitpunkt bei ihr, und da Sie mit ihm befreundet sind, dachte ich, dass er Sie vielleicht …«

»Du dreckiges Schwein!«, schrie Edward, obgleich sich diese Verwünschung nicht auf den Anwalt bezog.

Er schmetterte den Hörer auf die Gabel, nahm ihn jedoch im nächsten Augenblick wieder ab und wählte fieberhaft. Als sich in der Wohnung von Karl Sebron niemand meldete, hätte er den Hörer fast durch das Fenster geschleudert. Dann klickte es jedoch, und die Stimme eines Dienstmädchens sagte: »Hier bei Mr. Sebron. Wer spricht dort bitte?«

»Wo steckt er?«, fragte Edward. »Hier ist Ed Gibson.«

»Es tut mir leid, Mr. Gibson, aber Mr. Sebron ist im Augenblick nicht hier.«

»Wo ist er hingegangen?«

»Mr. Sebron fuhr um drei zum Flughafen. Soviel ich weiß, wollte er nach St. Thomas fliegen. Aber ganz sicher bin ich mir nicht...«

»Hat er denn nichts gesagt?«, brüllte Edward. »Irgendetwas muss er doch gesagt haben!«

»Das hat er auch, Sir«, erwiderte das Mädchen kichernd. »Das hat er tatsächlich. Er sagte, er fahre jetzt in die Flitterwochen. Können Sie sich vielleicht vorstellen, was er damit gemeint hat?«

Luciano De Crescenzo

Anwalt Tanucci

Kopf hoch, Armando, der Prozess ist schon gewonnen, die anderen haben auf Porzio gesetzt, deine Mamma setzt auf Marciano.« So schreit in einem Gedicht Rocco Galdieris eine neapolitanische Mutter, während sie hinter dem Gefangenenwagen herrennt. Giovanni Porzio und Gennaro Marciano waren in der ersten Hälfte dieses Jahrhunderts die berühmtesten Vertreter der Gerichtswelt Neapels. Damals wurden alle Strafprozesse mit lebhaftestem Interesse verfolgt. Das Volk fand sich mit derselben Pünktlichkeit im Schwurgericht ein, mit der es sich heute die Fortsetzungen von *Dallas* und *Denver* ansieht. Es brauchte nur einer anzukündigen: »Der Porzio redet!«, und alle lauschten andachtsvoll.

Als der Prozess gegen die ›Schöne Venezianerin‹ stattfand, schwärmte ganz Neapel für die Angeklagte. Es ging um ein klassisches Ehrendelikt: Antonietta Catullo, ledige Mutter, hatte ihren Verführer im Stadtpark getötet. Verteidiger war Rechtsanwalt Alfredo Catapano, der sein Plädoyer mit diesen Worten schloss: »Sprecht sie frei im Namen aller Frauen, denen je Gewalt angetan wurde, die getäuscht und betrogen worden sind; aller Frauen, die, weil sie Liebe brauchten, an das Gute und an falsche Versprechungen geglaubt haben, aller Frauen, die dem Laster, dem Elend, dem Hunger ausgesetzt waren, weil sie aber ein Kind liebten und zu beschützen hatten, die Kraft fanden, sich wieder aufzurichten und in Würde weiterzuleben.« Die schöne Venezianerin wurde freigesprochen, und Neapel schnappte über vor Freude. Hunderte von Frauen trugen den Rechtsanwalt Catapano im Triumph durch die Straßen und sangen im Chor:

Du hast den Prozess gewonnen
Alfredo Catapano
und jetzt klatschen die Leute
dir alle Beifall.

Die Gerichte Neapels haben ihren Sitz in einer berüchtigten alten Burg, dem Castel Capuano, erbaut um das Jahr 1000 von Wilhelm II. Ursprünglich Festung, wurde es später Königshof, dann Privatwohngebäude und schließlich, unter dem Vizekönig Don Pedro von Toledo, Gefängnis und Gerichtshof.

Wenn man sich die Autos wegdenkt, hat sich die Umgebung des alten Kastells seit den Zeiten der spanischen Vizekönige wohl kaum sehr verändert. Das finstere Gebäude prägt nach wie vor die ganze Gegend. In den Gassen und Cafés des Stadtviertels wimmelt es von Winkeladvokaten, Straßenhändlern, Streunern, Vorbestraften in vorläufiger Haftentlassung, Leuten, die auf den Zellenwagen mit einem ihrer Angehörigen warten, Flittchen auf der Suche nach dem geeigneten Subjekt, das auf ihre Reize hereinfällt. Etwa in der Mitte zwischen den Gassen des Duchesca-Viertels, wo die Waren so billig verramscht werden, dass sie kein Geschäft mehr sein können, und der im Autolärm erstickenden Porta Capuana gelegen, verschluckt das Gerichtsgebäude pausenlos eine bunte Menschenmenge und spuckt eine andere wieder aus, die das Gesetz resigniert erträgt wie eine Naturkatastrophe.

Natürlich sind nicht alle Anwälte, die den riesigen Hof des Castel Capuano bevölkern, Stars; ihr Stand lässt sich grob in fünf Kategorien einteilen: da sind die Anwälte von Ruf, die gewöhnlichen Anwälte, die Winkeladvokaten, die Rechtsverschlepper und die Kanzleigehilfen.

Gaetano Manfredi, ein großer neapolitanischer Strafverteidiger, schloss einmal sein Plädoyer in einem vielleicht allzu emphatischen Ton: »Im gemeinen Volk heißt es, meine Sache sei verloren. Nun gut, so werde ich stürzen, aber stürzen wie ein verwundeter Adler, mit ausgebreiteten Schwingen und das Auge zur Sonne erhoben.« Sein Gegner Carlo Fiorante, genannt ›der Ätzende‹, antwortete ihm schlagfertig: »Uns kommt es nur darauf an, dass Sie stürzen; in welcher Haltung, das entscheiden Sie ruhig selbst.«

Die Rechtsverschlepper, teils mit, teils ohne akademischen Grad, sind Freischaffende, die sich so ziemlich um alles kümmern: um Gerichtsakten, Pässe, Lizenzen, Geldstrafen usw. Wenn sie es einmal geschafft haben, einen guten Klienten zu kapern, tun sie alles, um die Abwicklung seiner Angelegenheit möglichst lange hinauszuziehen, weil sie auf diese Weise immer wieder kleine Geldbeträge kassieren können.

Die Kanzleigehilfen sind im Allgemeinen bejahrte Mitarbeiter der Rechtsanwälte, die schon ein paar Jahrzehnte Gerichtserfahrung auf dem Buckel haben. Obwohl sie keine Akademiker sind, kennen sie die Gesetze oft besser als ihre Chefs.

Die Figur des Winkeladvokaten, in Neapel *paglietta* genannt, gehört zur Geschichte der Stadt.

Wir haben einen von ihnen kennengelernt, er heißt Annibale Tanucci. Sein Motto lautet: »Die

Gerechtigkeit ist wie ein zu enger Schuh. Man braucht immer einen Schuhlöffel, um hineinzukommen.« Am besten lassen wir ihn mit einem seiner Plädoyers selber zu Wort kommen:

»Hohes Gericht, wir haben hier die Ehre des Herrn Alessandro Esposito, genannt ›der Rinascente‹, gegen die Anklage des Betruges und der Fälschung eines Markenzeichens zu verteidigen.

Wir haben die Absicht, den Beweis zu erbringen, dass es sich im ersten Punkt der Anklage nicht um Betrug handelt und dass die Fälschung des Markenzeichens nicht strafbar ist.

Nach dieser Erklärung hier nun die Fakten:

Am Sonntag, dem 27. März, Palmsonntag, an einem schönen sonnigen Morgen, als alles darauf hindeutete, dass die Herzen der Menschen vom Wunsch nach Frieden erfüllt sein würden, erlegte der Schutzmann Michele Abbondanza meinem Klienten Alessandro Esposito eine Geldstrafe auf, weil er auf dem Bürgersteig vor der Kirche Santa Caterina a Chiaia kleine und große Taschen verschiedener Formen ohne Lizenz verkauft hatte. Ein Lokaltermin, der am nächsten Tag von Zollbeamten im Erdgeschoss des Vico Sergente Maggiore Nr. 25 einberaumt wurde, wo mein Klient wohnhaft ist, führte zur Entdeckung einer bescheidenen Montagekette für die genannten Taschen, an der ausschließlich Mitglieder der Familie Esposito arbeiteten, sowie von 28 perfekt gehenden Uhren, Nachbildungen der folgenden Marken: Rolex, Cartier, Porsche und Piaget.

Um zum Kern der Anklage zu kommen, muss ausgeführt werden, dass das von Esposito käuflich erworbene und nicht selber hergestellte Plastikmaterial zur Anfertigung der Taschen in waagrechter und senkrechter Folge eine Reihe von Buchstaben ›L‹ und ›V‹ aufgeprägt trug, die in Art eines Monogramms ineinander verschlungen und durch Blümchen voneinander getrennt waren. Diese Buchstaben sollen die Initialen eines gewissen Louis Vuitton sein, der französischer Staatsbürger und hier im Saal nicht anwesend ist und den wir nicht das Vergnügen haben zu kennen.

Für den Fall, dass das Hohe Gericht nicht über die von der Firma Louis Vuitton aus Paris praktizierten Preise auf dem Laufenden sein sollte, beehren wir uns, ihm mitzuteilen, dass eine Tasche mittlerer Größe, hergestellt aus bestem französischem Plastik zu einem Preis von ungefähr 400 000 Lire verkauft wird, während die von meinem Klienten produzierte italienische Imitation nur 25 000 Lire kostet, ja, in Ausnahmefällen, wenn die Einnahmen am Ende des Tages bescheiden geblieben sind, sogar nur 20 000 Lire. Als wesentliches Detail ist zu beachten, dass über der ganzen Ware ein Schild mit der Aufschrift hing:

ECHTE LOUIS-VUITTON-TASCHEN
PERFEKT IMITIERT

Und hier stellt sich nun die Frage: Hat Alessandro Esposito sich eines Betruges schuldig gemacht? Aber was ist das überhaupt, ein ›Betrug‹? Befragen wir das Gesetz. Also... Paragraph 640... ›Wer in der Absicht, sich einen rechtswidrigen Vermögensvorteil zu verschaffen... durch Vorspiegelung falscher oder durch Entstellung oder Unterdrückung wahrer Tatsachen einen Irrtum erregt... wird mit einer Gefängnisstrafe zwischen drei Monaten und drei Jahren und einer Geldstrafe zwischen 40 000 und 400 000 Lire bestraft.‹ Woraus sich ergibt: Wenn es sich hier um Betrug handeln soll, muss es ja vor allem eine beleidigte Person geben, die getäuscht worden ist; und wer sollte diese beleidigte Person sein? Der Kunde auf der Straße? O nein, Hohes Gericht, denn da kann es nur zwei Fälle geben: Entweder hat der Kunde auf der Straße das Schild ganz gelesen, und dann war ihm bekannt, dass es sich um einfache Imitationen handelte, oder aber, er hat aus Unaufmerksamkeit nur gelesen ›Echte Louis-Vuitton-Taschen‹, und dann ist der wahre Betrüger nämlich er, weil er für nur 25 000 Lire einen Gegenstand an sich reißen wollte, der auf dem Markt fast eine halbe Million wert ist! Und weiter frage ich Sie, welches wäre denn eigentlich der unrechtmäßige Profit? Vielleicht die neun- oder zehntausend Lire pro Tasche, die Esposito seinen wartenden arbeitenden Angehörigen nach Hause brachte? Nein, Hohes Gericht, die Verteidigung bestreitet entschieden, dass ein Betrug vorliegt, schon deshalb, weil es ja gar keine Betrogenen gibt.

Und damit kommen wir zum zweiten Anklagepunkt, zur Fälschung des Markenzeichens. Die großen Meister der Malerei, Giotto, Cimabue, Masaccio, signierten ihre Meisterwerke nie, weil sie nämlich ganz zu Recht der Meinung waren, dass die Kunstwerke wegen ihres inneren Wertes geschätzt werden sollten und nicht, weil ein X oder ein Y sie signiert hatte. Die Sucht nach firmierten Waren ist doch in Wirklichkeit nichts anderes als eine konsumistische Entgleisung unseres Jahrhunderts. Das saudumme Volk, entschuldigen Sie den groben Ausdruck, kauft doch heute den letzten Dreck, wenn er nur den passenden Namenszug trägt.

In den fünfziger Jahren führte der Maler Piero Manzoni ein bewusst provozierendes Experiment durch; es gelang ihm, seinen eigenen Kot zu verkaufen, nachdem er ihn (hoffentlich) hermetisch in einer Dose mit der Aufschrift ›Künstlerscheiße‹ verschlossen hatte. Ja, und auf die gleiche Weise hat sich Herr Louis Vuitton aus Paris gedacht: ›Ich stelle jetzt Tausende von Plastiktaschen her, schreibe meine Initialen darauf, und dann verkaufe ich sie zum zehnfachen Preis, wollen doch einmal sehen, wie viele Trottel die kaufen werden?‹ Ich spreche hier von Vuitton, aber das Gleiche gilt natürlich für alle anderen Hersteller von firmierten Waren genauso: Gucci, Fendi, Armani, Rolex usw. usw. Es gibt keine Grenzen mehr, auch wenn man auf dem Klo sitzt, kann man Spaß daran haben, von Kacheln umgeben zu sein, die Valentino entworfen hat!

Da könnte nun jemand einwenden: ›Louis Vuitton zwingt doch niemanden, seine Taschen zu kaufen. Warum versucht denn dein Klient nicht, statt anderen die Marke zu stehlen, ein eigenes Produkt auf den Markt zu werfen?‹ Ja, die Dame möchte ich doch einmal sehen, die zu ihrer Freundin sagt: ›Gestern habe ich mir eine Esposito gekauft, wenn du wüsstest, wie gut die mir steht!‹

Und da frage ich mich nun, gibt es ein Gesetz, das dem Profit eines Einzelnen Grenzen setzt? Und wie es das gibt, aber es ist das allgemeine Marktgesetz. Wenn eine Firma allzu hohe Preise verlangt, wird sie ihr Produkt wegen der Konkurrenz nicht los. Wenn diese Firma aber ihre Kunden hörig macht und sie davon überzeugt, dass die Ware ganz besonders gut ist, auch wenn sie nur aus synthetischem Material hergestellt ist? Und da habe ich dich, mein lieber Vuitton! Paragraph 603: ›Wer widerrechtlich einen anderen Menschen des Gebrauchs der persönlichen Freiheit beraubt, wird mit 3 bis 15 Jahren Gefängnis bestraft.‹ Und ich behaupte nun, wenn es einem Individuum gelungen ist, Tausende von Personen zu überzeugen, dass eine Plastiktasche, auch wenn sie mit Monogrammen verziert ist, besser ist als eine Ledertasche, dann heißt das, dass er seine Kunden in totaler Abhängigkeit hält, und infolgedessen klage ich Herrn Louis Vuitton aus Paris der Freiheitsberaubung an. Ebenso klage ich alle anderen Händler mit Markenzeichen, die nur Wind machen, und zwar Ausländer wie Italiener, an, unsere Ehefrauen und unsere Kinder hörig und von ihrer Macht abhängig zu machen. Ich klage Zeitschriften wie *Capital* an, falsche Idole eines neuen Fetischismus zu verbreiten. Ich klage die Massenmedien, die Werbefirmen, die Händler und alle ihre Komplizen des ungesetzlichen Profiterwerbs an. Hohes Gericht, Sie haben jetzt die Aufgabe, Recht zu sprechen: Auf der einen Waagschale haben Sie Louis Vuitton, einen großen internationalen Gauner, und auf der anderen Alessandro Esposito, einen kleinen neapolitanischen Gauner, der in flagranti dabei erwischt wurde, wie er sich einen Brosamen vom Tisch des Großen Fressers klauen wollte!«

Ingrid Noll

Die Sekretärin

Ich freute mich sehr, als Eva anrief. Wir hatten uns zwar ein wenig aus den Augen verloren, aber im Grunde waren wir seit unserer Kindheit gute Freundinnen. Sie tat geheimnisvoll. »Wir müssen uns unbedingt sehen, ich habe dir etwas zu sagen, was sich nicht fürs Telefon eignet.« Keine Frage, dass ich diesem Treffen voller Neugierde entgegenfieberte.

Wenige Tage später saßen wir auf meinem Balkon, tranken Campari-Orange und sprachen von alten Zeiten.

»Du warst doch mal die Sekretärin von Bolle …«, fing sie an. Ich nickte und verzog schmerzlich das Gesicht. »Ich weiß Bescheid«, sagte Eva, »du hast es mir beim letzten Klassentreffen ausführlich erzählt. Er war ein –«

»Mit A fängt's an«, sagte ich.

Bolle hieß eigentlich Dr. Siegmar Bollberg und war vor zwanzig Jahren längst nicht so bekannt wie heute, wo er es zum Minister gebracht hat. Damals war er noch jung und ich kaum erwachsen. Klar, dass ich mich in meinen ersten Chef sofort verliebte. Wie er mich glauben ließ, war er unglücklich verheiratet, und darum spielten wir das uralte Theaterstück: Jugendliche Naive geht mit ihrem Vorgesetzten ins Bett und macht sieben Jahre lang Überstunden wie eine Weltmeisterin.

»Was ist ihm passiert?«, fragte ich, denn es hätte mich nicht gewundert, wenn dieses Energiebündel, durch und durch eine charismatische Erscheinung, ehrgeizig und karrierebewusst, nun endlich auf die Schnauze fiel. Nach mir hatte er, wie ich aus zuverlässiger Quelle wusste, eine Vielzahl ergebener Frauen ausgebeutet – sowohl für sexuelle als auch betriebliche Sonderleistungen.

»Es ist zwar jammerschade«, meinte Eva, »aber der Fuchs ist zu schlau, um sich erwischen zu lassen. Doch jetzt gehe ich zum delikaten Teil meines Anliegens über, aber du darfst mit keiner Menschenseele darüber sprechen.« Begierig schwor ich Stillschweigen. Eva arbeitete bei einem privaten Fernsehsender als Redakteurin. Sie hatte die Aufgabe, eine Art Talk-Show vorzubereiten. »Die Sendung ist keine neue Idee«, sagte sie, »die Konkurrenz macht seit Jahren etwas Ähnliches. Eine Persönlichkeit des öffentlichen Lebens wird vorgestellt, in unserem Fall Bolle. Zur Auflockerung werden Überraschungsgäste eingeladen, also Weggefährten aus der Vergangenheit, etwa ein ehemaliger Lehrer, das alte Mütterchen, der verschollene Jugendfreund und so weiter. Bei Bolle möchte ich fünf Sekretärinnen gemeinsam antreten lassen, die ihn als verantwortungsbewussten Chef und gütigen Menschen preisen.«

»Ohne mich«, sagte ich, »die Lüge bliebe mir im Halse stecken.«

Eva lachte. »Pass auf, es kommt ja noch besser! Im Grunde bin ich vertraglich verpflichtet, über Berufsgeheimnisse den Mund zu halten. Aber neulich habe ich nach einigen Gläschen Wein im Familienkreis über diesen geplanten Auftritt geplaudert. Mein Schwager ist zwar in der gleichen Partei wie Bolle, aber es gibt dort eine Gruppe, die ihn lieber heute als morgen absägen möchte.«

Ich riss die Augen auf, jetzt hieß es gut aufpassen. »Was hat das alles mit mir zu tun?«, fragte ich mit leichter Ungeduld.

»Du könntest ein paar Sätzchen vorbringen, die den guten Bolle in einem neuen Licht erscheinen lassen. Damit hättest du erstens die Möglichkeit, dich an ihm zu rächen, zweitens würden dir bestimmte Interessenten eine Erfolgsprämie garantieren.«

Wir schwiegen beide. Wenn ich richtig verstanden hatte, sollte ich nicht in das allgemeine Loblied auf Bolles Humanität und Kompetenz einstimmen, sondern genau das Gegenteil tun: ihn fertigmachen.

»Wie denkst du dir das?«, fragte ich furchtsam, denn ich bin nicht sonderlich mutig. Eva erklärte mir das Procedere. Zuerst sollte Bolles Lebensweg von der Grundschule bis zum Ministeramt kurz vorgestellt werden. Dann trete als erster Gast sein Bruder, ein Franziskanermönch, vor die Kamera und erzähle vom Elternhaus in einem Münchner Vorort und von gemeinsamen Jugendstreichen. Als nächstes falle die Tochter, Studentin in den USA, ihrem Papa um den Hals. Das Highlight sollte eigentlich der Bundespräsident sein, der jedoch bereits absagen ließ. Im Gespräch seien ferner ehemalige Skatbrüder oder Freunde aus einer studentischen Verbindung.

»Als Abschluss plane ich den spektakulären Auftritt der Sekretärinnen, von dreien habe ich schon die Adresse. Man könnte euch alle gleich anziehen, ich dachte an ein dunkelblaues Nadelstreifenkostüm mit rosa Seidenschal, das ihr selbstverständlich behalten dürft. Natürlich erwartet man, dass auch alle etwas Ähnliches sagen – etwa so: ein energischer, aber auch großzügiger Chef, Perfektionist in der Sache, jedoch mitfühlend, absolut integer, herzlich und blablabla. Dann kommt deine große Stunde: Sobald das Lämpchen deiner Kamera aufleuchtet, sagst du völlig überraschend, was du schon lange auf dem Herzen hast. Es ist eine Live-Sendung. Wenn du einmal im Bild bist, wird man nicht gleich abblenden. Dein erster Satz kann ihn ruhig in Sicherheit wiegen, also beispielsweise: ›Es war eine schöne Zeit mit Ihnen, Herr Bollberg!‹ Und dann folgt ruck, zuck!, was er für ein Schweinehund war.«

Das stimmte. Ich hatte ein Kind von ihm abgetrieben und war kurz darauf in eine andere Abteilung »weggelobt« worden. Meine Nachfolgerin war ebenso jung und dumm, wie ich es anfangs gewesen war.

Mir klopfte aber jetzt schon das Herz. »Eva, die Idee gefällt mir zwar gut, doch wer bin ich denn, dass ich mich mit den Mächtigen anlegen kann? Erstens verliere ich meinen Job, und zweitens wird mich Bolle wegen übler Nachrede oder Verleumdung verklagen!«

Eva versuchte, mich zu beruhigen. Im Falle einer Anzeige werde man mir die Prozesskosten und den besten Verteidiger bezahlen. Überdies – sie senkte ihre Stimme zu einem Flüstern – sei die Gratifikation von einmaliger Höhe. Mit roten Ohren nannte sie einen Betrag, den sie mir noch zweimal wiederholen musste.

Daraufhin beschloss ich, das Wochenende zum Nachdenken zu verwenden. Eva wollte sich am Montag wieder melden. Natürlich konnte ich nicht schlafen. Wie im Film sah ich mich vor Bolle stehen und ihm meine aufgesparten Vorwürfe mit überschnappender Stimme ins Gesicht speien: wie er besoffen ins Auto gestiegen war, einen Radfahrer angefahren und Fahrerflucht begangen hatte. Wie er seine Frau belogen, seine Sekretärinnen verschlissen und öffentlich gegen Schwangerschaftabbrüche gewettert hatte, die er bei seinen privaten Affären für selbstverständlich hielt.

Gut, da stand ich also als hysterischer Racheengel im Rampenlicht, verbittert, nicht mehr jung, von Eifersucht und Missgunst gezeichnet. Machte ich eine gute Figur? War eine abgehalfterte Geliebte eine glaubwürdige Zeugin? Die zahllosen verstoßenen Frauen von Königen, Schahs oder Politikern waren nur dann Sympathieträger, wenn sie mediengerechten Glamour wie Lady Di oder Soraya ausstrahlten.

Das allgemeine Mitgefühl und Wohlwollen würde sofort Bolle gelten. Alkohol am Steuer? Ein Kavaliersdelikt; der Radfahrer war ja nicht gestorben. Ein Frauenheld in der Politik? Wie schön! Es gibt in Deutschland viel zu wenig Clintons und Kennedys. Ehefrau hintergangen? Na und? Wer würde diesen arroganten Drachen nicht ebenfalls betrügen? Ausbeutung der Untergebenen? Tut doch jeder, der ein bisschen clever ist. Ohne zu delegieren ist noch keiner groß geworden.

Die Wahrheit war so banal, dass ich keinen Blumentopf damit gewinnen konnte und auch meine anonymen Auftraggeber keinen Anlass hätten, eine derart fette Summe auszuspucken. Ich beschloss, mich zu drücken.

Eva war entsetzt. »Auf keinen Fall, ich beschwöre dich! Wie stehe ich da, wenn du auch noch abbröckelst! Bis auf eine einzige Sekretärin haben alle einen Rückzieher gemacht, leider auch Bolles Kollegen! Wenn du nicht genug Mumm hast, um ihm die Leviten zu lesen, dann mach einfach nur ein betont muffiges Gesicht. Denk doch mal: Flug, Übernachtung im Kempinski, Nadelstreifenkostüm. Und als Krönung der Scheck!«

Wer kann bei einem neuen Kostüm widerstehen? Laut Evas Empfehlung wollte ich derart gequält und wortkarg über meine verflossenen Dienstjahre sprechen, dass auch ohne großartige Anklage demonstriert wurde: Das war keine gute Zeit.

Schließlich war es soweit. Mit den anderen Gästen wartete ich in einem Nebenraum des Studios und verfolgte am Monitor den Auftritt unserer Vorgänger. Eva saß bei uns, tat aber vorsichtshalber so, als würden wir uns nur flüchtig kennen. Alles lief programmgemäß. Bolle thronte gutgelaunt mit Ehefrau und Moderator am runden Tisch und trank Mineralwasser, als Profi kannte er kein Lampenfieber. Seine puppig geschminkte Frau weilte wohl dank eines Tranquilizers nicht in dieser Welt, während sich der Ordensbruder als amüsanter Entertainer erwies. Die Tochter musste sich noch eine Weile mit uns im Warteraum gedulden. Bei Bolles Worten: »Das Wichtigste in meinem Leben war immer die Familie!«, sprühte sie in einem Anflug von Wut ihrem Bildschirmvater eine Ladung Cola ins Gesicht, enthielt sich aber eines Kommentars. Das brachte mich jedoch dazu, in aller Eile einen teuflischen Plan zu schmieden.

Gemeinsam mit Bolles jetziger Sekretärin betrat ich schließlich die Arena, angekündigt als die erste und die letzte Schreibtischdame. Zwillingsmäßig gekleidet, identisch frisiert, aber im Alter durch zwei Jahrzehnte getrennt, gesellten wir uns als doppelte Miss Moneypenny zu Bolles Hofstaat.

Ich hörte kaum, was meine Kollegin sagte, sah aber das erwachende Misstrauen in den Augen von Bolles schläfriger Frau. Als mein Minütchen geschlagen hatte, wusste ich genau, was ich sagen würde.

»Es war eine tolle Zeit«, begann ich und sah Bolle voll ins rote Bulldoggengesicht, »geprägt von Pioniergeist. Ich bewunderte Herrn Dr. Bollberg und vor allem auch seine Frau!« Überrascht blickte sie mich an.

»Ja, Frau Bollberg, ich habe große Hochachtung davor, wie Sie es jahrelang Seite an Seite mit einem Bettnässer ausgehalten haben. Ich hatte bereits nach drei Überschwemmungen die Nase voll.«

Die junge Sekretärin wollte ihrem Chef beistehen und versicherte eifrig: »Bei mir hat er aber noch nie ins Be…«

Da konnte auch ein gewandter Moderator nicht mehr viel retten.

Später erfuhr ich, dass die Einschaltquote 29,7 Prozent betragen hatte. Und wer es nicht am Bildschirm sah, wie Bolle violett anlief und mit geballten Fäusten auf mich losging, der las es am nächsten Tag in der Presse. Ganz Deutschland lachte über meine Lüge. Wie versprochen, wurde ich vorzüglich entlohnt, denn aus dem großen Zampano ist eine lächerliche Figur geworden.

Mein neuer Job in der Werbebranche macht mir viel Spaß. Dem Prozess sehe ich mit Gelassenheit entgegen, denn wie soll Bolle beweisen, dass er vor zwanzig Jahren kein Bettnässer war?

Urs Widmer

In Hotels

In GENUA schlief ich in einem Hotel – das heißt, ich schlief eben nicht –, da dröhnten unablässig Vierzig-Tonnen-Lastzüge auf mein Zimmer zu, alle mit aufgeblendeten Scheinwerfern und so nah vor mir abdrehend, dass ich bei jedem dachte, nein, der schafft die Kurve nicht, der wird mich zermalmen. Der Lärm! – In SIENA aber sangen Nachtigallen vor dem Fenster, und Glühwürmchen flogen. – In NAXOS, vielleicht auch in PAROS, war mein Zimmer das hinterste von dreien. Ich konnte es nur betreten, wenn ich durch die beiden andern ging. Im ersten wohnte ein Paar aus Paris, das tagsüber um Tempelsäulen strich und ins Gras gestürzte Kolosse vermaß. Nachts lagen sie stets wie tot nebeneinander. Nie das Liebestoben, in das ich – »Pardon, madame! Excusez-moi, Monsieur!« – hineinzuplatzen hoffte. Das zweite Zimmer gehörte einer Italienerin. Sie saß den ganzen Tag über auf der Hotelterrasse und las *I promessi sposi*, und nachts beäugte sie mich misstrauisch, wenn ich vorbeischlich, die

Decke bis zur Nasenspitze hochgezogen. – In NIŠ schlief ich mit meiner Frau *und* meiner Mutter in *einem* Bett. Wir waren auf der Heimfahrt von Griechenland, und das Einbettzimmer von Niš war das letzte freie auf dem ganzen Balkan gewesen. Es gab kein Fenster, nur ein Lüftungsloch hoch oben. Mäuse, die ich für Ratten hielt und die das vielleicht auch waren, fegten unter dem Bett hindurch. Es war so entsetzlich, dass meine Frau und ich, obwohl hellwach, kein Wort sagten. Am nächsten Morgen – mattes Licht floß durch das Loch an der Decke oben – sah meine Frau wie meine Mutter aus und ich wie ihr Urgroßvater. Die Mama aber, putzmunter, hätte unsre Tochter sein können. Sie hatte wie ein Murmeltier geschlafen und rief, wie gut die Idee gewesen sei, das schöne Feriengeld nicht für ein zweites Zimmer verschleudert zu haben. Das würden wir von jetzt ab immer so halten. – In ARGOS kriegte ich, auf den Balkon tretend, jäh eine monumentale Depression und fand mein Leben, das eben noch ein Honigschlecken gewesen war, eine untragbare Last. Dabei hatte mir Argos, ein griechisches Provinznest mit einer kriegerischen Vergangenheit, gar nichts angetan. – In LA RÖSA lag ich (ich war etwa zwölf Jahre alt) ganze Tage auf einem Felsen dem Hotel gegenüber, mit einem Feldstecher meines Vaters an den

Augen. Ich sah riesig vergrößert die weißen Betten in den Zimmern, die alle auf etwas zu warten schienen, von dem ich noch nicht *genau* wusste, was es war. Ich erfuhr es auch nicht. Nur einmal kam ein Mann und holte seinen Anorak aus dem Schrank. – In ST. MORITZ war ich tatsächlich einmal im Hotel Palace, jenem bizarren Schloss, in dem auch Gunter Sachs, Aga Khan oder Maria Callas schlafen oder schliefen. Ein Verleger hatte mich in seine Welt eingeladen, die, damals wenigstens, in keinster Weise meine war. Tatsächlich strafte mich Gott auch sofort für meine Anmaßung, denn ich kotzte die ganze Nacht über, sterbenskrank, weil ich einen alten Fisch gegessen hatte. – Am BALATON-SEE fanden wir die längste Zeit keinen Ort zum Schlafen. Wir fuhren und fuhren. Es war längst dunkel, und in unsre strahlende Reiselaune mischten sich zunehmend Müdigkeit und Missmut. Da tauchte wie durch ein Wunder ein hellleuchtender Hotelkasten vor uns auf, ein Ozeandampfer auf hoher See. Wir stellten unsern R4 vor den goldglitzernden Eingang und gingen Hand in Hand, wie Hänsel und Gretel, über unendliche Teppiche auf einen Empfangschef zu, der uns in sozialistischer Würde entgegensah. Wir kriegten ein Zimmer. Eine halbe Stunde später saßen wir gebadet und gekämmt im Speisesaal. Kronleuchter, ein gläserklirrendes Gästegewimmel an unzählbaren Tischen. Während wir aßen, beschlich uns allmählich, aber immer unabweisbarer das Gefühl, dass irgendetwas nicht stimmte. Nur was? Ich prüfte diskret, ob ich den Hosenschlitz zu hatte, und meine Frau, ob nicht alle Knöpfe ihres Rocks hinten offenstanden. Nein, alles bestens. Wir aßen weiter. Plötzlich legte meine Frau die Gabel hin und sagte mit einer endgültigen Stimme: *Sie haben alle Pyjamas an!* Tatsächlich. Alle Gäste an allen Tischen trugen Pyjamas oder Nachthemden. Ihre nackten Füße steckten in Pantoffeln. Das Hotel war kein Hotel, sondern ein Sanatorium für Werktätige, die das Plansoll zehnfach übererfüllt hatten und am Ende ihrer Kräfte waren. Wir, in Jeans und Rock, waren bestürzend *overdressed*. Aber niemand beachtete uns, und wir wurden mit ausgesuchter Höflichkeit bedient. – In WILER, in einem Berghotel voller ausgestopfter Gemsen, saß ich auf dem Klo, und ein Mann mit einem langen Bart steckte plötzlich den Kopf durch einen Schieber in der gegenüberliegenden Wand, sagte »Ach so!« und verschwand wieder. Schloss den Schieber fast zart. Ich sah ihn nie wieder, während meines ganzen Aufenthalts nicht. Vielleicht wohnte er, ein wegen Blutrache Gesuchter, in einem Hohlraum hinter der Toilettenwand. Vielleicht war er eine

Kuckucksuhr, Walliser Variante, und hatte nicht »Ach so«, sondern »Halb zwo« gesagt. – In UPPSALA, vielleicht auch in MALMÖ, in Schweden jedenfalls, übernachtete ein Freund von mir in einem dieser Hotels, die man bereits vergisst, während man sie noch bewohnt. In denen nie etwas geschieht, was man später erzählt. Sheraton, Hilton, Sie wissen, was ich meine. Ein Zimmer ist wie's andre, immer eine Bibel im Nachttisch und ein Pay-Porno darauf. Das heißt, in einem dieser Sheratons, das vielleicht auch ein Marriott war, erlebte mein Freund – die Ausnahme von der Regel – eine Geschichte, die sehr erzählenswert ist. Er erzählte sie mir in der Bar eines andern Sheraton, auch in Schweden, in GÖTEBORG nämlich, wo wir zusammen an einer Buchmesse aufgetreten waren, jeder vor etwa zehn Zuhörern, den gleichen zudem. Es war ein großer Schritt für uns gewesen und ein sehr kleiner für die Menschheit. Item. Die Geschichte ging so: Mein Freund tappte mitten in der Nacht, aus dem Tiefschlaf hochschreckend, aufs Klo und trat, statt ins Bad, in den Korridor hinaus. Natürlich fiel die Tür hinter ihm ins Schloss, und klarerweise war er ohne das Plastikkärtchen, das sie wieder geöffnet hätte. Er war splitternackt. Zudem hatte er seine Brille nicht auf und konnte einen Etagenkellner nicht von einem Feuerlöscher unterscheiden. Um das Maß voll zu machen – an dieser Stelle bestellten wir beide ein weiteres Bier –, hatte er ein starkes Schlafmittel eingenommen. Eine Lage, in der sogar Hiob aufgegeben hätte. Mein Freund aber fuhr mit dem Lift sieben Stockwerke nach unten und ging zum *Welcome desk*, hinter dem er auch, näher kommend, einen Schatten ahnte, der einem Menschen glich. Es war der Nachtportier. Mein Freund rummste in mehrere Möbel und kriegte die Kante des *desk* zu fassen. »Klo«, sagte er. *»I locked me out. Could you help me, please!«* So etwas in der Art. Der Nachtportier sagte auf Schwedisch etwas, was sicher nicht *welcome* hieß. Mein Freund tat einen weiteren Schritt, stolperte über die Lehne eines Sofas und schlief sofort tief. Ich weiß nicht, wie und ob er in dieser Nacht wieder in sein Zimmer kam. Jedenfalls ist er weltweit der einzige Mensch, der in einem Sheraton, das vielleicht auch ein Holiday Inn war, etwas *erlebt* hat. – In LOMPOC, CALIFORNIA, einem dieser Orte, in denen ein Fremder nur hält, wenn sein Auto kaputtgeht – das war mein Fall –, übernachtete ich in einem Motel. Es sah aus, als sei es für einen Film von John Ford gebaut worden und damals schon alt gewesen. Es wurde, von mir einmal abgesehen, ausschließlich von Ingenieuren einer nahen Basis für Interkontinental-Atomraketen und ihren Frauen bewohnt, pickligen Jünglingen und bleichen Mädchen in Jeans. Die Zimmerwände waren so dünn, dass ich nicht nur das Paar im nächsten Zimmer, sondern auch die Bewohner des über- und überübernächsten hörte. Das Gleiche auf der andern Zimmerseite. Sechs Paare. So dass ich jetzt weiß, dass die Amerikaner öfter als wir lieben; als ich mindestens. Allerdings auch wesentlich hastiger. Irgendwie abwesend, nebenbei, so als sähen sie gleichzeitig fern. Vielleicht taten sie das tatsächlich, denn ich hörte sechsmal das gleiche Programm, je ferner, desto leiser. Nur die kleinen Schreie der sechs Frauen waren ein bisschen verschieden und die Grunzer der Ingenieure. – Einmal fuhr ich spät nachts durch MONTREUX und beschloss in einer Eingebung, die Nacht in dem Hotel zu verbringen, in dem der von mir so geliebte Vladimir Nabokov eine Wohnung unterm Dach hatte. Ich kriegte eine Suite, die ein Vermögen kostete, schlief wunderbar und träumte von Lolita. Am nächsten Morgen, auf der Straße, sah ich, dass neben meinem Hotel noch so ein Prunkbau aus dem 19. Jahrhundert stand und dass ich im falschen gewesen war. – In PARIS wohnte *ich* in einem Hotel, auch unterm Dach. Es hieß *Hôtel de France* und wurde von vier oder zwanzig Nordafrikanern – je nachdem –, zwei Persern und mir bewohnt. Nur Männer. Die Besitzerin (es waren die *early sixties*) erlaubte keinen Damenbesuch. Damen mussten an der Loge vorbeikriechen, hinter der sie saß, etwas, auf das sich die einen einließen, die andern eben nicht. Meine Mutter zum Beispiel (in den *early sixties* besuchten Mütter ihre fernen Söhne) war nicht zum Kriechen zu bewegen, und prompt kam die Besitzerin hinter uns dreingestürzt und sprach die sofortige Kündigung meines Zimmers aus. *»Je suis la mère!«*, rief meine Mutter ein ums andere Mal. *»Tant pis!«*, antwortete die Besitzerin. *»Tant pis, madame!«* Ich versuchte, in all dem Getümmel die Geschichte von Oidipos zu erzählen, ich sei keiner und meine Mama schon gar keine Jocaste, während sie, die Besitzerin, bald der Sphinx gleichen werde, der bekanntlich jemand in einem Streit die Nase abgeschlagen habe. – In ZÜRICH endlich kam ich einmal so spät und so müde im Hotel Pfauen an, dass ich, als zwar alle Türen offenstanden, aber kein Mensch zu sehen war, einfach einen Schlüssel vom Brett nahm und mich ins Bett legte. Am nächsten Morgen war erneut niemand da, und so ging ich halt wieder. – Zudem dienen Hotels natürlich sogenannten Abenteuern. Wem nicht, irgendwann in diesem langen Leben. Ich denke da an Hotels in MÜNCHEN, BERLIN, GRAZ, VERONA und VENEDIG. Aber jede und jeder weiß auch, dass die Verjährungsfrist, nach der das Gelebte in herzlicher Unschuld erzählt werden kann, eher dreißig als zwanzig Jahre beträgt. – Eine Regel, an die sich Max Frisch nicht hielt, nachdem er in MONTAUK mit einer Frau namens Lynn in einem Hotel gewesen war. – Schön sind die erzählten Geschichten: noch viel schöner oft die verschwiegenen. In BASEL zum Beispiel, vor vierunddreißig Jahren, merkte die Frau, die ich in ein Hotel verlockt hatte, dass sie, bei Lichte besehen, eigentlich gar nicht mit mir sein wollte, und so zogen wir uns halt wieder an und gingen den Rest der Nacht am Ufer des Rheins auf und ab. – So erlebt man so allerhand in Hotels, was andererseits auch wieder natürlich ist, denn dafür sind Hotels ja da.

John Irving

Die Pension Grillparzer

Mein Vater arbeitete für das Österreichische Fremdenverkehrsamt. Und meine Mutter war auf die Idee gekommen, dass doch die ganze Familie mitreisen solle, wenn er als Spion für seinen Arbeitgeber unterwegs war. So kam es, dass meine Mutter, mein Bruder und ich ihn auf seinen geheimen Missionen begleiteten, deren Zweck es war, Unhöflichkeiten, staubige Winkel, schlechtes Essen und Sparmaßnahmen aller Art aufzuspüren, die sich österreichische Restaurants, Hotels und Pensionen zuschulden kommen ließen. Wir waren gehalten, Schwierigkeiten zu machen, wann immer es ging, nie genau das zu bestellen, was auf der Karte stand, ausgefallene Wünsche anzumelden, wie sie für Gäste aus dem Ausland typisch sind – etwa zu ungewöhnlichen Zeiten baden zu wollen, dringend ein Aspirin zu benötigen oder sich den Weg zum Tiergarten beschreiben zu lassen. Wir waren gehalten, uns anständig zu benehmen, aber lästig zu fallen; und wenn der Aufenthalt beendet war, erstatteten wir Vater auf der Autofahrt Bericht.

Dann sagte Mutter zum Beispiel: »Der Friseur hat am Vormittag immer geschlossen. Dabei wird draußen eigens auf ihn hingewiesen. Dagegen wäre ja nichts einzuwenden, wenn das Hotel nicht behaupten würde, einen eigenen Friseur zu haben.«

»Aber genau das behaupten sie«, sagte Vater dann und hielt das in seinem dicken Notizbuch fest.

Ich war stets der Chauffeur und berichtete aus meiner Sicht: »Das Auto war zwar nicht auf der Straße geparkt, sondern in der Hotelgarage, aber seit wir es dem Portier übergeben haben, ist jemand vierzehn Kilometer damit gefahren.«

»Das sollte man der Hotelleitung direkt melden«, sagte Vater und machte sich eine Notiz.

»Die Toilette war undicht«, sagte ich.

»Ich hab die Toilettentür nicht aufgebracht«, sagte mein Bruder Robo.

»Du hast immer Schwierigkeiten mit Türen, Robo«, meinte Mutter.

»War das denn Klasse C?«, fragte ich.

»Ich fürchte, nein«, sagte Vater. »Es ist noch immer als B-Hotel eingestuft.« Eine Zeitlang fuhren wir schweigend weiter; die Frage, ob ein Hotel oder eine Pension neu kategorisiert werden musste, nahmen wir sehr ernst. Wir schlugen nie leichtfertig die Einstufung in eine andere Klasse vor.

»Ich finde, das schreit nach einem Brief an die Hoteldirektion«, meinte Mutter. »Er sollte nicht zu freundlich ausfallen, aber auch nicht richtig grob. Teile einfach die Fakten mit.«

»Einverstanden. Ich fand den Mann ganz sympathisch«, sagte Vater. Er legte stets Wert darauf, die Hoteldirektoren kennenzulernen.

»Vergiss nicht zu erwähnen, dass jemand mit unserem Auto gefahren ist«, sagte ich. »Das ist wirklich unverzeihlich.«

»Und die Eier waren schlecht«, sagte Robo. Er war noch keine zehn, und sein Urteil wurde nicht wirklich ernst genommen.

Weit unerbittlicher als Bewertungsteam wurden wir, als mein Großvater starb und uns Großmutter hinterließ – die Mutter meiner Mutter, die uns von da an auf unseren Reisen begleitete: Johanna, eine alte Dame mit majestätischem Auftreten, die es gewohnt war, in erstklassigen Hotels abzusteigen, während mein Vater weit häufiger B- und C-Unterkünfte unter die Lupe zu nehmen hatte. Kein Wunder, denn die meisten Touristen waren an Hotels (und Pensionen) in dieser Preislage interessiert. Mit den Restaurants erging es uns etwas besser. Auch Touristen, die es sich nicht leisten konnten, in erstklassigen Hotels abzusteigen, legten sehr wohl Wert auf Spitzenrestaurants.

»Ich gebe mich nicht dazu her, zweifelhafte Lokale zu testen«, erklärte uns Großmutter. »Mag sein, dass euch diese merkwürdige Betätigung in Hochstimmung versetzt, weil das wie kostenloser Urlaub ist, aber ich sehe schon, dass man dafür einen unzumutbaren Preis zahlen muss: Man weiß nie, in was für einem Quartier man landet. Amerikaner mögen es ja durchaus bezaubernd finden, dass es bei uns noch immer Zimmer ohne Bad und Toilette gibt, aber ich bin eine alte Frau, und ich finde es überhaupt nicht bezaubernd, einen öffentlichen Flur entlanglaufen zu müssen, wenn ich mich waschen oder die Toilette aufsuchen möchte. Und das ist noch lange nicht alles. Man kann sich da auch Krankheiten holen – und nicht nur vom Essen. Wenn mir das Bett dubios erscheint, werde ich mich nicht hineinlegen, das garantiere ich euch. Abgesehen davon sind die Kinder noch klein und leicht zu beeinflussen; denkt doch bloß an das Publikum, das in einigen dieser Absteigen verkehrt, und fragt euch dann ernsthaft, ob das der richtige Umgang ist.« Mutter und Vater nickten, sagten aber nichts. »Fahr nicht so schnell!«, herrschte Großmutter mich an. »Du bist ein junger Spund, der nur angeben will.« Ich fuhr langsamer. »Wien«, seufzte

Großmutter. »In Wien habe ich immer im Ambassador gewohnt.«

»Das Ambassador steht nicht zur Überprüfung an, Johanna«, sagte Vater.

»Das möchte ich auch meinen«, entgegnete Großmutter. »Gehe ich recht in der Annahme, dass wir überhaupt kein A-Hotel ansteuern?«

»Tja, es ist eben eine B-Reise«, räumte Vater ein. »Jedenfalls weitgehend.«

»Ich hoffe doch«, sagte Großmutter, »das bedeutet, dass es auf unserer Route wenigstens ein erstklassiges Hotel gibt.«

»Nein«, gestand Vater. »Es gibt ein Haus der Klasse C.«

»Das macht gar nichts«, meinte Robo. »In C-Häusern wird viel gestritten.«

»Das kann ich mir denken«, meinte Großmutter.

»Es ist eine C-*Pension,* eine sehr kleine«, sagte Vater, als seien Streitereien in Anbetracht der Größe verzeihlich.

»Und sie bewerben sich für B«, sagte Mutter.

»Aber es hat Beschwerden gegeben«, fügte ich hinzu.

»Davon bin ich überzeugt«, sagte Großmutter.

»Und Tiere«, ergänzte ich. Mutter warf mir einen warnenden Blick zu.

»Tiere?«, fragte Großmutter.

»Tiere«, bestätigte ich.

»Es besteht lediglich ein Verdacht«, stellte Mutter richtig.

»Ihr dürft nicht voreingenommen sein«, sagte Vater.

»Ach, das ist ja reizend!«, sagte Großmutter. »Überall Tierhaare auf den Teppichen! Ekelhafte Haufen in den Ecken! Wisst ihr, dass ich sofort Asthmabeschwerden bekomme, wenn ich ein Zimmer betrete, in dem zuvor eine Katze war?«

»Bei der Beschwerde ging es nicht um Katzen«, sagte ich. Mutter stieß mir ihren Ellbogen in die Rippen.

»Hunde?«, fragte Großmutter. »Tollwütige Hunde! Die einen auf dem Weg ins Bad beißen.«

»Nein«, sagte ich. »Keine Hunde.«

»Bären!«, rief Robo.

Aber Mutter sagte: »Das mit den Bären wissen wir nicht genau, Robo.«

»Das kann doch nicht euer Ernst sein«, meinte Großmutter.

»Natürlich ist es nicht ernst!«, sagte Vater. »Wie könnte es in einer Pension Bären geben?«

»Aber genau das stand in einem Brief«, sagte ich. »Natürlich dachte das Fremdenverkehrsamt, die Beschwerde käme von einem Spinner. Aber dann hat noch jemand das Tier gesehen – es kam ein zweiter Brief, in dem es hieß, dass es da einen Bären gibt.«

Vater warf mir über den Rückspiegel missbilligende Blicke zu, aber nachdem wir alle an dieser Überprüfung beteiligt waren, hielt ich es für ratsam, dafür zu sorgen, dass Großmutter vorgewarnt war.

»Wahrscheinlich ist es gar kein richtiger Bär«, sagte Robo hörbar enttäuscht.

»Ein Mann in einem Bärenkostüm!«, rief Großmutter. »Welch unerhörte Perversion! Eine Bestie von einem Mann, der verkleidet umherschleicht! Wer weiß, was er im Schilde führt? Bestimmt ist es ein Mann in einem Bärenkostüm, ganz bestimmt«, sagte sie. »In diese Pension will ich zuerst. Wenn ich auf dieser Reise schon Bekanntschaft mit Klasse C machen muss, dann wollen wir es möglichst rasch hinter uns bringen.«

»Aber wir haben keine Zimmer für heute reserviert«, sagte Mutter.

»Stimmt, aber wir können den Leuten ebensogut eine Chance geben, sich von ihrer besten Seite zu zeigen«, meinte Vater. Obwohl er seine Opfer nie darüber aufklärte, dass er vom Fremdenverkehrsamt kam, hielt er Zimmerreservierungen schlicht für eine anständige Art, dem Personal die

Möglichkeit zu geben, sich möglichst gut vorzubereiten.

»Ich bin überzeugt, dass man in einer Pension, in der Männer absteigen, die sich als Tiere verkleiden, nicht im voraus Zimmer reservieren muss«, meinte Großmutter. »Ich bin überzeugt, dass da immer was frei ist. Außerdem bin ich überzeugt, dass dort regelmäßig Gäste in ihren Betten sterben – aus Angst oder weil ihnen dieser Verrückte in seinem abgeschmackten Bärenkostüm irgendetwas Unaussprechliches zufügt.«

»Wahrscheinlich ist es ein echter Bär«, sagte Robo hoffnungsvoll, denn angesichts der Wendung, die das Gespräch nahm, wurde ihm wohl klar, dass ein echter Bär Großmutters eingebildetem Unhold allemal vorzuziehen war. Vor einem echten Bär hätte Robo vermutlich keine Angst gehabt.

Ich fuhr uns so unauffällig wie möglich zu der düsteren, unscheinbaren Ecke Planken- und Seilergasse, wo wir Ausschau nach der C-Pension hielten, die in Klasse B aufrücken wollte.

»Nirgends Platz zum Parken«, sagte ich zu Vater, der das bereits in seinem Notizbuch vermerkte.

Ich parkte in zweiter Reihe, und vom Auto aus ließen wir unsere Blicke an der Fassade der Pension Grillparzer emporwandern; vier schmalbrüstige

Stockwerke zwischen einer Konditorei und einer Tabak-Trafik.

»Seht ihr?«, sagte Vater. »Keine Bären.«

»Hoffentlich auch keine Männer«, sagte Großmutter.

»Die kommen in der Nacht«, sagte Robo und blickte argwöhnisch die Straße hinauf und hinunter.

Wir betraten die Pension und wurden vom Inhaber, einem Herrn Theobald, begrüßt, der sogleich Großmutters Misstrauen erweckte.

»Drei Generationen, die zusammen verreisen!«, rief er. »Wie in alten Zeiten«, fügte er hinzu, wobei er vor allem Großmutter ansprach, »bevor es diese vielen Scheidungen gab und die jungen Leute ihre eigenen Wohnungen wollten. Das hier ist eine Familienpension! Ich wünschte nur, Sie hätten im Voraus bestellt – dann hätte ich Sie näher beisammen unterbringen können.«

»Wir sind es nicht gewohnt, im selben Zimmer zu schlafen«, erklärte ihm Großmutter.

»Natürlich nicht!«, rief Theobald. »Ich meinte nur, ich hätte Ihnen gerne Zimmer gegeben, die näher beisammen sind.« Großmutter sah man die Besorgnis an.

»Wie weit liegen sie denn auseinander?«, fragte sie.

»Na ja, ich habe nur zwei Zimmer frei«, sagte er. »Und nur eines davon ist groß genug für die beiden Jungen und die Eltern.«

»Und wie weit ist es bis zu meinem Zimmer?«, fragte Großmutter kühl.

»Ihr Zimmer liegt genau gegenüber der Toilette!«, erklärte Herr Theobald, als wäre das ein Vorteil.

Doch als er uns die beiden Zimmer zeigte – wobei Großmutter, die voller Verachtung das Schlusslicht machte, sich an Vaters Seite hielt –, hörte ich sie murmeln: »So habe ich mir mein Dasein im Alter nicht vorgestellt. Gegenüber der Toilette, so dass ich wohl oder übel sämtliche Gäste hören muss.«

»Hier ist jedes Zimmer anders eingerichtet«, erläuterte Herr Theobald. »Die Möbel stammen samt und sonders aus meiner Familie.« Das glaubten wir sofort. Das große Zimmer, das Robo und ich uns mit den Eltern teilen sollten, war ein Museumssaal voller Schnickschnack, in dem jede Kommode Beschläge in einem anderen Stil hatte. Andererseits waren die Wasserhähne am Waschbecken aus Messing, und das Bett hatte ein geschnitztes Kopfteil. Ich sah Vater an, dass er diese Einzelheiten, die er in seinem dicken Notizbuch festhalten würde, sorgfältig gegeneinander abwog.

»Das kannst du später machen«, erklärte ihm Großmutter. »Wo schlafe ich?«

Brav folgte die ganze Familie Herrn Theobald und meiner Großmutter durch einen langen, gewundenen Gang; Vater zählte die Schritte bis zur Toilette. Der Gangläufer war fadenscheinig und verblichen. An den Wänden hingen alte Fotografien von Eisschnelllaufmannschaften – mit eigenartigen Gleitern an den Füßen, die vorn aufgebogen waren wie Hofnarrenschuhe oder die Kufen uralter Schlitten.

Robo, der vorausgelaufen war, verkündete, er habe die Toilette entdeckt.

Großmutters Zimmer war voller Porzellan, blankem Holz und roch leicht schimmlig. Die Vorhänge fühlten sich klamm an. Das Bett hatte in der Mitte einen beunruhigenden Wulst, der an das gesträubte Rückenfell eines Hundes erinnerte; fast sah es so aus, als läge unter der Bettdecke ein graziler Körper.

Großmutter sagte kein Wort, und als Herr Theobald aus dem Zimmer wirbelte wie ein Schwerverletzter, der soeben erfahren hat, dass er überleben wird, fragte sie meinen Vater: »Wie kommt die Pension Grillparzer bloß dazu, sich ein B zu erhoffen?«

»Ganz entschieden C«, sagte Vater.

»Ist und bleibt C«, sagte ich.

»Ich persönlich«, erklärte Großmutter, »plädiere für E oder F.«

Im düsteren Teesalon sang ein Mann ohne Krawatte ein ungarisches Lied. »Das bedeutet nicht, dass er Ungar ist«, versicherte Vater unserer Großmutter, die jedoch misstrauisch blieb.

»Ich würde sagen, die Wahrscheinlichkeit spricht eher gegen ihn«, meinte sie. Sie wollte weder Tee noch Kaffee. Robo aß ein Stück Kuchen, das ihm angeblich schmeckte. Mutter und ich rauchten eine Zigarette. Sie versuchte mit dem Rauchen aufzuhören, ich versuchte es mir anzugewöhnen; deshalb teilten wir uns eine Zigarette – wir hatten einander sogar versprochen, nie eine allein zu rauchen.

»Er ist ein wunderbarer Gast«, flüsterte Herr Theobald meinem Vater zu und deutete dabei auf den Sänger. »Er kennt Lieder aus aller Welt.«

»Zumindest aus Ungarn«, sagte Großmutter, doch sie lächelte.

Ein kleiner Mann, glattrasiert, aber mit jenem dauerhaft metallischgrauen Bartschatten auf dem hageren Gesicht, sprach Großmutter an. Er trug ein sauberes weißes (vom Alter und vom vielen Waschen jedoch vergilbtes) Hemd, eine Anzughose und ein nicht dazu passendes Sakko.

»Wie bitte?«, sagte Großmutter.

»Ich sagte, ich erzähle Träume«, erläuterte der Mann.

»Sie erzählen also Träume«, sagte Großmutter. »Heißt das, Sie haben diese Träume?«

»Ich habe sie, und ich erzähle sie«, sagte er geheimnisvoll. Der Sänger hörte zu singen auf.

»Egal, welchen Traum Sie hören wollen«, sagte der Sänger, »er kann ihn erzählen.«

»Ich bin ganz sicher, dass ich keinen Traum hören will«, sagte Großmutter. Voller Missfallen betrachtete sie den breiten Streifen dunkler Haare, die aus dem offenen Hemdkragen des Sängers quollen. Sie würde den Mann, der Träume ›erzählte‹, künftig ignorieren.

»Wie ich sehe, sind Sie eine Dame«, sagte der Traummann zu Großmutter. »Sie reagieren nicht auf jeden Traum, der einfach so daherkommt.«

»Ganz bestimmt nicht«, sagte Großmutter. Sie warf Vater einen ihrer Blicke zu, die besagten: Wie kannst du zulassen, dass jemand mir das antut.

»Aber einen kenne ich«, sagte der Traummann und schloss die Augen. Der Sänger zog einen Stuhl heran und saß auf einmal ganz dicht neben uns. Robo hockte auf Vaters Schoß, obwohl er dafür viel zu alt war. »In einem großen Schloss«, hob der Traummann an, »lag eine Frau neben ihrem Mann.

Mitten in der Nacht wurde sie plötzlich hellwach. Sie hatte nicht die geringste Ahnung, wovon sie aufgewacht war, und fühlte sich so munter, als sei sie seit Stunden auf. Gleichzeitig spürte sie – ohne dass es eines Blickes oder eines Wortes oder einer Berührung bedurft hätte –, dass ihr Mann ebenfalls hellwach war und ebenso plötzlich aufgewacht war.«

»Hoffentlich ist das für Kinderohren auch geeignet, haha«, meinte Herr Theobald, aber niemand würdigte ihn eines Blickes. Großmutter faltete ihre Hände im Schoß und starrte sie an – Knie fest beisammen, Fersen unter den Stuhl mit der geraden Lehne geschoben. Mutter hielt Vaters Hand.

Ich saß neben dem Traummann, dessen Jackett wie ein ganzer Zoo roch. Er erzählte weiter: »Die Frau und ihr Mann lagen wach in ihren Betten und lauschten den Geräuschen im Schloss, das sie nur gemietet hatten und nicht besonders gut kannten. Sie lauschten den Geräuschen draußen im Hof, den abzuschließen sie sich nie die Mühe machten. Die Leute aus dem Dorf gingen immer beim Schloss spazieren, und die Dorfkinder durften am großen Hoftor hin- und herschwingen. Wovon waren sie nur aufgewacht?«

»Bären?«, meinte Robo, aber Vater legte seinen Zeigefinger auf Robos Mund.

»Sie hörten Pferde«, fuhr der Traummann fort.

Großmutter, die mit geschlossenen Augen und gesenktem Kopf dasaß, schien auf ihrem harten Stuhl zu erschauern. »Sie hörten das Schnauben und Stampfen von Pferden, die sich ruhigzuhalten versuchten«, sagte der Traummann. »Der Mann streckte die Hand aus und berührte seine Frau. ›Pferde?‹, fragte er. Die Frau stieg aus dem Bett und trat ans Fenster. Sie würde bis zum heutigen Tag beschwören, dass der Hof voller berittener Soldaten war – aber was für Soldaten! Sie trugen Rüstungen! Die Visiere ihrer Helme waren heruntergelassen, und ihr Stimmengemurmel klang so blechern und schwer verständlich wie Stimmen von einem schwächer werdenden Rundfunksender. Ihre Rüstungen schepperten, wenn die Pferde unruhig auf der Stelle traten.

Im Schlosshof befand sich das alte, leere Becken eines ehemaligen Brunnens, doch nun bemerkte die Frau, dass der Brunnen lief; Wasser schwappte über den verwitterten Rand, und die Pferde tranken. Die Ritter waren wachsam, nicht einer saß ab; sie blickten zu den dunklen Fenstern des Schlosses empor, als wüssten sie, dass sie an dieser Wasserstelle nicht willkommen waren.

Die Frau sah ihre großen Schilde im Mondlicht aufblitzen. Sie schlüpfte wieder ins Bett und drückte sich steif an ihren Mann.

›Was ist denn da?‹, fragte er.

›Pferde‹, antwortete sie.

›Das hab ich mir gedacht‹, sagte er. ›Die werden die Blumen abfressen.‹

›Wer hat eigentlich dieses Schloss bauen lassen?‹, erkundigte sie sich. Dass es ein sehr altes Schloss war, wussten sie beide.

›Karl der Große‹, sagte er. Damit schlief er wieder ein.

Aber die Frau lag wach und horchte; das Wasser schien jetzt durch das ganze Schloss zu fließen und in allen Rohren zu gurgeln, als zöge der alte Brunnen Wasser aus allen verfügbaren Quellen. Und man hörte die verzerrten Stimmen der flüsternden Ritter – der Krieger Karls des Großen, die ihre tote Sprache sprachen! Auf die Frau wirkten ihre Stimmen so schauerlich wie das achte Jahrhundert und das damals herrschende Volk der Franken. Die Pferde tranken weiter.

Die Frau lag lange wach und wartete darauf, dass die Soldaten abzogen. Sie hatte keine Angst, angegriffen zu werden, denn sie war überzeugt, dass sich die Männer auf dem Marsch befanden und nur an einer Stelle, die sie von früher her kannten, Rast gemacht hatten. Aber solange das Wasser lief, hatte sie das Gefühl, die Stille und die Dunkelheit im Schloss nicht stören zu dürfen. Als sie einschlief, kam es ihr vor, als wären die Männer Karls des Großen noch immer da.

Am Morgen fragte ihr Mann: ›Hast du auch Wasser laufen hören?‹ Ja, natürlich hatte sie es gehört. Aber der Brunnen war trocken, und vom Fenster aus sah man, dass keine Blumen abgerupft waren; dabei weiß jeder, dass Pferde Blumen fressen.

›Da siehst du's‹, sagte ihr Mann; er ging mit ihr hinunter in den Hof. ›Da sind keine Hufabdrücke und auch keine Pferdeäpfel. Wir müssen geträumt haben, dass wir Pferde gehört haben.‹ Sie erwähnte weder, dass sie auch Soldaten gesehen hatte, noch sagte sie, dass sie es für höchst unwahrscheinlich halte, dass zwei Menschen denselben Traum träumen. Und sie erinnerte ihn auch nicht daran, dass er als starker Raucher es nie roch, wenn die Suppe vor sich hin köchelte; der schwache Pferdegeruch in der frischen Luft war zu fein für seine Nase.

Sie sah – oder träumte – die Ritter noch zweimal während ihres Aufenthalts im Schloss, aber ihr Mann wachte nicht mehr gleichzeitig mit ihr auf. Es geschah immer ganz plötzlich. Einmal erwachte sie mit einem metallischen Geschmack auf der Zunge, als hätte sie ein Stück altes, verrostetes Eisen an die Lippen gehalten – ein Schwert, einen Brustschild, ein Kettenhemd, eine Beinschiene. Sie waren wieder draußen im Hof, diesmal bei kälterem Wetter. Dichter Nebel, der vom Wasser im Brunnen aufstieg, hüllte sie ein; die Pferde waren mit Reif bedeckt. Beim zweiten Mal waren es nicht mehr so viele, als hätten der Winter oder die Scharmützel ihre Reihen gelichtet. Und beim letzten Mal kamen ihr die Pferde ausgemergelt vor und die Männer fast wie leere Rüstungen, die sich nur mit knapper Not im Sattel halten konnten. Über den Mäulern der Pferde hingen längliche Masken aus Eis. Das Atmen bereitete ihnen (und den Männern) Mühe.

Ihr Mann«, schloss der Traummann, »starb später an einer Infektion der Atemwege. Aber das wusste die Frau nicht, als sie diesen Traum träumte.«

Großmutter blickte von ihrem Schoß auf und schlug den Traummann in das bartgraue Gesicht. Robo richtete sich auf Vaters Schoß kerzengerade auf; meine Mutter ergriff die Hand ihrer Mutter. Der Sänger stieß seinen Stuhl zurück und sprang verängstigt oder auch kampfbereit auf, aber der Traummann verbeugte sich nur vor Großmutter und verließ den düsteren Teesalon. Es war, als hätte er mit Großmutter einen Pakt geschlossen, der zwar lebensnotwendig war, aber keinem von beiden große Freude bereitete. Vater schrieb etwas in sein dickes Notizbuch.

»Na, war das nicht eine grandiose Geschichte?«, fragte Herr Theobald. »Haha.« Er wuschelte Robo durchs Haar, was Robo nicht ausstehen konnte.

»Herr Theobald«, sagte Mutter, die noch immer Großmutters Hand hielt, mit einiger Schärfe, »mein Vater ist an einer Infektion der Atemwege gestorben.«

»Ach du Schande«, sagte Herr Theobald. »Tut mir leid, gnädige Frau«, sagte er zu Großmutter, aber die alte Dame weigerte sich, mit ihm zu sprechen.

Wir führten Großmutter in ein erstklassiges Restaurant, aber sie rührte ihr Essen kaum an. »Dieser Mensch war ein Zigeuner«, erklärte sie uns, »ein teuflisches Geschöpf und obendrein ein Ungar.«

»Bitte, Mutter«, sagte meine Mutter. »Das mit Vater konnte er nicht wissen.«

»Er weiß mehr, als du ahnst«, herrschte Großmutter sie an.

»Das Schnitzel ist hervorragend«, sagte Vater und vermerkte das in seinem dicken Notizbuch. »Und der Gumpoldskirchner passt ausgezeichnet dazu.«

»Die Kalbsnieren sind prima«, sagte ich.

»Die Eier sind in Ordnung«, sagte Robo.

Großmutter sagte nichts, bis wir in die Pension

Grillparzer zurückkehrten, wo wir bemerkten, dass die Toilettentür mindestens dreißig Zentimeter hoch über dem Boden hing – wie die Türen amerikanischer Toilettenabteile oder die Saloontüren, die man aus Western kennt. »Ich bin heilfroh, dass ich die Toilette im Restaurant aufgesucht habe«, sagte Großmutter. »Wie abstoßend! Ich werde versuchen, die Nacht zu überstehen, ohne mich an einem Ort zur Schau zu stellen, wo jeder, der vorbeigeht, meine Fesseln beäugen kann!«

In unserem Familienzimmer sagte Vater: »Hat Johanna nicht einmal in einem Schloss gewohnt? Ich glaube, sie und Großvater haben vor langer Zeit mal ein Schloss gemietet.«

»Ja, das war vor meiner Geburt«, sagte Mutter. »Da haben sie das Schloss Katzelsdorf gemietet. Ich kenne es von Fotos her.«

»Also deshalb hat sie sich über den Traum des Ungarn so aufgeregt«, sagte Vater.

»Jemand fährt auf dem Gang Fahrrad«, sagte Robo. »Ich habe ein Rad vorbeirollen sehen – unten durch den Türspalt.«

»Schlaf jetzt, Robo«, sagte Mutter.

»Es hat quietsch-quietsch gemacht«, sagte Robo.

»Gute Nacht, ihr zwei«, sagte Vater.

»Wenn ihr noch reden dürft, dürfen wir auch reden«, sagte ich.

»Dann redet miteinander«, sagte Vater. »Ich rede mit eurer Mutter.«

»Ich möchte schlafen«, sagte Mutter. »Mir wäre es am liebsten, niemand würde mehr reden.«

Wir versuchten es. Vielleicht schliefen wir auch ein. Irgendwann flüsterte Robo mir zu, er müsse aufs Klo.

»Du weißt ja, wo es ist«, sagte ich.

Robo ging aus dem Zimmer und ließ die Tür einen Spaltbreit offen; ich hörte ihn den Flur hinuntergehen, wobei er mit einer Hand an der Wand entlangstreifte. Er war sehr bald wieder zurück.

»Da ist jemand drin«, sagte er.

»Dann warte, bis er fertig ist«, sagte ich.

»Das Licht war nicht an«, sagte Robo, »aber ich konnte unter der Tür was sehen. Da ist jemand drin, im Dunkeln.«

»Mir ist es im Dunkeln auch lieber«, sagte ich.

Aber Robo bestand darauf, mir genau zu erzählen, was er gesehen hatte. Er sagte, unter der Tür seien zwei Hände zu sehen gewesen.

»Hände?«, fragte ich.

»Ja, da, wo die Füße hingehören«, sagte Robo. Er behauptete, er habe zu beiden Seiten der Toilettenschüssel eine Hand gesehen – statt eines Fußes.

»Raus mit dir, Robo!«, sagte ich.

»Bitte, komm mit und schau selber«, flehte er

mich an. Ich ging mit ihm den Gang hinunter, aber die Toilette war leer. »Er ist weg«, sagte er.

»Bestimmt ist er auf den Händen weggelaufen«, sagte ich. »Und jetzt geh pinkeln. Ich warte auf dich.«

Er ging in die Toilette und pinkelte betrübt im Dunkeln. Wir waren fast an unserer Zimmertür angelangt, als ein kleiner, dunkelhaariger Mann mit der gleichen Haut und genauso gekleidet wie der Traummann, der Großmutter brüskiert hatte, an uns vorbeikam. Er zwinkerte uns zu und lächelte; ich konnte nicht umhin zu bemerken, dass er auf Händen ging.

»Siehst du?«, flüsterte Robo mir zu. Wir gingen in unser Zimmer und schlossen die Tür ab.

»Was ist los?«, fragte Mutter.

»Da ist ein Mann, der auf Händen geht«, sagte ich.

»Ein Mann, der auf Händen pinkelt«, ergänzte Robo.

»Klasse C«, murmelte Vater im Schlaf. Vater träumte oft, dass er sich Notizen in sein dickes Buch machte.

»Wir reden morgen früh darüber«, sagte Mutter.

»Wahrscheinlich war es nur ein Akrobat, der dir imponieren wollte, weil du ein Kind bist«, erklärte ich Robo.

»Wie kann er wissen, dass ich ein Kind bin, wenn er im Klo war?«, fragte Robo.

»Schlaft jetzt endlich«, flüsterte Mutter.

Dann hörten wir Großmutter am anderen Ende des Flurs schreien.

Mutter schlüpfte in ihren hübschen grünen Morgenmantel; Vater schlüpfte in seinen Bademantel und setzte die Brille auf. Ich zog eine Hose über meinen Schlafanzug. Robo war als Erster auf dem Gang. Wir sahen Licht unter der Toilettentür. Drinnen stieß Großmutter rhythmische Schreie aus.

»Wir sind schon da!«, rief ich ihr zu.

»Was ist denn los, Mutter?«, fragte meine Mutter.

Wir versammelten uns in dem breiten Lichtstreif. Unter der Tür sahen wir Großmutters malvenfarbene Pantoffeln und ihre porzellanweißen Knöchel. Sie hörte zu schreien auf. »Als ich im Bett lag, habe ich jemanden flüstern hören.«

»Das waren Robo und ich«, erklärte ich.

»Dann, als ich den Eindruck hatte, dass sie fort sind, bin ich in die Toilette gegangen«, sagte Großmutter. »Ohne das Licht anzumachen. Alles war still«, berichtete sie. »Und dann habe ich das Rad gesehen und gehört.«

»Welches Rad?«, fragte Vater.

»Vor der Tür ist mehrere Male ein Rad vorbeigefahren«, sagte Großmutter. »Es ist vorbeigerollt und zurückgekommen und wieder vorbeigerollt.«

Vater ließ einen Zeigefinger wie ein Rad neben seiner Schläfe kreiseln und schnitt eine Grimasse in Mutters Richtung. »Da braucht jemand ein paar neue Räder«, flüsterte er, aber Mutter warf ihm einen bösen Blick zu.

»Dann habe ich das Licht angemacht«, sagte Großmutter, »und das Rad ist verschwunden.«

»Ich hab euch doch gesagt, dass ein Fahrrad auf dem Gang war«, sagte Robo.

»Halt den Mund, Robo«, sagte Vater.

»Nein, es war kein Fahrrad«, widersprach Großmutter. »Es war nur ein einzelnes Rad.«

Vater ließ beide Zeigefinger wild neben seinem Kopf kreiseln. »Und bei ihr sind ein paar Rädchen locker«, zischelte er Mutter zu, aber die gab ihm einen Klaps, dass ihm die Brille halb von der Nase rutschte.

»Und dann ist jemand gekommen und hat unter der Tür durchgeschaut«, sagte Großmutter. »Und da habe ich geschrien.«

»Jemand?«, fragte Vater.

»Ich habe seine Hände gesehen, es waren Männerhände – mit Haaren an den Fingerknöcheln«, sagte Großmutter. »Seine Hände waren auf dem

Teppich vor der Tür. Er muss zu mir raufgeschaut haben.«

»Nein, Großmutter«, sagte ich. »Ich glaube, er stand einfach nur da draußen auf seinen Händen.«

»Werd nicht frech«, sagte Mutter.

»Aber wir haben einen Mann gesehen, der auf Händen gegangen ist«, sagte Robo.

»Unsinn«, sagte Vater.

»Doch, das stimmt«, sagte ich.

»Wir wecken noch alle Leute auf«, beschwichtigte uns Mutter.

Die Klospülung ging, und Großmutter kam, das letzte Restchen Würde wahrend, herausgeschlurft. Sie trug drei Morgenmäntel übereinander; mit ihrem langen Hals und dem weiß eingecremten Gesicht sah sie aus wie eine aufgescheuchte Gans. »Er ist böse und gemein«, sagte sie zu uns. »Und er verfügt über schreckliche magische Kräfte.«

»Der Mann, der dich angeschaut hat?«, fragte Mutter.

»Der Mann, der meinen Traum erzählt hat«, sagte Großmutter. Eine Träne bahnte sich den Weg durch die Furchen ihrer Gesichtscreme. »Das war mein Traum«, sagte sie, »und er hat ihn allen erzählt. Es ist unerhört, dass er ihn überhaupt kennt«, zischte sie empört. »*Meinen* Traum – von den Pferden und den Kriegern Karls des Großen –, dabei dürfte den nur ich kennen, sonst niemand. Ich hatte diesen Traum vor deiner Geburt«, sagte sie zu meiner Mutter. »Und dieser böse, gemeine Zauberer hat meinen Traum erzählt, als wäre er was völlig Neues. Ich habe deinem Vater nie den ganzen Traum erzählt. Ich war auch nie ganz sicher, ob es überhaupt ein Traum war. Und jetzt gibt es hier Männer, die auf Händen gehen und haarige Fingerknöchel haben, und verzauberte Räder. Ich möchte, dass die Jungen bei mir im Zimmer schlafen.«

So kam es, dass Robo und ich uns das große Familienzimmer weit weg von der Toilette mit Großmutter teilten, die mit ihrem eingecremten, feucht glänzenden Gespenstergesicht auf Vaters und Mutters Kissen lag. Robo war wach und beobachtete sie. Ich glaube nicht, dass sie sehr gut schlief; vermutlich träumte sie wieder ihren Todestraum – erlebte noch einmal die frierenden Soldaten Karls des Großen mit ihren seltsamen, reifbedeckten Kettenhemden und den eingefrorenen Rüstungen in ihrem letzten Winter.

Als ich wohl oder übel auf die Toilette musste, folgten mir Robos runde, glänzende Augen bis zur Tür.

In der Toilette war jemand. Unter der Tür kam kein Licht hervor, aber draußen an der Wand lehnte ein Einrad. Der Fahrer saß in der dunklen Toilette und betätigte wie ein Kind ein ums andere Mal die Spülung – ohne abzuwarten, bis der Wasserbehälter vollgelaufen war.

Ich trat näher, um unter der Tür durchzulugen, aber der oder die Betreffende stand nicht auf den Händen. Ich erkannte deutlich ein Paar Füße, fast in der erwarteten Stellung, nur berührten sie den Boden nicht; die Fußsohlen, dunkelviolett und wulstig, zeigten schräg zu mir nach oben. Es waren riesige Pfoten, die an kurzen, pelzigen Schienbeinen hingen: Bärentatzen, allerdings ohne Krallen. Ein Bär kann seine Krallen nicht einziehen wie eine Katze; wenn er Krallen hat, sieht man sie auch. Folglich war das hier ein Schwindler in einem Bärenkostüm oder ein Bär ohne Krallen. Ein zahmer Bär vielleicht. Zumindest ein stubenreiner Bär, wie man aus der Tatsache schließen durfte, dass er die Toilette benutzte. Am Geruch erkannte ich, dass es sich nicht um einen Mann in einem Bärenkostüm handelte, denn es roch eindeutig nach Bär. Es war ein echter Bär.

Ich wich zurück und knallte gegen die Tür des ursprünglichen Zimmers meiner Großmutter, hinter der Vater auf weitere Störungen lauerte. Er riss die Tür auf, und ich fiel ins Zimmer, so dass wir beide erschraken. Mutter schoss im Bett hoch und zog sich das Federbett über den Kopf. »Ich hab ihn!«, rief Vater und warf sich auf mich. Der Boden bebte; das Einrad des Bären rutschte an der Wand ab und fiel gegen die Toilettentür, hinter der plötzlich der Bär zum Vorschein kam; er stolperte über sein Einrad und torkelte noch ein Stück weiter, bis er sich gefangen hatte. Besorgt blickte er durch die offene Tür auf Vater, der auf meiner Brust hockte. Dann hob er mit den Vorderpfoten das Einrad auf. *»Grauf?«*, sagte der Bär. Vater knallte die Tür zu.

Vom anderen Ende des Flurs hörten wir eine Frau rufen. »Wo bist du, Duna?«

»Harf!«, sagte der Bär.

Vater und ich hörten die Frau näher kommen. »Ach, Duna, übst du schon wieder?«, sagte sie. »Immer musst du üben! Aber bei Tageslicht geht es besser.« Der Bär sagte nichts. Vater machte die Tür auf.

»Lass ja niemand rein«, sagte Mutter, ohne unter ihrem Federbett hervorzukommen.

Auf dem Flur stand eine hübsche ältere Frau neben dem Bären, der jetzt, eine riesige Pfote auf ihrer Schulter, mit dem Einrad auf der Stelle balancierte. Sie trug einen leuchtendroten Turban und ein langes Wickelkleid, das an einen Vorhang erinnerte. Auf ihrem hohen Busen ruhte eine Kette aus aufgefädelten Bärenkrallen; ihre Ohrringe reichten bis auf die eine Schulter des Vorhangkleides und die andere nackte Schulter mit einem entzückenden Leberfleck, den Vater und ich anstarrten. »Guten Abend«, sagte sie zu Vater. »Es tut mir leid, wenn wir Sie gestört haben. Natürlich darf Duna nachts nicht üben, aber er liebt eben seine Arbeit.«

Der Bär murmelte etwas und radelte von der Frau weg. Er hielt hervorragend die Balance, war aber unachtsam, streifte an den Wänden entlang und berührte die Fotos der Eisschnellläufer mit den Tatzen. Die Frau verbeugte sich vor Vater und folgte dem Bären den Gang hinunter, wobei sie »Duna, Duna« rief und im Vorbeigehen die Fotos geraderückte.

»*Duna* ist das ungarische Wort für Donau«, erklärte uns Vater. »Dieser Bär ist nach unserer geliebten Donau benannt.« Zuweilen schien es meine Familie zu überraschen, dass auch Ungarn einen Fluss lieben konnten.

»Ist der Bär ein echter Bär?«, fragte Mutter – noch immer unter dem Federbett –, aber ich überließ es Vater, ihr alles zu erklären. Ich wusste, dass Herr Theobald am nächsten Morgen viel zu erklären haben würde, und dann hörte ich die ganze Geschichte ohnehin noch einmal.

Ich ging über den Flur zur Toilette. Der in der Luft hängende Bärengeruch und der Verdacht, dass überall Bärenhaare herumlagen, trieben mich zur Eile an; es war wirklich nur ein Verdacht, denn der Bär hatte alles sehr reinlich hinterlassen – oder zumindest sauber für einen Bären.

»Ich habe den Bären gesehen«, flüsterte ich Robo zu, als ich wieder ins Zimmer zurückkehrte, aber Robo war in Großmutters Bett gekrochen und neben ihr eingeschlafen. Großmutter jedoch war wach.

»Von Mal zu Mal habe ich weniger Soldaten gesehen«, sagte sie. »Beim letzten Mal waren es nur noch neun. Und alle sahen ausgehungert aus; bestimmt haben sie die überzähligen Pferde gegessen. Es war bitterkalt. Natürlich wollte ich ihnen helfen! Aber sie lebten nicht in derselben Zeit wie ich. Wie hätte ich ihnen helfen können, wo ich noch nicht einmal geboren war? Natürlich wusste ich, dass sie sterben würden, aber es dauerte furchtbar lange. Als sie das letzte Mal kamen, war der Brunnen zugefroren. Mit ihren Schwertern und ihren langen Speeren schlugen sie das Eis in Stücke. Sie schichteten Holz für ein Feuer auf und ließen das Eis in einem Topf schmelzen. Dann holten sie Knochen aus ihren Satteltaschen – alle möglichen Knochen – und warfen sie in die Suppe. Es muss eine sehr dünne Suppe gewesen sein, weil die Knochen schon vor langer Zeit blank genagt worden waren. Ich weiß nicht, woher die Knochen stammten. Vermutlich von Hasen, vielleicht auch von einem Hirsch oder einem Wildschwein. Oder auch von den überzähligen Pferden. Ich möchte mir lieber nicht ausmalen«, sagte Großmutter, »dass es die Knochen der anderen Soldaten waren.«

»Schlaf jetzt, Großmutter«, sagte ich.

»Mach dir keine Sorgen wegen des Bären«, sagte sie.

Im Frühstücksraum der Pension Grillparzer stellten wir Herrn Theobald samt seiner Menagerie sonderbarer Gäste, die unsere Nachtruhe gestört hatten, zur Rede. Ich wusste, dass mein Vater vorhatte, sich (was noch nie vorgekommen war) als Kundschafter des Fremdenverkehrsamtes zu erkennen zu geben.

»Hier gibt es Männer, die auf Händen herumlaufen«, sagte Vater.

»Männer, die unter der Toilettentür durchschauen«, sagte Großmutter.

»Das ist der Mann«, sagte ich und deutete auf den kleinen Burschen, der mit seinen Freunden – dem Traummann und dem ungarischen Sänger – schmollend am Tisch in der Ecke beim Frühstück saß.

»Er tut das, um seinen Lebensunterhalt zu verdienen«, erklärte uns Herr Theobald, und als wollte er demonstrieren, dass es stimmte, stellte sich der Mann, der auf Händen gegangen war, auf seine Hände.

»Sagen Sie ihm, dass er aufhören soll«, sagte Vater. »Wir wissen, dass er es kann.«

»Aber wussten Sie auch, dass er überhaupt nur so gehen kann?«, fragte unvermittelt der Traummann. »Wussten Sie, dass seine Beine nicht zu gebrauchen sind? Er hat keine Schienbeine. Es ist phantastisch, dass er auf Händen gehen kann! Sonst könnte er sich überhaupt nicht fortbewegen.« Der Mann nickte, obwohl es ihm sichtlich schwerfiel, solange er auf den Händen stand.

»Bitte, setzen Sie sich doch«, sagte Mutter.

»Es ist völlig in Ordnung, wenn man ein Krüppel ist«, meinte Großmutter ziemlich kühn. »Aber Sie sind böse«, warf sie dem Traummann vor. »Sie wissen Dinge, die zu wissen Sie kein Recht haben. – Er kannte meinen Traum«, sagte sie zu Herrn Theobald, als hätte sie einen Diebstahl in ihrem Zimmer zu melden.

»Ich weiß, dass er ein bisschen böse ist«, gab Herr Theobald zu. »Aber normalerweise nicht! Und er benimmt sich zunehmend besser. Er kann nichts für das, was er weiß.«

»Ich habe nur versucht, Ihnen den Kopf ein bisschen zurechtzurücken«, sagte der Traummann zu

Großmutter. »Ich dachte, es würde Ihnen guttun. Schließlich ist Ihr Mann seit geraumer Zeit tot, und Sie sollten allmählich aufhören, soviel Aufhebens um diesen Traum zu machen. Sie sind nicht der einzige Mensch, der so einen Traum gehabt hat.«

»Schluss damit«, sagte Großmutter.

»Ich fand nur, Sie sollten es wissen«, meinte der Traummann.

»Kein Wort mehr davon, bitte«, sagte Herr Theobald zu ihm.

»Ich bin vom Fremdenverkehrsamt«, verkündete Vater, wahrscheinlich weil ihm sonst nichts einfiel.

»Ach du Schreck!«, rief Herr Theobald.

»Es ist nicht Theobalds Schuld«, sagte der Sänger. »Es ist allein unsere Schuld. Er ist so freundlich, uns hier zu dulden, obwohl er damit seinen Ruf aufs Spiel setzt.«

»Sie haben meine Schwester geheiratet«, erklärte uns Herr Theobald. »Sie gehören zur Familie, verstehen Sie? Was kann ich da schon machen?«

»Was soll das heißen, *sie* haben Ihre Schwester geheiratet?«, fragte Mutter.

»Na ja, erst hat sie mich geheiratet«, sagte der Traummann.

»Und dann hörte sie mich singen!«, sagte der Sänger.

»Mit dem da war sie nie verheiratet«, sagte Herr Theobald, und alle sahen voller Bedauern den Mann an, der nur auf Händen gehen konnte.

»Früher einmal sind sie im Zirkus aufgetreten«, sagte Herr Theobald, »aber die politischen Umstände haben sie in Bedrängnis gebracht.«

»Wir waren die besten in ganz Ungarn«, sagte der Sänger. »Haben Sie je vom Zirkus Szolnok gehört?«

»Nein, tut mir leid«, sagte Vater ernst.

»Wir sind in Miskolc, in Szeged und in Debrecen aufgetreten«, sagte der Traummann.

»In Szeged sogar zweimal«, sagte der Sänger.

»Wir hätten es bis nach Budapest geschafft, wenn uns nicht die Russen in die Quere gekommen wären«, sagte der Mann, der auf Händen ging.

»Ja, und die haben ihm auch die Schienbeine rausgenommen!«, sagte der Traummann.

»Sag die Wahrheit«, sagte der Sänger. »Er ist ohne Schienbeine auf die Welt gekommen. Aber dass wir mit den Russen nicht klargekommen sind, das stimmt.«

»Sie wollten den Bären ins Gefängnis sperren«, sagte der Traummann.

»Sag die Wahrheit«, sagte Herr Theobald.

»Wir haben seine Schwester vor ihnen gerettet«, sagte der Mann, der auf Händen ging.

»Also musste ich sie natürlich aufnehmen«, sagte Herr Theobald, »und sie arbeiten, so hart sie können. Aber wer interessiert sich in diesem Land schon für ihre Zirkusnummer? Es ist eine ungarische Nummer. Bären, die auf Einrädern fahren, haben hier einfach keine Tradition«, erklärte uns Herr Theobald. »Und die verfluchten Träume bedeuten uns Wienern gar nichts.«

»Sag die Wahrheit«, sagte der Traummann. »Es liegt daran, dass ich die falschen Träume erzählt habe. Wir sind in einem Nachtclub in der Kärntner Straße aufgetreten, bekamen aber Hausverbot.«

»Diesen einen Traum hättest du auch nie erzählen dürfen«, sagte der Sänger feierlich.

»Deine Frau war mit daran schuld!«, sagte der Traummann.

»Damals war sie deine Frau«, entgegnete der Sänger.

»Bitte, hört auf«, bat Herr Theobald.

»Wir treten bei Wohltätigkeitsveranstaltungen zugunsten kranker Kinder auf«, sagte der Traummann. »Und ab und zu in staatlichen Krankenhäusern, vor allem an Weihnachten.«

»Wenn ihr nur mehr mit dem Bären machen würdet«, meinte Herr Theobald.

»Das musst du mit deiner Schwester bereden«, sagte der Sänger. »Der Bär gehört ihr. Sie hat ihn abgerichtet, sie hat zugelassen, dass er faul und nachlässig wird und schlechte Gewohnheiten annimmt.«

»Er ist der Einzige, der sich nie über mich lustig macht«, sagte der Mann, der nur auf Händen gehen konnte.

»Ich möchte gern weg von hier«, sagte Großmutter. »Für mich ist das alles schrecklich.«

»Bitte, liebe gnädige Frau«, sagte Herr Theobald, »wir wollten Ihnen nur klarmachen, dass wir es nicht böse gemeint haben. Es sind harte Zeiten. Ich brauche die Einstufung in Klasse B, um mehr Touristen anzulocken, und ich bringe es einfach nicht übers Herz, den Zirkus Szolnok hinauszuwerfen.«

»*Er bringt es nicht übers Herz*, dass ich nicht lache!«, sagte der Traummann. »Er hat Angst vor seiner Schwester. Er denkt nicht im Traum daran, uns rauszuwerfen.«

»Würde er davon träumen, würdest du es wissen!«, rief der Mann, der auf Händen ging.

»Ich habe Angst vor dem Bären«, sagte Herr Theobald. »Das Tier macht alles, was sie ihm sagt.«

»Sag nicht ›das Tier‹, sag ›er‹«, wies der Mann, der auf Händen ging, ihn zurecht. »Er ist ein braver Bär, und er hat noch nie jemand etwas zuleide getan. Er hat keine Krallen, das weißt du ganz genau, und Zähne hat er auch kaum mehr.«

»Der arme Kerl tut sich furchtbar schwer mit dem Fressen«, räumte Herr Theobald ein. »Er ist ziemlich alt und macht ziemlich viel Dreck.«

Ich schaute meinem Vater über die Schulter und sah ihn in sein dickes Notizbuch schreiben: »Ein depressiver Bär und ein arbeitsloser Zirkus. Im Mittelpunkt der Familie steht die Schwester.«

In dem Augenblick bemerkten wir sie draußen auf dem Gehsteig mit dem Bären. So früh am Morgen war auf der Straße noch nicht viel Betrieb. Natürlich hatte sie den Bären vorschriftsmäßig an der Leine, aber die war nur symbolisch. Mit ihrem auffallenden roten Turban ging die Frau auf dem Gehsteig auf und ab und folgte den trägen Bewegungen des Bären auf dem Einrad. Er fuhr mühelos von Parkuhr zu Parkuhr, stützte sich nur ab und zu mit einer Tatze ab, wenn er kehrtmachte. Man sah auf Anhieb, dass er ein großes Talent zum Einradfahren besaß, merkte aber auch, dass das Einrad für ihn eine Sackgasse war. Und man sah ihm an, dass er selbst spürte, dass ihn das Einradfahren nicht weiterbrachte.

»Sie sollte ihn lieber wieder ins Haus schaffen«, meinte Herr Theobald gereizt. »Die Leute von der Konditorei nebenan beschweren sich ständig«, berichtete er. »Sie behaupten, der Bär würde ihre Kunden verscheuchen.«

»Dabei lockt der Bär die Kunden an!«, sagte der Mann, der auf Händen ging.

»Einige Leute lockt er an, andere vergrault er«, sagte der Traummann. Plötzlich wurde er melancholisch, als hätte ihn diese profunde Erkenntnis deprimiert.

Die Kapriolen des Zirkus Szolnok hatten unsere ganze Aufmerksamkeit beansprucht, so dass wir gar nicht auf Großmutter geachtet hatten. Als Mutter bemerkte, dass sie leise vor sich hin weinte, hieß sie mich den Wagen vorfahren.

»Es war zuviel für sie«, flüsterte Vater Herrn Theobald zu. Die Angehörigen des Zirkus Szolnok wirkten beschämt.

Draußen auf dem Gehsteig radelte der Bär auf mich zu und überreichte mir die Autoschlüssel; der Wagen war am Randstein geparkt. »Nicht jeder mag es, wenn man ihm die Schlüssel auf diese Weise aushändigt«, sagte Herr Theobald zu seiner Schwester.

»Ach, ich dachte, ihm gefällt das«, sagte sie und wuschelte mir durchs Haar. Sie war reizvoll wie eine Bardame, was heißen soll, dass sie abends reizvoller aussah; bei Tageslicht sah man, dass sie älter war als ihr Bruder und auch älter als ihre Männer – und vermutlich würde sie mit der Zeit aufhören, ihnen Schwester oder Geliebte zu sein, und für sie alle eine Art Mutter werden. Für den Bären war sie bereits eine Mutter.

»Komm her«, sagte sie zu ihm. Er trat auf seinem Einrad lustlos auf der Stelle und stützte sich auf eine Parkuhr. Er leckte das kleine Sichtfenster der Parkuhr ab. Sie zog an der Leine. Er starrte sie an. Sie zog noch einmal. Mit überheblicher Miene fuhr der Bär los – erst in die eine Richtung, dann in die andere. Anscheinend machte es ihm mehr Spaß, als er feststellte, dass er Publikum hatte. Jetzt begann er anzugeben.

»Mach keinen Unsinn«, ermahnte ihn die Schwester, aber der Bär trat schneller und schneller in die Pedale, sauste hin und her, fuhr scharfe Schlenker und kurvte zwischen den Parkuhren hindurch; die Schwester hatte die Leine längst losgelassen. »Hör auf, Duna!«, rief sie, aber der Bär war außer Rand und Band. Er geriet mit dem Rad zu nahe an den Randstein, so dass es abrutschte und der Bär heftig gegen den Kotflügel eines parkenden Autos prallte. Er hockte auf dem Gehsteig, neben sich das Einrad. Verletzt hatte er sich offenbar nicht, aber er wirkte sichtlich verlegen. Niemand lachte. »Ach, Duna«, sagte die Schwester vorwurfsvoll, ging aber zu ihm hin und setzte sich neben ihn auf den Randstein. »Duna, Duna«, tadelte sie ihn liebevoll. Er schüttelte den großen

Kopf, sah sie aber nicht an. Seitlich am Maul hing ihm ein Speichelfaden herunter, den sie mit der Hand wegwischte. Er schob ihre Hand mit der Pfote weg.

»Beehren Sie uns wieder!«, rief Herr Theobald uns kläglich nach, als wir einstiegen.

Mutter saß mit geschlossenen Augen im Auto und massierte sich mit beiden Händen die Schläfen; auf diese Weise hörte sie angeblich nicht, was wir redeten. Sie behauptete, nur so könne sie sich auf den Reisen mit einer derart streitsüchtigen Familie schützen.

Ich wollte nicht wie üblich über den nachlässigen Umgang mit dem Auto berichten, sah aber, dass Vater versuchte, Ruhe und Ordnung aufrechtzuerhalten; er hatte sein riesiges Notizbuch auf dem Schoß aufgeschlagen, als hätten wir soeben eine routinemäßige Überprüfung abgeschlossen. »Was sagt der Tacho?«, fragte er.

»Jemand ist fünfunddreißig Kilometer gefahren«, sagte ich.

»Dieser schreckliche Bär war hier drin«, sagte Großmutter. »Auf dem Rücksitz sind Haare von diesem Untier, und riechen kann ich es auch.«

»Ich rieche nichts«, sagte Vater.

»Und das Parfum dieser Zigeunerin mit dem Turban«, fügte Großmutter hinzu. »Es hängt unter dem Autodach.« Vater und ich schnüffelten. Mutter massierte weiterhin ihre Schläfen.

Auf dem Boden neben Brems- und Kupplungspedal entdeckte ich ein paar minzgrüne Zahnstocher, von denen der ungarische Sänger immer einen – wie eine Narbe – im Mundwinkel hatte. Ihr Anblick genügte mir, um mir auszumalen, wie die ganze Bagage in unserem Auto eine Spritztour machte. Am Steuer der Sänger, neben ihm der Mann, der auf Händen ging – und mit den Füßen zum Fenster hinauswinkte. Und auf dem Rücksitz, zwischen dem Traummann und seiner ehemaligen Frau – mit dem großen Kopf das gepolsterte Autodach streifend, die malträtierten Tatzen entspannt im breiten Schoß – lümmelte der alte Bär wie ein gutmütiger Betrunkener.

»Diese armen Menschen«, sagte Mutter, noch immer mit geschlossenen Augen.

»Lügner und Verbrecher«, sagte Großmutter. »Schwärmer, Flüchtlinge und verwahrloste Tiere.«

»Sie haben sich große Mühe gegeben«, sagte Vater, »aber es hat ihnen nichts genützt.«

»Im Zoo wären sie besser aufgehoben«, sagte Großmutter.

»Mir hat es gut gefallen«, sagte Robo.

»Es ist schwer, aus Klasse C herauszukommen«, sagte ich.

»Die sind jenseits von Z«, sagte Großmutter. »Die haben das menschliche Alphabet längst hinter sich gelassen.«

»Ich meine, da ist ein Brief fällig«, sagte Mutter.

Aber Vater hob die Hand, als wollte er uns segnen, und wir verstummten. Er schrieb in sein dickes Notizbuch und wollte dabei nicht gestört werden. Seine Miene war finster. Ich wusste, dass Großmutter seinem Urteil voller Zuversicht entgegensah. Mutter wusste, dass es sinnlos war zu diskutieren. Robo langweilte sich bereits. Ich kutschierte uns durch die winzigen Straßen, durch die Spiegelgasse zum Lobkowitzplatz. Die Spiegelgasse ist so schmal, dass man in den Schaufenstern der Geschäfte, an denen man vorbeifährt, das Spiegelbild des eigenen Autos sehen kann; dadurch entstand bei mir der Eindruck, als würde unsere Fahrt durch Wien in das Stadtbild eingeblendet – ein Kameratrick, der uns die Illusion verschaffte, eine Märchenreise durch eine Spielzeugstadt zu machen.

Sobald Großmutter eingenickt war, sagte Mutter: »Vermutlich spielt es bei dieser Pension keine große Rolle, ob sie anders eingestuft wird, egal, ob rauf oder runter.«

»Nein«, sagte Vater, »überhaupt keine.« Er hatte recht. Allerdings sollte es Jahre dauern, bis ich wieder in der Pension Grillparzer abstieg.

Als Großmutter starb, ganz plötzlich und im Schlaf, verkündete Mutter, sie habe das Umherreisen satt. Der eigentliche Grund war jedoch, dass Großmutters Traum nun auch sie heimsuchte. »Die Pferde sind so mager«, erzählte sie mir eines Tages. »Ich meine, ich habe immer gewusst, dass sie dürr sind, aber doch nicht so klapperdürr. Und dass die Soldaten gottserbärmlich dran waren, hab ich auch nicht gewusst«, sagte sie.

Vater kündigte beim Fremdenverkehrsamt und bekam eine Anstellung bei einer Detektei in der Stadt, die sich auf Hotels und Kaufhäuser spezialisiert hatte. Er war mit seiner Arbeit zufrieden, weigerte sich allerdings, in der Weihnachtszeit zu arbeiten – denn da, fand er, sollte es einigen Leuten erlaubt sein, ein bisschen zu klauen.

Ich hatte den Eindruck, dass meine Eltern mit zunehmendem Alter gelöster wurden, und spürte deutlich, dass sie eigentlich ganz glücklich und zufrieden waren, als es dem Ende zuging. Der Einfluss von Großmutters Traum wurde durch das wirkliche Leben abgemildert, vor allem durch das Schicksal, das Robo widerfuhr. Er besuchte zunächst eine Internatsschule und war dort recht beliebt; doch im ersten Jahr an der Universität kam er durch eine selbstgebastelte Bombe ums Leben. Dabei war er nicht einmal »politisch«. In seinem letzten Brief an unsere Eltern schrieb er: »Die radikalen Studentengruppen nehmen sich selbst nicht annähernd so wichtig, wie allgemein angenommen wird. Und das Essen ist scheußlich.« Dann ging Robo in sein Geschichtsseminar, und der ganze Hörsaal flog in die Luft.

Nach dem Tod meiner Eltern hörte ich auf zu rauchen und begann wieder zu reisen. Mit meiner zweiten Frau fuhr ich in die Pension Grillparzer. Mit meiner ersten kam ich gar nicht bis nach Wien.

Die Pension Grillparzer hat die von Vater veranlasste Einstufung in Klasse B nicht lange behalten und gehörte, als ich sie endlich wiedersah, gar keiner Kategorie mehr an. Herrn Theobalds Schwester führte die Pension. Verschwunden waren ihre flittchenhaften Reize, und an ihre Stelle war der geschlechtslose Zynismus gewisser altjüngferlicher Tanten getreten. Sie war aus dem Leim gegangen und hatte ihr Haar in einem rötlichen Bronzeton gefärbt, so dass ihr Kopf aussah wie einer dieser kupferfarbenen Topfreiber aus Stahlwolle. Sie erinnerte sich nicht mehr an mich und reagierte argwöhnisch auf meine Fragen. Da ich so viel über ihre ehemaligen Gefährten wusste, nahm sie wahrscheinlich an, ich sei von der Polizei.

Der ungarische Sänger war fortgegangen – er hatte eine andere Frau mit seiner Stimme umgarnt.

Der Traummann war fortgebracht worden – in eine Anstalt. Seine eigenen Träume hatten sich in Alpträume verwandelt, so dass er Nacht für Nacht die ganze Pension mit seinem schauerlichen Geheul aufweckte. Fast gleichzeitig mit seinem Verschwinden aus diesem schäbigen Etablissement büßte die Pension ihre B-Klassifizierung ein, wie Herrn Theobalds Schwester berichtete.

Herr Theobald war gestorben. Er war, beide Hände aufs Herz gepresst, eines Nachts im Flur umgefallen, als er sich hinausgewagt hatte, um einen vermeintlichen Eindringling zu stellen. Dabei war es nur Duna gewesen, der missmutige Bär, der den Nadelstreifenanzug des Traummannes trug. Warum Herrn Theobalds Schwester den Bären so angezogen hatte, erfuhr ich nicht, aber offenbar hatte der Anblick des verdrießlichen Bären, der in dem zurückgelassenen Anzug des Verrückten Einrad fuhr, genügt, um Herrn Theobald zu Tode zu erschrecken.

Der Mann, der nur auf Händen gehen konnte, hatte ebenfalls ein tragisches Ende genommen. Seine Armbanduhr hatte sich an der gezackten Kante einer Rolltreppe verhakt, so dass er auf einmal nicht mehr abspringen konnte; seine Krawatte, die er nur selten trug, weil sie beim Gehen auf den Händen am Boden schleifte, geriet unter die Trittplatte am Ende der Rolltreppe, wurde hineingezogen – und erdrosselte ihn. Hinter ihm bildete sich eine Schlange. Die Leute traten auf der Stelle, indem sie einen Schritt zurückgingen, sich von der Rolltreppe weitertragen ließen und dann wieder einen Schritt zurückgingen. Es dauerte ziemlich lange, bis jemand den Mut aufbrachte, über den Toten hinwegzusteigen. Auf der Welt gibt es viele unbeabsichtigt grausame mechanische Vorrichtungen, die nicht für Menschen konzipiert sind, die auf Händen gehen.

Danach, so berichtete Herrn Theobalds Schwester, verschlechterte sich die Pension Grillparzer ganz erheblich und fiel weit hinter C zurück. Je mehr Verantwortung für die Pension auf der Schwester lastete, um so weniger Zeit blieb ihr für Duna; der Bär wurde senil und benahm sich ziemlich ungehörig. Einmal jagte er einen Postboten so rasant eine Marmortreppe hinunter, dass der Mann stürzte und sich den Schenkelhals brach; der Vorfall wurde gemeldet, und die Behörden setzten eine alte Stadtverordnung durch, der zufolge es untersagt war, Tiere an öffentlich zugänglichen Orten frei herumlaufen zu lassen. Duna wurde aus der Pension Grillparzer verbannt.

Eine Zeitlang hielt Herrn Theobalds Schwester den Bären in einem Käfig im Hinterhof, wo

Hunde und Kinder ihn piesackten und Leute aus den Wohnungen, die zum Hof hinausgingen, Essensreste und Schlimmeres auf ihn hinunterwarfen. Mit der Zeit verhielt er sich nicht mehr wie ein Bär, wurde verschlagen – stellte sich zum Beispiel schlafend – und fraß eines Tages jemandes Katze. Danach wurde er zweimal vergiftet und bekam Angst, in dieser gefährlichen Umgebung überhaupt etwas zu fressen. Es gab keine andere Alternative, als ihn dem Tiergarten Schönbrunn zu schenken, der ihn jedoch nur zögernd aufnahm. Er war zahnlos und krank, hatte vielleicht sogar etwas Ansteckendes, und nachdem man ihn so lange wie ein menschliches Wesen behandelt hatte, war er nicht auf das eher beschauliche Alltagsleben im Zoo vorbereitet.

Durch das Schlafen unter freiem Himmel im Hof der Pension Grillparzer hatte sich sein Rheuma verschlimmert, und seine einzige besondere Fähigkeit, das Einradfahren, war unwiederbringlich dahin. Als er es im Tiergarten das erste Mal versuchte, fiel er hin. Irgendjemand lachte. Wurde Duna bei etwas, was er machte, einmal ausgelacht, machte er es nie wieder, erklärte Herrn Theobalds Schwester. Am Ende bekam der Bär sein Gnadenbrot in Schönbrunn, wo er, knapp zwei Monate nachdem er seine neue Behausung bezogen hatte, starb. Nach Ansicht von Herrn Theobalds Schwester war er aus Scham gestorben – die Folge eines Ausschlags, der sich über seine gewaltige Brust ausgebreitet hatte, so dass sie rasiert werden musste. Ein kahlgeschorener Bär, meinte ein Tierpfleger, geniert sich zu Tode.

In dem kalten Hinterhof der Pension Grillparzer sah ich mir Dunas leeren Bärenkäfig an. Die Vögel hatten nicht einen Obstkern zurückgelassen, aber in einer Ecke des Käfigs lag ein großer Haufen vertrockneter Exkremente – so leblos und völlig geruchlos wie die Leichen der Menschen von Pompeji, die vom Vesuvausbruch überrascht worden waren. Ich konnte nicht umhin, an Robo zu denken; von dem Bären war noch mehr übrig als von ihm.

Als ich ins Auto stieg, stellte ich deprimiert fest, dass der Tacho nicht einen Kilometer mehr anzeigte, dass kein einziger Kilometer heimlich gefahren worden war. Hier gab es niemanden mehr, der sich Freiheiten herausnahm.

»Wenn wir in sicherer Entfernung von deiner geliebten Pension Grillparzer sind«, sagte meine zweite Frau, »würde ich zu gern erfahren, warum du mich in diese schäbige Absteige gebracht hast.«

»Das ist eine lange Geschichte«, musste ich zugeben.

Ich dachte darüber nach, dass mir an Herrn Theobalds Schwester der eigenartige Mangel an Begeisterung, aber auch an Bitterkeit aufgefallen war, mit dem sie von ihrer kleinen Welt berichtet hatte. Ihre Erzählung war irgendwie lustlos gewesen – wie man das von Geschichtenerzählern kennt, die sich mit traurig endenden Geschichten abgefunden haben –, so als hätte sie persönlich ihr Leben und ihre Gefährten nie als exotisch empfunden, als wäre der lächerliche und zum Scheitern verurteilte Versuch, eine Klasse aufzurücken, immer nur Theater gewesen.

Donna Leon

Geeignete Männer

Vor ein paar Jahren ließ ich mich auf der Suche nach zivilisierter männlicher Gesellschaft dazu hinreißen, auf einige Anzeigen aus der Rubrik »Personals« der *New York Review of Books* zu antworten, die bei vielen als Intellektuellenzeitschrift Nr. 1 in den Vereinigten Staaten gilt. Nein, ich schrieb nicht in eigener Sache, sondern für meine älteste und liebste Freundin, die damals schon sieben Jahre Witwe war. Sie lebte seit über dreißig Jahren in der Stadt New York, kannte deren Sitten und Gebräuche und hatte schon oft davon gesprochen, wie wenig geeignete Männer auf dem Markt seien. Sie hatte, wenn ich es recht bedenke, ebenso oft davon gesprochen, wie viele ungeeignete Männer auf dem Markt seien, aber ich war sicher, dass ich ihre Probleme mit einem alexandrinischen Schwerthieb lösen und den Richtigen für sie finden könnte.

Gesellschaftliche Veränderungen machen es amerikanischen Singles beiderlei Geschlechts immer schwerer, einander zu begegnen: Die Kirchengemeinden geben keine geselligen Abende mehr, gesellschaftliche Organisationen verlieren in den letzten Jahrzehnten immer mehr Mitglieder, und immer mehr Menschen arbeiten zu Hause. Zudem werden die meisten guten Exemplare frühzeitig aus der Herde entfernt, und so sind ab einem bestimmten Alter die meisten Männer entweder verheiratet oder schwul. Oder beides.

Unbeeindruckt von Statistiken, schrieb ich in den nächsten Monaten drei dieser Männer an und erklärte dazu, dass ich nicht für mich, sondern für eine New Yorker Freundin schrieb. Es folgten Briefe, und am Ende nahmen sie alle mit meiner Freundin Kontakt auf, die sich mit allen dreien traf. Und da ich regelmäßig nach New York komme, lernte auch ich sie kennen.

Dank jenes Wunders von Geduld und Liebe, das sich gelegentlich im Lauf einer vierzigjährigen Freundschaft entwickelt, spricht sie noch mit mir, aber ich muss zugeben, dass es dazu wirklich der allergrößten Geduld und Nachsicht ihrerseits bedarf. Denn diese Männer erwiesen sich aus unterschiedlichen Gründen als ungeeignet, obwohl sie weiß Gott auf dem Markt waren. In ihnen könnte man durchaus die Verkörperungen der Schwierigkeiten sehen, vor denen sich in New York alleinstehende Frauen eines gewissen Alters sehen (in New York kommt man in diese Kategorie offenbar kurz nach dem dreißigsten Geburtstag), wenn sie einen Mann suchen, mit dem sie etwas eingehen wollen, wofür Amerikaner offenbar keine andere Bezeichnung haben als »Beziehung«.

Der Erste war Edward, ein ungeschlachter, bärtiger Bär von einem Mann, so eine Kreuzung aus Fidel Castro und Helmut Kohl. Edward war Ende Fünfzig und geschieden, hatte erwachsene Kinder und bezeichnete sich selbst als »intelligenten, bücherliebenden Arzt mit Interesse an klassischer Musik, Essen und Museen«.

Hier hätten wir das erste Stichwort. ›Interesse‹ ist oft eine Beschönigung für ›Besessenheit‹. Edwards Interesse an Musik entpuppte sich als enzyklopädisches Wissen über die Diskographie bestimmter Komponisten – Hindemith und Bartók gehörten zu seinen Lieblingen, soweit ich mich erinnere. Darum konnte er sich lang und breit über die Unterschiede zwischen dieser Furtwängler-Aufnahme von 1936 und jener De-Sabata-Einspielung von 1951 auslassen, was er leider auch tat. Ich habe einen Abend in seiner Gesellschaft verbracht und ihn über Musik reden hören, und kein einziges Mal kamen Wörter wie »herrlich«, »schön« oder »hinreißend« über seine Lippen. Statt dessen sprach er von der Klangfarbe der Flöten hier, dem verspäteten Einsatz der zweiten Violine dort. Er hätte genauso gut über die Schweinefleischpreise an der Chicagoer Warenbörse reden können, so wenig schien er zu lieben, wovon er da sprach.

Ebenso allwissend war Edward, wenn es ums Essen oder um die Sammlungen der wichtigsten Museen in einer ermüdend großen Zahl von Ländern ging. Nie konnte man seinen Worten entnehmen, dass er die Bilder schön fand, nicht einmal, dass er sie besonders gern ansah. Nach meiner Beobachtung übertragen viele amerikanische Männer die Begeisterung, mit der sie früher Baseballbilder gesammelt oder die Schlagzahlen ihrer Lieblingsspieler auswendig gelernt haben, später auf ›erwachsenere‹ Interessen. Leider geht ihnen auf dem Weg vom Sport zur Kultur die meiste Freude und die ganze Begeisterung verloren, die ihre Kindheitsinteressen so bezaubernd machten. Die beliebtesten Themen sind offenbar: teure Autos, Erstausgaben und Stereo-Anlagen, die so hochgezüchtet sind, dass die Klangunterschiede zwischen den verschiedenen Modellen nur von Messgeräten oder Hunden festgestellt werden können.

Erfrischend war, dass Edward jede Form körperlicher Ertüchtigung hasste und seit seinem Abgang von der Universität keine Sporthalle mehr betreten hatte. Er trank Wein zum Lunch und Brandy nach dem Abendessen. Und er rauchte. Das wollen wir ihm sehr zugute halten. Ich habe oft den Eindruck, dass es in New York von nichtrauchenden Antialkoholikern wimmelt, die zwischen Büro und Fitnesscenter hin und her jagen, um Unsterblichkeit zu erlangen.

Der Zweite war Jason, der sich als »Akademiker« mit Interesse an Film (sie sagen nie »Kino«), Geschichte und Politik bezeichnete. Schön, dachte ich, als ich meinen Brief abschickte, er ist New Yorker, also muss er ein Linker sein.

Zum Glück war ich gerade in New York, als meine Freundin sich mit Jason zum Lunch treffen wollte, also begleitete ich sie dorthin. Wir trafen ihn in einem kleinen Restaurant an der Columbus Avenue, nicht weit weg vom Lincoln Center. Es zeigte sich, dass Jason, der in seiner Anzeige nichts über sein Äußeres geschrieben, nur sein Alter mit »über fünfzig« angegeben hatte, hinter den Kinnbacken zwei verräterische Löcher aufwies. Sie waren rund, etwa rosinengroß und ebenso tief. Während er redete, legte ich den Kopf auf die offene Hand und tippte mit dem Finger auf die entsprechende Stelle an meinem Kiefer, wobei ich Jason fröhlich anlächelte und, sobald meine Freundin zu mir hersah, mit den Lippen das Wort »geliftet« formte. Irgendwo habe ich kürzlich gelesen, dass fast die Hälfte aller Schönheitsoperationen in den Vereinigten Staaten an Männern vorgenommen wird, die nun auch von der Notwendigkeit eingeholt worden sind, sich ihr jugendliches Aussehen bis weit in die reiferen Jahre zu erhalten. Man kann nur hoffen, dass nicht alle mit diesen verräterischen Rosinen daraus hervorgehen.

Jason war leitender Angestellter in einer Investmentfirma und zweimal geschieden. Er machte sich Sorgen, dass so vieles im Land nicht in Ordnung sei, und sah unsere einzige Rettung in einer Rückkehr zu den »Werten der Familie«. Doch, Amerikaner sagen so etwas wirklich. Zu keinem Zeitpunkt zeigte er sich in irgendeiner Weise daran interessiert, wie wir über diese Themen dachten. Und offenbar hörte er nicht den geringsten Missklang zwischen seinem Glauben an die Familienwerte, seinen Scheidungen und seinem gelifteten Gesicht.

Sobald wir unseren Kaffee ausgetrunken hatten, ereilte mich einer meiner Migräneanfälle, und ich sagte, ich müsse dringend nach Hause, um ein Aspirin zu nehmen. Er schien überrascht, dass wir beide aufstanden, um zu gehen, und lehnte unser Angebot ab, das Essen zu bezahlen.

Jason lieferte mir zusätzliches Beweismaterial

für eine andere Beobachtung, die ich an amerikanischen Männern gemacht habe: Sie hören Frauen nicht zu. Ich bin nicht sicher, ob sie einander besonders gut zuhören, aber Frauen hören sie jedenfalls nicht zu. Das könnte vielleicht erklären, warum Amerikaner beim Reden so unglaublich viele Füllsel wie: »Sehen Sie, Ich meine, Also und Ach ja« benutzen, nämlich nur, um den Gesprächsfaden in der Hand zu halten, während sie überlegen, was sie als Nächstes sagen wollen. Manchmal fand ich es schon erhellend, wenn ich in eine der seltenen Gesprächslücken, die sich in solchen Monologen auftaten, die Bemerkung einwarf, ich hätte entdeckt, dass geröstete Skorpione eine Köstlichkeit sind, oder der Rinderwahnsinn komme nach meiner Überzeugung vom Trinkwasser. Bis heute habe ich darauf noch keine Antwort erhalten.

Der Letzte war Robert, mit dem wir uns auf einen Kaffee verabredet hatten, da meine Freundin nicht mehr gewillt war, mehr Zeit für ein erstes Treffen zu investieren, und sich schon gar nicht mit einem dieser Typen ohne »backup« treffen wollte, wie die Polizisten es ausdrücken. Robert (»Gebildeter, finanziell gesicherter Professor«) war schon da, als wir in das Café kamen, und schien erfreut, uns beide kennenzulernen. Robert freute sich überhaupt an allem: am Kaffee, am Tag, an unserer langen, langen

Freundschaft. Herrje, wenn ihm jemand das Zweite Gesetz der Thermodynamik erklärt hätte, er wäre auch darüber erfreut gewesen.

Denn Robert war, man höre und staune, seinem wahren Ich begegnet, er ruhte in sich selbst, hatte das Kind in sich gefunden. Mit Psychotherapie hatte er es schon versucht, unser Robert, mit Religion, mit Aromatherapie, Elektrostimulation, war jetzt aber überzeugt, den wahren Frieden in der Lektüre eines der neuesten Friedens- und Weisheitsverkünder gefunden zu haben, deren Bücher die Selbsthilferegale Tausender von Buchläden in ganz Amerika füllen. Auch wir müssten, verstehen Sie, nur mit unseren eigenen Gefühlen in Kontakt treten, unsere Mitte finden, schon könnten auch wir diese wundersame Verwandlung erfahren. Er lehrte natürlich Soziologie.

Während ich Robert mit seiner hektischen Gutwilligkeit lauschte, fielen mir ein paar Zeilen aus Popes *Brief an Dr. Arbuthnot* ein:

Sein stetes Lächeln nur von Leere spricht, ein seichter Strom, der plätschernd sich an Kieseln bricht.

Ihm genügte es, wie offenbar vielen amerikanischen Männern, nur schon Gutes zu denken, um sich selbst als freien, interessanten Menschen zu empfinden. Er brauchte das Gute nur zu *wollen*, dann war er schon mehr als überzeugt davon, dass ebendies ihn zu einem unvorstellbar wertvollen, ja faszinierenden Menschen machte. Sein Interesse an dem, was in ihm selbst vorging, war absolut. Er hatte sich eine solipsistische Welt geschaffen, die jedes Interesse an Dingen wie Kunst, Geschichte oder Politik ausschloss, außer natürlich insoweit, wie sie ihn betrafen. Oder das Kind in ihm, vermute ich.

Diesmal bekam meine Freundin einen Migräneanfall, und wir kehrten in ihre Wohnung zurück, lasen die *Times*, verzehrten ein Häagen-Dazs-Eis und machten uns Gedanken über die Schwierigkeit, in New York einen geeigneten Mann kennenzulernen.

Bernhard Schlink

Die Frau an der Tankstelle

I

Er wusste nicht mehr, ob er den Traum einmal wirklich geträumt oder von Anfang an nur phantasiert hatte. Er wusste auch nicht, welches Bild, welche Geschichte oder welcher Film ihn ausgelöst hatte. Es musste gewesen sein, als er fünfzehn oder sechzehn war – so lange begleitete ihn der Traum schon. Früher phantasierte er ihn, wenn eine Schulstunde langweilig war oder ein Urlaubstag mit den Eltern, später bei dienstlichen Besprechungen oder auch auf Zugreisen, wenn er müde war, seine Akten weggelegt, den Kopf zurückgelehnt und die Augen geschlossen hatte.

Ein paarmal hatte er seinen Traum erzählt, dem einen und anderen Freund und einer Frau, der er Jahre, nachdem sie sich geliebt und getrennt hatten, in einer fremden Stadt begegnet war und mit der er den Tag verbummelte und verplauderte. Nicht dass er seinen Traum hätte geheimhalten wollen. Ihn öfter zu erzählen, gab es keinen Anlass. Außerdem wusste er nicht, warum der Traum ihn begleitete; er wusste, dass er etwas von ihm preisgab, aber nicht, was, und die Vorstellung, dass ein anderer es sehen könnte, war ihm unangenehm.

2

Im Traum fährt er mit einem Auto durch eine weite, wüste Ebene. Die Straße ist gerade; manchmal verschwindet sie in einer Senke oder hinter einem Hügel, aber immer kann er ihr mit dem Blick zu den Bergen am Horizont folgen. Die Sonne steht im Zenit, und über dem Asphalt flimmert die Luft.

Lange ist ihm kein Auto entgegengekommen und hat er keines überholt. Der nächste Ort kommt laut Schild und Karte erst nach sechzig Meilen, irgendwo in den Bergen oder hinter ihnen, und auch links oder rechts sind, soweit er sehen kann, keine Häuser. Aber dann liegt links eine Tankstelle an der Straße. Ein großer, sandiger Platz, zwei Zapfsäulen in der Mitte, dahinter aus Holz ein zweistöckiges Haus mit überdachter Veranda. Er bremst, biegt auf den Platz und hält an der Zapfsäule. Der Sand, der hinter seinem Auto aufgewolkt ist, senkt sich wieder.

Er wartet. Gerade als er aussteigen und am Haus klopfen will, geht dort die Tür auf und tritt eine Frau heraus. Sie ist noch ein Mädchen, als er den Traum die ersten Male phantasiert, und wird über die Jahre zur jungen Frau, bis sie zwischen dreißig und vierzig aufhört, älter zu werden. Sie bleibt dieselbe junge Frau, während er die Vierzig und die Fünfzig überschreitet. Meistens trägt sie Jeans und ein kariertes Hemd, manchmal ein knöchellanges schwingendes Kleid, ebenfalls aus hellem, verwaschenem Jeansblau oder mit ausgeblichenem, blauem Blumenmuster. Sie ist mittelgroß, kräftig, aber nicht dick, hat Gesicht und Arme voller Sommersprossen, dunkelblondes Haar, graublaue Augen und einen großzügigen Mund. Sie kommt mit entschlossenen Schritten, und mit entschlossenen Bewegungen greift sie mit der Linken nach dem Zapfstutzen, dreht mit der Rechten die Benzinkurbel und füllt den Tank seines Autos.

Dann macht der Traum einen Sprung. Wie er sie begrüßt und sie ihn, wie sie einander ansehen, was sie miteinander reden, ob sie ihn einlädt, auf einen Kaffee oder ein Bier zu bleiben, oder ob er fragt, ob er bleiben könne, wie es kommt, dass sie mit ihm ins Schlafzimmer hinaufgeht – er hat es sich nie ausgemalt. Er sieht sie und sich im zerwühlten Bett liegen, nachdem sie miteinander geschlafen haben, sieht die Wände, den Boden, den Schrank und die Kommode, alles in hellem Grünblau gestrichen, sieht das eiserne Bett und die hellen Streifen, die die Sonne durch eine Jalousie aus ebenfalls grünblau gestrichenen hölzernen Lamellen auf Wände, Boden, Möbel, Laken und ihren und seinen Körper wirft. Es ist nur ein Bild, keine Szene mit Handlung und Worten, nur Farbe, Licht, Schatten, das Weiß der Laken und die Formen ihrer Körper. Erst am Abend nimmt der Traum wieder den Faden auf.

Er hat sein Auto neben dem Haus und ihrem kleinen Laster mit offener Ladefläche geparkt. Auch hinter dem Haus gibt es eine überdachte Veranda, dann ein paar Beete, auf denen Tomaten und Melonen wachsen, und ein Gewächshaus, das sie zum Schutz gegen den Sand gebaut hat und in dem sie alle Arten von Beeren zieht. Dahinter ist die Wüste mit ein bisschen Gestrüpp hier und da und einem trockenen Bachbett, das sich mit dem Wasser, das es im Winter führt, über die Jahrzehnte oder Jahrhunderte drei bis vier Meter in den steinigen Grund gefressen hat. Sie hat es ihm gezeigt, als sie ihn zur Pumpe geführt hat, die das Wasser aus einem tiefen Brunnen holt. Jetzt sitzt er auf der Veranda und sieht den Himmel dunkel werden. Er hört sie in der Küche hantieren. Wenn ein Auto kommt, wird er aufstehen, durch das Haus gehen und die Zapfsäule bedienen. Auch wenn sie in der Küche das Licht anmacht und der Schein durch die offene Tür auf den Boden der Veranda fällt, wird er aufstehen; er wird im Hausflur die Lampe einschalten, die zwischen den beiden Zapfsäulen steht und den Platz beleuchtet. Er fragt sich, ob die Lampe die ganze Nacht leuchten und ins Schlafzimmer scheinen wird, diese Nacht und die nächste und alle Nächte, die noch kommen werden.

3

Oft sind die Träume, die uns begleiten, der Kontrast zu dem Leben, das wir führen. Der Abenteurer träumt davon, nach Hause zu kommen, und der Bodenständige von Aufbruch, fernen Ländern und großen Taten.

Der Träumer dieses Traumes führte ein ruhiges Leben. Kein spießiges, kein langweiliges – er sprach Englisch und Französisch, machte im In- und Ausland Karriere, blieb seinen Überzeugungen auch gegen Widerstände treu, bestand Krisen und Konflikte und war mit Ende Fünfzig lebhaft, erfolgreich und weltläufig. Er war immer ein bisschen angespannt, ob bei der Arbeit, zu Hause oder in den Ferien. Nicht dass er, was zu tun war, gehetzt oder fahrig getan hätte. Aber unter der Ruhe, mit der er zuhörte, antwortete und arbeitete, vibrierte eine Anspannung, ein Resultat seiner Konzentration auf die Aufgabe und seiner Ungeduld, weil die Erledigung in der Wirklichkeit mit der Erledigung in der Vorstellung nie Schritt hielt. Manchmal empfand er die Anspannung als peinigend, manchmal aber auch wie eine Energie, eine beflügelnde Kraft.

Er hatte Charme. Wenn er sich mit Menschen und Dingen beschäftigte, konnte er auf liebenswerte Art zerstreut und linkisch sein. Weil er wusste, dass sein zerstreutes und linkisches Verhalten den Menschen und Dingen nicht gerecht wurde, warb er mit einem Lächeln um Entschuldigung. Das stand ihm gut zu Gesicht; es brachte um seinen Mund etwas Verletzliches hervor und um seine Augen etwas Trauriges, und weil in seinem Werben um Entschuldigung kein Versprechen der Besserung, sondern das Eingeständnis einer Unfähigkeit lag, war sein Lächeln verlegen und voller Selbstironie. Immer wieder fragte sich seine Frau, wie natürlich sein Charme sei, ob er mit seiner zerstreuten und linkischen Art kokettiere, ob er sein Lächeln aufsetze, ob er wisse, dass seine Verletzlichkeit und Traurigkeit im anderen den Wunsch zu trösten weckten. Sie fand es nicht heraus. Tatsache war, dass sein Charme ihm die Sympathien von

Ärzten, Polizisten, Sekretärinnen und Verkäuferinnen, Kindern und Hunden gewann, ohne dass er es wahrzunehmen schien.

Auf sie wirkte sein Charme nicht mehr. Zuerst dachte sie, er habe sich abgenutzt – wie sich etwas eben abnutzt, wenn man es lange um sich hat. Aber eines Tages merkte sie, dass sie seinen Charme leid war. Leid. Sie machte mit ihrem Mann Urlaub in Rom, saß mit ihm auf der Piazza Navona, und er strich einem streunenden, bettelnden Hund mit derselben liebevoll-zerstreuten Geste über den Kopf, mit der er auch ihr manchmal über den Kopf strich, und trug dabei dasselbe liebevoll-verlegene Lächeln, mit dem er die Geste auch begleitete, wenn sie ihr galt. Sein Charme war nur eine Weise des Sichentziehens und -versagens. Er war ein Ritual, mit dem ihr Mann überspielte, dass er sich belästigt fühlte.

Wenn sie es ihm vorgeworfen hätte, hätte er den Vorwurf nicht verstanden. Ihre Ehe war voller Rituale, und ebendas war der Grund ihres Erfolgs. Leben nicht alle guten Ehen aus ihren Ritualen?

Seine Frau war Ärztin. Sie hatte immer gearbeitet, auch als ihre drei Kinder klein waren, und als sie größer wurden, hatte sie sich auf die Forschung verlegt und war Professorin geworden. Ihre oder seine Arbeit war nie zwischen ihnen gestanden; sie hatten beide ihre Tage so eingeteilt, dass es bei allem Mangel an Zeit doch heilige Zeiten gab, Zeiten, die den Kindern, und Zeiten, die einander vorbehalten waren. Auch beim Urlaub gab es jedes Jahr zwei Wochen, in denen sie die Kinder der Kinderfrau überließen, der sie sie auch sonst anvertrauten, und zusammen verreisten. Das alles verlangte einen disziplinierten, ritualisierten Umgang mit Zeit und ließ für Spontaneität wenig Raum – sie sahen es, sahen aber auch, dass die Spontaneität ihrer Freunde nicht mit mehr, sondern mit weniger Raum für Gemeinsamkeit einherging. Nein, sie hatten sich das Leben in seinen Ritualen durchaus vernünftig und befriedigend eingerichtet.

Nur das Ritual des Miteinander-Schlafens war verlorengegangen. Er wusste nicht, wann und warum. Er erinnerte sich an den Morgen, an dem er aufwachte und neben sich im Bett das verquollene Gesicht seiner Frau sah, den strengen Geruch ihres Schweißes roch und ihren pfeifenden Atem hörte und davon abgestoßen war. Er erinnerte sich auch an sein Entsetzen. Wie konnte er plötzlich abgestoßen sein, wo er doch ihr verquollenes Gesicht früher knuddelig, ihren strengen Geruch erregend und das Pfeifen ihres Atems lustig gefunden hatte. Gelegentlich hatte er es als Cantus firmus für eine Melodie genommen, die er pfiff und mit der er sie weckte. Nicht an diesem Morgen, aber irgendwann danach war das Miteinander-Schlafen versiegt. Irgendwann machte keiner von beiden mehr einen ersten Schritt, obwohl jeder von beiden Lust gehabt hätte, sich auf einen ersten Schritt des anderen einzulassen. Ein bisschen Lust, gerade so viel, dass es für den zweiten Schritt gelangt hätte, aber nicht für den ersten langte.

Aus dem gemeinsamen Schlafzimmer zog allerdings auch keiner von beiden aus. Sie hätte in ihrem Arbeitszimmer schlafen können und er in einem der leerstehenden Kinderzimmer. Aber zu diesem Bruch mit den Ritualen des gemeinsamen Ausziehens, Einschlafens, Aufwachens und Aufstehens war keiner von beiden bereit. Auch sie nicht, die herber, nüchterner, zupackender war als er, zugleich aber auch etwas Scheues hatte. Auch sie wollte, was an Ritualen geblieben war, nicht verlieren. Sie wollte ihr gemeinsames Leben nicht verlieren.

Und doch hatte es sich eines Tages erledigt. Eines Tages bereiteten sie ihre silberne Hochzeit vor, die Liste der Gäste, deren Unterkunft, das Essen im Restaurant, den Ausflug mit dem Schiff. Sie sahen einander an und wussten, dass das, was sie taten, nicht stimmte. Sie hatten nichts zu feiern. Fünfzehn Jahre Ehe hätten sie feiern können, vielleicht auch noch zwanzig. Aber irgendwann seitdem war ihre Liebe verschwunden, hatte sich verflüchtigt, und wenn es auch keine Lüge war, gleichwohl gemeinsam weiterzumachen – das Fest wäre eine Lüge.

Sie sprach es aus, und er stimmte sofort zu. Sie würden das Fest bleibenlassen. Nachdem sie es beschlossen hatten, waren sie so erleichtert, dass sie Champagner tranken und redeten, wie sie lange nicht mehr geredet hatten.

4

Kann man sich in den anderen ein zweites Mal verlieben? Kennt man den anderen beim zweiten Mal nicht viel zu gut? Setzt Verlieben nicht voraus, dass man den anderen noch nicht kennt, dass er noch weiße Flecken hat, auf die man eigene Wünsche projizieren kann? Oder ist die Kraft der Projektion bei gehörigem Bedürfnis so stark, dass sie ihre Wunschbilder nicht nur auf die weißen Flecken des anderen wirft, sondern auch über seine fertige bunte Landkarte? Oder gibt es Liebe ohne Projektion?

Er stellte sich die Fragen, aber sie amüsierten ihn mehr, als dass sie ihn irritierten. Was mit ihm in den nächsten Wochen passierte, mochte Projektion oder Erfahrung sein – es war schön, und er genoss es. Er genoss das Reden mit seiner Frau, die Verabredungen, die sie für einen Film oder ein Konzert trafen, und die Abendspaziergänge, die sie wieder machten. Es war Frühling. Manchmal holte er sie am Institut ab, wartete nicht direkt am Eingang auf sie, sondern fünfzig Meter weiter an der Straßenecke, weil er sie gerne auf sich zukommen sah. Sie kam mit großen Schritten, beeilte sich, weil sein direkter Blick sie genierte, strich verschämt mit der Linken das Haar hinters Ohr und setzte ein scheues, schiefes Lächeln auf. Er erkannte die Verschämtheit des jungen Mädchens wieder, in das er sich seinerzeit verliebt hatte. Auch ihre Haltung und ihr Gang hatten sich nicht geändert, und wie damals hüpften bei jedem Schritt ihre Brüste unter ihrem Pullover. Er fragte sich, warum er das all die Jahre nicht mehr gesehen hatte. Um was hatte er sich gebracht! Und wie gut, dass er wieder Augen im Kopf hatte. Und dass sie so schön geblieben war. Und dass sie seine Frau war.

Immer noch schliefen sie nicht miteinander. Zuerst waren ihre Körper einander fremd. Aber auch als sie sich wieder aneinander gewöhnten, blieb es bei zärtlichen Berührungen, wenn sie aufwachten, spazierengingen, sich beim Essen gegenüber- oder im Kino nebeneinandersaßen. Zuerst dachte er, das Miteinander-Schlafen werde schon kommen, und es werde schon schön werden. Dann fragte er sich, ob es wirklich kommen, ob es wirklich schön werden würde und ob er und sie es eigentlich noch wollten. Oder konnte er nicht mehr? In den Jahren, in denen die Ehe ausgebrannt war, hatte es zwei Nächte mit anderen Frauen gegeben, die eine mit einer Dolmetscherin und die andere mit einer Kollegin, beide nach viel Alkohol und mit einem Morgen danach voller Fremdheit und Peinlichkeit, und gelegentlich Momente freudloser Selbstbefriedigung, meistens auf Reisen in Hotels. Hatte er den natürlichen Zusammenhang von Lieben, Begehren und Miteinander-Schlafen verlernt? War er impotent geworden? Als er sich selbst befriedigen wollte, um sich seine Potenz zu beweisen, gelang es nicht.

Oder mussten seine Frau und er sich einfach Zeit lassen? Er sagte sich, dass sie keinen Grund zur Eile hatten und ebensogut in einem Jahr miteinander schlafen könnten wie in einem Monat, einer Woche oder einem Tag. Aber er empfand anders. Er wollte das Miteinander-Schlafen erledigen und war auch hier ungeduldig, weil die Erledigung in der Wirklichkeit mit der Erledigung in der Vorstellung nicht Schritt hielt. Überhaupt wurde seine Ungeduld, je älter er wurde, desto stärker. Was unerledigt vor ihm lag, beunruhigte ihn, selbst wenn er wusste, dass er es unschwer erledigen würde. In allem, was vor ihm lag, lag etwas Unerledigtes und Beunruhigendes, in der kommenden Woche und im kommenden Sommer, im Kauf eines neuen Autos und im Besuch der Kinder an Ostern. Sogar in der Reise nach Amerika.

Sie war die Idee seiner Frau. Eine zweite Hochzeitsreise – war, was sie erlebten, nicht eine zweite Hochzeit? Als sie jünger waren, hatten sie oft davon geträumt, mit dem Zug durch Kanada zu fahren, von Quebec bis Vancouver und weiter nach Seattle, dann mit dem Auto die Küste hinunter bis Los Angeles oder San Diego. Zuerst war die Reise zu teuer gewesen, später zu lang für die Ferienwochen ohne die Kinder und für die Kinder durch das viele Zug- und Autofahren zu langweilig. Aber jetzt hatten sie die Ferien für sich, konnten sich vier Wochen nehmen oder fünf oder sechs und sich jeden Schlafwagen und jeden Straßenkreuzer leisten – war es nicht an der Zeit, den alten Traum wahr zu machen?

5

Sie fuhren im Mai. In Quebec war Aprilwetter; es regnete oft und kurz, und dazwischen rissen die Wolken auf und funkelten die nassen Dächer in der

Sonne. In der Ontarioebene fuhr der Zug durch grüne Felder, die erst endeten, wo Himmel und Erde sich berührten, eine Welt aus Grün und Blau. In den Rocky Mountains blieb der Zug bei einem Schneesturm in einer Schneewehe stecken, und es dauerte eine Nacht, bis der Schneepflug da war.

In dieser Nacht schliefen sie miteinander. Das Rollen und Wiegen des Zuges hatte ihre Körper bereit gemacht, wie es ein heißer Tag oder ein warmes Bad tun. Während des Halts auf freier Strecke arbeitete die Heizung nur schwach, der Sturm heulte um den Wagen, und vom Boden und durch das Fenster drang Kälte ins Abteil. Sie krochen zusammen in ein Bett, lachten, zitterten, umarmten und hielten sich, bis sie in einen Kokon aus Wärme gehüllt waren. Sein Begehren überkam ihn ganz plötzlich, und aus Angst, es werde wieder vergehen, war er hastig und erst froh, als es vorbei war. Mitten in der Nacht weckte sie ihn und war das Miteinander-Schlafen wie ein ruhiges Atemholen. Am Morgen wachte er von dem Pfiff auf, mit dem die Lokomotive den nahenden Schneepflug begrüßte. Er sah aus dem Fenster auf Schnee und Himmel, eine Welt aus Blau und Weiß. Er war glücklich.

Sie blieben ein paar Tage in Seattle. Das Haus auf Queen Anne Hill, in dem sie Bed & Breakfast hatten, lag am Hang mit weitem Blick über Stadt und

Bucht. Zwischen Hochhäusern sahen sie auf eine vielspurige Autobahn, auf der die Kette der Autos selten abriss, tagsüber bunt und abends Scheinwerfer an Scheinwerfer und Rücklicht an Rücklicht. Wie ein Strom, dachte er, der mit der einen Seite aufwärts und mit der anderen Seite abwärts fließt. Manchmal klang die Sirene zu ihnen hoch, mit der ein Polizei- oder Ambulanzwagen die anderen Autos zur Seite scheuchte, und in der ersten Nacht, in der er nicht schlafen konnte, stand er jedesmal auf und trat ans Fenster, um den Wagen mit den rot und blau zuckenden Lichtern auf dem Dach sich den Weg bahnen zu sehen. Manchmal klang auch das Horn zu ihnen hoch, mit dem ein Schiff den Hafen beim Ein- oder Auslaufen grüßte. Es waren Containerschiffe, hoch und bunt beladen, umgeben von großen und kleinen Segelbooten mit geblähten, bunten Segeln. Immer wehte ein kräftiger Wind.

Als er nicht schlafen konnte, sah er seiner Frau beim Schlafen zu. Er sah ihr Alter, ihre Falten, die hängende Haut unter dem Kinn, den Ohren und den Augen. Das verquollene Gesicht, der strenge Geruch und der pfeifende Atem stießen ihn nicht mehr ab. Am letzten Morgen im Zug hatte er sie pfeifend geweckt, wie früher, gerne ihr Gesicht in seine Hände genommen und in seinen Händen gefühlt und, als sie miteinander geschlafen hatten, gerne den Geruch von Liebe und Schweiß unter der Decke gerochen. Dass er sie wieder so wecken konnte, dass er die Rituale ihrer Liebe noch beherrschte und genoss, dass auch sie nichts vergessen und verlernt hatte! Dass ihre Welt wieder heil war!

Er begriff, dass ihre Liebe eine Welt geschaffen hatte, die mehr war als das Gefühl, das sie füreinander hatten. Auch als sie das Gefühl füreinander verloren hatten, war die Welt dagewesen. Ihre Farben waren zu Schwarz und Weiß verblichen, aber die verblichene Welt war ihre Welt geblieben. Sie hatten in und von ihrer Ordnung gelebt. Und jetzt war sie wieder bunt.

Sie machten Pläne. Auch das war ihre Idee. Sollten sie nicht das Haus umbauen? Genügte statt der drei Kinderzimmer nicht eines für die immer selteneren Kinder- und eines Tages auch Enkelbesuche? Hatte er sich nicht immer ein großes Zimmer gewünscht, in dem er lesen und das Buch schreiben konnte, das er vor vielen Jahren geplant und für das er gelegentlich Material gesammelt hatte? Sollten sie nicht zusammen Tennis lernen, auch wenn sie keine großen Spieler mehr werden würden? Was war mit dem Angebot, ein halbes Jahr in Brüssel zu arbeiten, von dem er erzählt hatte – galt es noch? Sollte sie sich beurlauben lassen, und wollten sie für das halbe Jahr zusammen nach Brüssel ziehen? Er freute sich über ihre Einfälle und ihren Eifer. Er plante auch mit. Aber eigentlich wollte er an ihrer beider Leben nichts ändern, mochte es nur nicht sagen.

Er mochte nicht von seiner Angst vor dem Unerledigten reden, von der er nicht wusste, was sie bedeutete, woher sie kam und warum sie wuchs, je älter er wurde. Sie steckte in seiner Ablehnung von Veränderungen; mit jeder Veränderung fühlte er die Bürde des Unerledigten schwerer werden. Aber warum? Weil Veränderungen Zeit kosten und die Zeit immer schneller läuft und davonläuft? Warum läuft sie schneller? Ist die aktuell erlebte Zeit relativ zur noch verfügbaren Zeit? Läuft die Zeit mit zunehmendem Alter schneller, weil die verbleibende Lebenszeit weniger wird, wie die zweite Urlaubshälfte vor dem nahen Urlaubsende schneller vergeht als die erste? Oder liegt es an den Zielen? Wird einem in jungen Jahren die Zeit zu lang, weil man ungeduldig darauf wartet, endlich Erfolg zu haben, Ansehen zu genießen, reich zu sein, und rast sie in den späten, weil es nichts mehr zu erwarten gibt? Oder laufen die Tage mit zunehmendem Alter rascher ab, weil man die Tagesabläufe alle schon kennt, wie sich jeder Weg desto schneller geht, je öfter man ihn geht? Aber dann müsste er Veränderungen eigentlich wollen. War also doch die Lebenszeit zu knapp geworden, um sie mit Veränderungen zu verlieren? Aber so alt war er gar nicht!

Sie merkte nicht, dass hinter seinen Einwänden eine allgemeine Ablehnung stand. Aber als er an einem besonders törichten Einwand besonders beharrlich festhielt, fragte sie ihn verärgert lachend, was er eigentlich wolle. Weiter so leben wie die letzten Jahre?

6

Sie mieteten einen großen Wagen, ein Cabriolet mit Klimaanlage, CD-Anlage und allerlei elektronischem Schnickschnack. Sie kauften einen großen Stoß CDs, solche, die sie liebten, und andere aufs Geratewohl. Als sie das Kap erreicht hatten, von dem aus sie erstmals auf den Pazifik sahen, legte seine Frau eine Symphonie von Schubert auf. Er hätte lieber den amerikanischen Sender weitergehört, der Musik aus der Zeit spielte, als er studiert hatte. Er wäre auch lieber im Auto sitzen geblieben, statt mit ihr im Regen auszusteigen und herumzustehen. Aber die Symphonie passte zum Regen, zum grauen Himmel und den grau anrollenden Wellen, und er hatte das Gefühl, kein Recht zu haben, die Inszenierung seiner Frau zu stören. Sie war gefahren und hatte die kleine Straße gefunden, die zum Strand führte. Sie hatte daran gedacht, dass im Kofferraum eine blaue Plastikplane lag, und ihn und sich hineingehüllt. Sie standen am Strand, rochen das Meer, hörten Schubert, die Möwen und den Regen auf der Plane und sahen im Westen hinter den Regenwolken ein Stück hellen Abendhimmel. Die Luft war, obwohl kühl, feucht und schwer.

Nach einer Weile hielt er es unter dem Plastik nicht mehr aus, stand einen Moment unschlüssig im Regen, ging über den Sand ans Wasser und hinein. Das Wasser war kalt, die nassen Schuhe waren schwer, die nasse Hose klebte an den Beinen und am Bauch – nichts von der Leichtigkeit, die ein Körper im Wasser sonst hat, und doch war ihm leicht, und er schlug mit den Händen aufs Wasser und ließ sich in die Wellen fallen. Seine Frau war noch am Abend, als sie im Bett lagen, von seiner Spontaneität begeistert. Er war eher erschrocken und verlegen.

Sie fanden einen Rhythmus des Reisens, der sie jeden Tag rund hundert Meilen weiter nach Süden brachte. Sie vertrödelten die Morgen, hielten oft an, besuchten Nationalparks und Weingüter und liefen lange Stunden am Strand. Abends nahmen sie, was es gab, mal ein schäbiges Motel am Highway mit großen Zimmern, die nach Desinfektionsmitteln rochen und in denen die Fernsehapparate in Kopfhöhe angeschraubt waren, und mal ein Haus in einer Wohngegend, in dem Bed & Breakfast angeboten wurde. Abends waren sie beide früh müde. Jedenfalls versicherten sie es sich, wenn sie früh mit einem Buch und einer Flasche Wein im Bett lagen, ihm die Augen zufielen und er seine Nachttischlampe ausmachte. Als er eines Abends gegen Mitternacht wieder aufwachte, las sie allerdings immer noch.

Manchmal richtete er es so ein, dass er warten und sie auf sich zukommen sehen konnte. Er ließ sich von ihr bei einem Restaurant absetzen und wartete dann vor dem Eingang, bis sie das Auto geparkt hatte und vom Parkplatz über die Straße kam. Oder er rannte am Strand voraus, drehte sich um und sah ihr entgegen. Es war immer schön, ihre Gestalt und ihren Gang zu sehen, und zugleich machte es ihn traurig.

7

In Oregon lagen Küste und Straße im Nebel. Am Morgen hofften sie, mittags werde das Wetter besser werden, und am Abend setzten sie auf den nächsten Tag. Aber wieder lag der Nebel über der Straße, hing in den Wäldern und hüllte die Farmen ein. Wenn die Karte ihnen die Orte, durch die sie fuhren, oft nur ein paar Häuser, nicht genannt hätte, hätten sie sie übersehen. Manchmal fuhren sie ein bis zwei Stunden durch Wälder, ohne an einem Haus vorbeizukommen und ohne dass ihnen ein Auto entgegenkam oder sie eines überholten. Einmal stiegen sie aus, und das Geräusch des laufenden Motors brach sich an den dichten Bäumen beidseits der Straße, verlor sich nicht, blieb nahe und war zugleich durch den Nebel gedämpft. Sie schalteten den Motor ab, und nichts war zu hören, kein Knacken im Gesträuch, kein Vogel, kein Auto, kein Meer.

Als der letzte Ort weit hinter ihnen und der nächste dreißig Meilen vorauslag, kündigte ein Schild eine Tankstelle an. Dann war sie da, ein großer geschotterter Platz, zwei Zapfsäulen, eine Lampe und hinter dem Platz undeutlich ein Haus. Er bremste, bog auf den Platz und hielt an der Zapfsäule. Sie warteten. Als er ausstieg, um am Haus zu klopfen, ging die Tür auf, und eine Frau trat heraus. Sie kam über den Platz, grüßte, griff nach dem Zapfstutzen, drehte die Benzinkurbel und füllte den Tank. Sie blieb am Auto stehen, hielt mit der Rechten den Zapfstutzen und stützte die

Linke auf die Hüfte. Sie sah, dass er die Augen nicht von ihr ließ.

»Der Zapfstutzen ist kaputt, ich muss dabeibleiben. Aber ich mache die Scheiben gleich sauber.«

»Ist es hier nicht einsam?«

Sie sah ihn verwundert und vorsichtig an. Sie war nicht mehr jung, und ihre Vorsicht war die Vorsicht der Frau, die sich zu oft eingelassen hatte und zu oft enttäuscht worden war.

»Der letzte Ort liegt zwanzig Meilen zurück und der nächste dreißig voraus – ist es da nicht … Ich meine, fühlen Sie sich da nicht einsam? Leben Sie alleine hier?«

Sie sah den Ernst, die Konzentration und die Zärtlichkeit in seinem Blick und lächelte. Weil sie sich von seinem Blick nicht verzaubern lassen wollte, lächelte sie spöttisch. Er lächelte zurück, glücklich und verlegen über das, was er als nächstes sagen musste.

»Sie sind schön.«

Sie wurde ein bisschen rot, kaum sichtbar unter ihren vielen Sommersprossen, und hörte auf zu lächeln. Jetzt schaute auch sie ernst. Schön? Ihre Schönheit war vergangen, und sie wusste es, auch wenn sie den Männern noch gefiel, noch ihr Begehren und ihren Stolz wecken und ihnen noch Angst machen konnte. Sie forschte in seinem Gesicht.

»Ja, es ist einsam, aber ich habe mich daran gewöhnt. Außerdem ...« Sie zögerte, guckte hinunter zum Zapfstutzen, schaute wieder auf und ihm ins Gesicht, war jetzt ganz rot, stand ganz aufrecht und bekannte trotzig ihre Sehnsucht. »Außerdem werde ich nicht immer alleine bleiben.«

Einen Augenblick blieb sie so stehen, aufrecht, rot, Auge in Auge mit ihm. Dann war der Tank voll, sie schloss ihn ab, trat vom Auto zurück und hängte den Stutzen an die Säule. Sie bückte sich, nahm einen Schwamm aus einem Eimer, klappte die Wischer hoch und putzte die Scheibe. Er sah, wie sie neugierig seine Frau musterte, die in der Karte auf ihren Knien las, kurz aufguckte, um der Frau zuzunicken und ihm zuzulächeln, und weiterlas.

Ihm war unangenehm, untätig neben ihr zu stehen, während sie putzte. Zugleich sah er sie gerne an und ihr gerne zu. Sie trug weder Jeans mit kariertem Hemd noch ein ausgewaschenes blaues Kleid, sondern eine Latzhose in dem Dunkelblau des Wappens der Benzinfirma und darunter ein weißes T-Shirt. Sie war kräftig, bewegte sich aber leicht. Es lag Anmut in ihren Bewegungen, als genieße sie die Kraft und Leichtigkeit ihres Körpers. Der Träger der Latzhose rutschte ihr von der Schulter, sie schob ihn mit dem Finger wieder hoch, und beides berührte ihn wie eine Intimität.

Als sie mit dem Putzen fertig war, er ihr Geld gegeben hatte und sie zum Haus ging, um das Wechselgeld zu holen, ging er mit. Nach ein paar gemeinsamen Schritten über den knirschenden Schotter legte sie ihre Hand auf seinen Arm.

»Sie müssen nicht mitkommen, ich bringe das Wechselgeld raus.«

8

So blieb er auf dem Platz stehen, auf halbem Weg zwischen seinem Auto und ihrem Haus. Sie ging hinein, hinter ihr fiel die Tür ins Schloss.

Wie lange habe ich, dachte er, um mich zu entscheiden? Eine Minute? Zwei? Wie lange braucht sie, bis sie das Wechselgeld hat? Wie ordentlich ist sie? Hat sie eine Kasse, in der sie die Scheine und Münzen geordnet hat und aus der sie nur hier ein paar Münzen und dort ein paar Scheine nehmen muss? Beeilt sie sich, oder weiß sie, dass ich über noch eine und noch eine Minute froh bin?

Er schaute vor sich auf den Boden und sah, dass der Schotter vom Nebel nass war. Mit der Schuhspitze drehte er einen Stein um; er wollte wissen, ob der Stein auch von unten nass sei, und er war es. Seine Mitarbeiter hatte er gelehrt, dass Nachdenken und Entscheiden zweierlei ist, dass Nachdenken weder die richtige noch überhaupt eine Entscheidung hervorbringen muss, die Entscheidung vielmehr so kompliziert und schwierig machen kann, dass es lähmt. Nachdenken verlangt Zeit, Entscheiden verlangt Mut, so pflegte er zu sagen, und er wusste, dass ihm jetzt nicht die Zeit zum Nachdenken, sondern der Mut zum Entscheiden fehlte. Er wusste auch, dass das Leben die Entscheidungen, die man nicht trifft, ebenso verbucht wie die, die man trifft. Wenn er sich nicht dafür entscheiden würde, hierzubleiben, würde er weiterfahren, auch wenn er sich nicht dafür entschieden hätte, weiterzufahren. Hierbleiben – was soll ich ihr sagen? Soll ich sie fragen, ob ich hierbleiben kann? Was soll sie antworten? Muss sie nicht nein sagen, selbst wenn sie gerne ja sagen würde, weil sie die Verantwortung ablehnen muss, die meine Frage ihr aufbürden würde? Ich müsste, wenn sie wieder aus der Tür tritt, mit meiner Tasche und meinem Koffer dastehen, und das Auto müsste weggefahren sein. Aber wenn sie mich nicht haben will? Oder wenn sie mich zwar jetzt haben will, aber später nicht mehr? Oder wenn ich später nicht mehr bleiben will? Nein, so wird es nicht kommen. Wenn wir uns jetzt wollen, dann wollen wir uns für immer.

Er ging zum Auto. Dass sie sich geirrt haben,

wollte er seiner Frau sagen, dass sie ihre Ehe nicht wieder heil machen können, auch wenn sie es gerne wollen. Dass in den letzten Wochen in seiner Freude immer eine Traurigkeit war und dass er mit dieser Traurigkeit nicht weiterleben will. Dass er weiß, dass er verrückt ist, für diese Frau, die er nicht kennt und die ihn nicht kennt, alles aufs Spiel zu setzen. Dass er lieber verrückt sein als vernünftig und traurig bleiben will. Als er noch wenige Schritte zum Auto hatte, blickte seine Frau auf. Sie sah ihm entgegen, beugte sich über den Fahrersitz, drehte die Scheibe herunter und rief ihm etwas zu. Er verstand es nicht. Sie wiederholte, sie habe die großen Dünen auf der Karte gefunden. Beim Frühstück hatten sie sich an Bilder erinnert, die sie einmal von den großen Dünen gesehen hatten, und sie hatten sie vergebens auf der Karte gesucht. Jetzt hatte sie sie gefunden. Es sei nicht mehr weit, und sie schafften es noch bis zum Abend. Sie strahlte.

Ihre Freude über Kleinigkeiten – wie oft hatte sie ihn damit überrascht und beglückt. Und die Zutraulichkeit, mit der sie ihre Freude mitteilte! Es war eine kindliche Zutraulichkeit, voller Erwartung, dass die anderen gut sind, sich über Gutes freuen und mit Güte reagieren. Lange Jahre hatte er seine Frau nicht mehr so erlebt, erst in den letzten Wochen war ihre Zutraulichkeit zurückgekehrt.

Er sah ihre Freude. Sie begrüßte und umfing ihn. Ob er fertig sei? Ob sie fahren könnten?

Er nickte, ging schnell, als würde er lieber rennen, stieg ins Auto ein und ließ den Motor an. Er fuhr vom Platz, ohne zurückzuschauen.

9

Seine Frau erzählte, wie sie die Dünen auf der Karte gefunden habe, warum sie sie am Morgen nicht gefunden hätten. Wann sie am Abend ankommen und wo sie absteigen könnten. Wie weit sie am nächsten Tag fahren sollten. Wie hoch die Dünen seien.

Nach einer Weile merkte sie, dass etwas nicht in Ordnung war. Er fuhr langsam, blickte aufmerksam in den Nebel, begleitete, was sie sagte, gelegentlich mit zustimmendem oder ermunterndem Brummen – dass er nicht redete, war in Ordnung, aber nicht sein zusammengepreßter Mund und seine angespannten Wangen. Sie fragte ihn, was sei. Etwas am Motor oder an den Reifen oder der Spur? Etwas mit dem Nebel und der Straße? Sonstwas? Sie fragte zuerst unbefangen, dann, als er nicht antwortete, besorgt. Ging es ihm nicht gut? Hatte er Schmerzen? Als er rechts auf den Grasstreifen fuhr und anhielt, war sie sicher, dass es das Herz war oder der Kreislauf. Er saß starr, die Hände am Steuer, den Blick geradeaus.

»Lass mich«, sagte er und wollte fortfahren, dass er nur einen Moment brauche, aber das Reden hatte die Anspannung gelöst, die ihm den Mund verschlossen, die Wangen verkrampft und die Tränen zurückgehalten hatte. Er hatte seit Jahrzehnten nicht mehr geweint. Er wollte das Schluchzen abwürgen, aber aus dem Würgen wurde ein Wimmern und aus dem Wimmern ein Heulen. Er machte mit den Armen Bewegungen, die um Entschuldigung bitten und erklären sollten, dass es ihn überfallen habe und er nicht weinen wolle, aber nicht anders könne. Aber dann wurde das Bedürfnis nach Entschuldigungen und Erklärungen von den Tränen weggeschwemmt, und er saß einfach da, die Hände im Schoß, mit hängendem Kopf und zuckendem Oberkörper und heulte. Sie nahm ihn in ihre Arme, aber er ließ sich in ihren Armen nicht gehen, sondern blieb sitzen, wie er saß. Als das Weinen nicht endete, beschloss sie, im nächsten Ort ein Hotel und vielleicht einen Arzt zu suchen. Sie wollte ihn auf den Beifahrersitz heben und schieben, aber er rückte selbst hinüber.

Sie fuhr los. Er weinte weiter. Er weinte über seinen Traum, über die Angebote, die ihm das Leben gemacht und denen er sich versagt und entzogen hatte, über das Unwiederbringliche und Unersetzbare in seinem Leben. Nichts kehrte wieder, nichts konnte er nachholen. Er weinte darüber, dass er, was er wollte, nicht stärker wollte und dass er oft nicht wusste, was er wollte. Er weinte über das, was in seiner Ehe schwer und schlecht war, ebenso wie über das, was in ihr schön war. Er weinte über die Enttäuschungen, die sie sich zugefügt, und über die Hoffnungen und Erwartungen, die sie in den letzten Wochen geteilt hatten. Nichts, was ihm in den Sinn kam, zeigte nicht eine traurige, schmerzliche Seite, und sei es bei allem Schönen und Glücklichen nur dessen Vergänglichkeit. Die Liebe, die Ehe, als sie gut war, die guten Jahre mit den Kindern, die Freude am Beruf, die Begeisterung über Bücher oder Musik – es war alles vergangen. Die Erinnerung schob ihm Bild um Bild vor das innere Auge, aber noch ehe er ein Bild richtig zu betrachten begonnen hatte, schlug ein Stempel darauf, und dann stand es da in dicken Buchstaben und mit dickem Rand: Vergangen.

Vergangen? Es war nicht einfach vergangen, hinter seinem Rücken und ohne sein Zutun. Er selbst zerschlug die Welt, die ihrer beider Liebe geschaffen hatte. Danach würde es die Welt nicht mehr geben, nicht ein schwarzweißes Bild statt eines bunten, sondern keines mehr.

Er hatte keine Tränen mehr. Er war erschöpft und leer. Ihm wurde bewusst, dass er um seine Ehe geweint hatte, als sei sie vergangen, um seine Frau, als habe er sie verloren.

Sie sah zu ihm herüber und lächelte ihn an. »Na?«

Sie passierten ein Schild mit Ortsnamen, Zahl der Einwohner und Höhe über dem Meer. Ein paar hundert Menschen, dachte er, und schon eine kleine Stadt. Sie liegt nur ein paar Meter über dem Meer; es muss nahe sein, auch wenn man es im Nebel nicht sieht.

»Hältst du bitte?«

Sie fuhr an den Rand und hielt. Jetzt, dachte er, jetzt. »Ich werde hier aussteigen. Ich komme nicht weiter mit. Ich weiß, dass ich mich unmöglich verhalte. Ich hätte es besser wissen müssen. Aber ich weiß auch nicht, wie ich es besser hätte wissen können. Wir versuchen, uns in Trümmern einzurichten. Ich will mich nicht mit dir in Trümmern einrichten. Ich will es einfach noch mal versuchen.«

»Was? Was willst du versuchen?«

»Das Leben, die Liebe, einen neuen Anfang, alles eben.« Unter ihrem befremdeten, verletzten Blick kam, was er sagte, ihm selbst kindisch vor. Was er machen, was er hier machen, wovon er leben wolle, was aus seinem Leben zu Hause werden solle –

wenn sie ihn fragen würde, würde er nichts antworten können.

»Lass uns zu den Dünen fahren. Weglaufen kannst du immer noch. Ich kann dich nicht festhalten. Lass uns reden, wenn du nicht gerade in ein tiefes Loch gefallen bist. Vielleicht hast du recht und haben wir uns dem, was zwischen uns war oder nicht mehr war, noch nicht wirklich gestellt. Dann werden wir es tun.« Sie legte ihm die Hand aufs Knie. »Ja?«

Sie hatte recht. Könnten sie nicht immerhin bis zum Ort bei den Dünen fahren und über alles reden? Oder könnte er nicht wenigstens sagen, sie solle ihn einfach hierlassen und weiterfahren, er brauche nur ein paar Tage für sich und komme nach, spätestens zum Abflug? Und müsste er nicht seiner Frau von seinem Traum und von der Frau an der Tankstelle erzählen? Wäre es nicht ehrlich?

»Ich kann nur jetzt weglaufen. Machst du bitte den Kofferraum auf?«

Sie schüttelte den Kopf.

Er stieg aus, ging um den Wagen, öffnete auf ihrer Seite die Tür und zog den kleinen Hebel zwischen Tür und Sitz. Der Deckel des Kofferraums sprang auf. Er nahm seinen Koffer und seine Tasche heraus und stellte sie auf den Boden. Dann schlug er den Deckel des Kofferraums zu und trat an die Tür. Sie war noch offen. Seine Frau sah zu ihm auf. Er machte die Tür sanft und ruhig zu, aber ihm war, als schlage er sie ihr ins Gesicht. Sie sah weiter zu ihm auf. Er nahm seinen Koffer und seine Tasche und ging los. Er machte einen Schritt und wusste nicht, ob er noch einen schaffen würde, und als er ihn geschafft hatte, ob noch einen und noch einen. Wenn er stehenblieb, musste er sich umdrehen, umkehren und einsteigen. Und wenn sie nicht bald fuhr, konnte er nicht weiterlaufen. Fahr, bat er, fahr.

Dann ließ sie den Wagen an und fuhr los. Er drehte sich erst um, als er den Wagen nicht mehr hörte. Da hatte ihn auch schon der Nebel geschluckt.

10

Er fand ein Motel und handelte eine billige Miete für den ganzen nächsten Monat aus. Er fand ein Restaurant mit großer Theke, Resopaltischen, Plastiksitzen und Musikbox. Er trank viel, war in manchen Augenblicken absurd heiter und hätte in anderen wieder weinen können, wenn er sich nicht gesagt hätte, dass er für einen Tag genug geweint hatte. Es war das einzige Restaurant im Ort, und mit einem Ohr wartete er den ganzen Abend darauf, dass ein Auto vorfahren, jemand aussteigen und dass er in dessen Gang über den Kies den Gang seiner Frau erkennen würde. Er wartete darauf voller Sehnsucht und voller Angst.

Am nächsten Morgen ging er ans Meer. Über dem Strand lag wieder Nebel, Himmel und Meer waren grau, und die Luft war warm, feucht und dumpf. Er hatte das Gefühl, er habe unendlich viel Zeit.

Paulo Coelho

Play it again!

Angela Pontual, eine Freundin des Wanderers, besuchte einmal eine Theateraufführung am Broadway. In der Pause ging sie ins Foyer, um einen Whisky zu trinken. Das Foyer war voller Menschen, die rauchten, redeten, tranken.

Ein Pianist spielte, doch niemand achtete auf die Musik. Angela nippte an ihrem Drink und sah den Musiker an. Er schien gelangweilt, wirkte so, als würde er nur spielen, weil er musste, und als könnte er das Ende der Pause kaum erwarten. Nach einem weiteren Whisky wandte sie sich, schon etwas beschwipst, an den Pianisten.

»Sie sind eine Nervensäge! Warum spielen Sie denn nicht für sich selber?«, fuhr sie ihn an.

Der Pianist blickte sie erstaunt an und begann sofort die Stücke zu spielen, die ihm gefielen. Darauf wurde es still im Foyer. Als der Pianist geendet hatte, applaudierten alle begeistert.

Martin Suter

Hunold, Manager und Familienvater

Hunold kann auch abschalten und nur für die Familie da sein. In der Regel Ende Juli. Dann lässt er die Firma Firma sein und geht in die Sommerferien. Zwar nicht vier Wochen wie Linda und die Kinder, aber immerhin zehn Tage. Es kommt ja nicht in erster Linie auf die Länge an, die Intensität ist es, die zählt. Und in puncto Intensität ist Hunold stark. Er kommt so Mitte der zweiten Woche und meidet damit die gehässigen ersten Tage. Bei seiner Ankunft sind die Sonnenschutzfaktoren schon runter auf zehn, und Annina (7) und Terry (9) wissen, wo es die beste Pizza gibt und was »ein Magnum mit Mandelsplitter« in der Landessprache heißt. Linda ist braun genug für die neue Feriengarderobe und bewegt sich mit der Nonchalance einer erschöpften Mutter von zwei Kindern nach zehn Tagen Kampf gegen Ultraviolett, Quallen, Hitze und unterschiedliche Auffassungen in fast allen Fragen des täglichen Lebens. Wenn Hunold ankommt, ist die Familie bereit für ihn.

Den Abend nach seiner Ankunft *widmet* er Linda. Sobald sie die Kinder ins Bett gebracht hat, besitzt sie seine ungeteilte Aufmerksamkeit. Dann kann sie ihm einmal all das erzählen, wofür ihm sonst seine Managementaufgaben (letztlich ja seine Aufgaben als Ernährer) keine Zeit lassen. Das ist der Moment, wo er *zuhört,* wo er alles wissen will über die kleinen Sorgen und Sensatiönchen des Alltags einer Mutter zweier Kinder und Frau eines Executive Vice President der Schweizer Niederlassung eines internationalen Markenartiklers. Wenn es nicht zu spät wird oder einer seiner praktischen Ratschläge zu Haushaltführung oder Kindererziehung zu einer Verstimmung geführt hat, intensiviert er nach dem Zubettgehen die Beziehung auch noch über das rein Geistige hinaus.

Der Tag gehört dann der ganzen Familie. Er beginnt mit dem *gemeinsamen* Frühstück. Sich hinsetzen, sich *zuwenden.* »Wie würdest du Qualle schreiben, Annina?« – »Wie heißt das Land, wo wir sind, und wie seine Hauptstadt, Terry?« Kinder sind ja so wissensdurstig.

Das Programm des ersten Tages sieht keinen Strandbesuch vor. Das hat vor allem pädagogische Gründe. Hunold will mit dieser unpopulären Maßnahme seine natürliche Autorität von Anfang an wiederherstellen, Kinder brauchen Führung, sie wollen, dass ihnen jemand sagt, wo es langgeht. Natürlich ist das im Normalfall Linda, aber kann eine Mutter auf die Länge den Vater ersetzen? Ein Tag ohne die Ablenkung des Strandlebens verbessert die Intensität des Zusammenseins. Und auch die persönliche Erreichbarkeit am ersten Tag seiner Firmenabwesenheit. Hunold *beschäftigt* sich also rückhaltlos mit seinen Kindern. Was sind das für kleine Menschlein, die er hier führt, für die er sorgt, die zu ihm *aufschauen,* die ihm *vertrauen*? Welche seiner Bewegungen, Züge, Charaktereigenschaften, Talente *entdeckt* er in ihnen wieder? Wie kann er *wecken, motivieren, fördern*?

Er versucht ihnen die Landessprache des Ferienortes näherzubringen, denn Kinder lernen Sprachen ja so leicht. Er bemüht sich, ihren Ekel vor Fisch zu überwinden, denn Kinder brauchen Phosphor und Magnesium. Er erzählt ihnen ausführlich über seine Tätigkeit als Executive Vice President, denn Kinder wollen wissen: Was ist das für ein Mensch, mein Papi? Was tut er, wenn er am Morgen früh weggeht und am Abend spät zurückkommt?

Im Bett nach dem ersten gemeinsamen Ferientag fragt Annina ihre Mutter: »Wievielmal schlafen, bis Papi wieder arbeiten muss?«

»Acht Mal«, antwortet Linda Hunold ohne nachzurechnen.

Meir Shalev

Der freundliche Gasthof

Vor einiger Zeit war ich in den Vereinigten Staaten. Ein amerikanischer Freund empfahl mir wärmstens eine Herberge mit dem Namen ›The Friendly Inn‹ in Virginia. Im allgemeinen stehe ich Hotels, die sich als »freundlich« bezeichnen, äußerst skeptisch gegenüber, aber mein Freund beredete mich, es mit diesem zu versuchen.

»Ein wunderbarer Gasthof«, sagte er, »sehr freundlich. Sogar Jefferson soll da mal übernachtet haben.«

Nach einer schönen Tour durch die herrliche Landschaft Virginias erreichte ich den Gasthof – ein behäbiges, altes Holzhaus. Bunte Bauerngardinen zierten seine Fenster, und ein paar große, freundliche Kürbisse schmückten den Zaun. Eine robuste Alte öffnete mir die Tür.

»Hi Meir«, sagte sie freundlich vertraut.

Das hat tatsächlich keinerlei Ähnlichkeiten mit den amerikanischen Hotels, die ich bisher erlebt habe, dachte ich im Stillen. Und als hätte er meine

Gedanken gelesen, erschien plötzlich auch ein betagter Labrador, legte mir gleichermaßen freundlich ein speicheltriefendes Holzscheit zu Füßen und blickte mich flehend an.

»Das ist General Jackson«, sagte Barbara, »einer seiner Vorfahren hat mal Jefferson gebissen.«

Wir gingen hinein. Auf den Fensterbrettern standen Porzellanteller, Porzellanhunde, Porzellan-Jeffersons und Porzellanelefanten, das verheißende Feuer brannte im Kamin, und davor saßen ein paar Gäste, die mir einer Ohnmacht nahe schienen. Einer, im Reitdress, spielte Dame mit sich selbst. Ein Zweiter schnarchte über *Onkel Toms Hütte*. Der Dritte verschob kleine Zinnsoldaten auf einer Karte des Bürgerkriegs. Der Vierte stickte unter Anleitung einer blauäugigen und blauhaarigen alten Dame einen Gobelin mit Jefferson-Motiv.

Barbara führte mich in mein Zimmer und beredete mich, an den Kamin zurückzukehren, sobald ich mich häuslich eingerichtet hätte – wir könnten dann bei einem Glas Blütentee Auflaufrezepte austauschen. Ich warf den lästigen Köter von meinem Bett, wischte seinen Speichel vom Kissen, sagte dem Jefferson in Öl an der Wand gute Nacht und schlief auf der Stelle ein.

Zehn Minuten später weckten mich Barbara und

General Jackson lächelnd beziehungsweise schwanzwedelnd und brachten mir eine Tasse Tee und das bewusste Holzscheit.

»Tee aus Ahornrinde und Wildbirnenblüten«, sagte Barbara. »Trinken Sie ihn, dann schlafen Sie wie ein Baby.«

Ich versuchte zu erklären, dass ich schon aus eigener Kraft eingeschlafen war, aber Barbara sagte, Benjamin Franklin habe das Teerezept Thomas Jefferson gegeben, und wenn ich wolle, könnte ich es von dem freundlichen Koch des Gasthauses erhalten.

»Morgen … Morgen früh …«, flüsterte ich, »und nehmen Sie den Hund mit, wenn Sie rausgehen.«

»Just trying to be friendly«, flötete Barbara lächelnd, »übrigens wird der Dametisch bald frei, und mein Mann würde sich freuen, mit Ihnen zu spielen. Wer verliert, hackt das Brennholz für den Kamin, das ist bei uns Tradition, seit Jefferson auf ebendiesem Tisch Washington beim Mikadospiel besiegt hat.«

Eineinhalb Stunden später, nach beendetem Holzhacken, kroch ich wieder ins Bett, und tatsächlich – Benjamin Franklins Tee tat seine Wirkung: Ich schlief wie ein Baby. Aber eine Stunde danach wachte ich wieder auf, weil Barbara da war, um nachzusehen, ob ich auch gut zugedeckt war, und mir einen Teelöffel jener Wacholdermarmelade zu verabreichen, die Jefferson allabendlich zu nehmen pflegte, um seinen Stuhlgang zu erleichtern.

Danach sah ich sie nicht mehr, aber um fünf Uhr morgens hörte ich sie plötzlich hinter der Tür fragen, ob die Wacholdermarmelade gewirkt habe oder ob ich noch ein Löffelchen bräuchte.

Ich stand auf, zog mich an, packte meine Reisetasche und glitt aus dem Fenster nach draußen. General Jackson rannte mir ein paar Kilometer nach und bestürmte mich zu bleiben, aber als wir die Autobahn erreicht hatten, hielt ich an, tätschelte ihm den Kopf, warf sein Holzscheit geradewegs auf die Schwerlasterspur und flüchtete heimwärts.

Leon de Winter

Der Schmetterlingsfänger

Vor fünfzehn Jahren, als ich gerade mein erstes Buch veröffentlicht hatte, wollte ich nach Odessa, in die Stadt des von mir bewunderten Isaak Babel. Meine Reise sollte mich über Frankfurt, Wien und Bukarest in den rumänischen Küstenort Constanta bringen, von wo aus ich versuchen wollte, per Schiff nach Odessa zu gelangen.

Vor den vielen Unbilden so einer Reise per Anhalter schützten die Kleider in meinem Rucksack Babels *Briefe*, Čechovs *Die Braut*, Tolstois *Kindheit, Knabenjahre, Jugendzeit* und Puškins *Die Hauptmannstochter*.

Am ersten Tag kam ich in drei Etappen bis zum Frankfurter Flughafen, der drauf und dran war, in einem sintflutartigen Wolkenbruch zu ertrinken. Ich verbrachte die Nacht in einem Sessel in einer der großen, lauten Hallen und erhielt erst am Morgen die nächste Mitfahrgelegenheit, von einem Schweizer. Er musste nach Bern, und ich stieg dankbar ein, obwohl ich damit von meiner Idealroute abwich. Aber meine langen Haare, die geflickten Jeans und die verschlissenen Turnschuhe machten mich nicht gerade zu einem begehrten Mitfahrer.

Mit Hilfe des Schweizers tüftelte ich eine neue Route aus: Mailand, Triest, Zagreb, und dann über Belgrad nach Bukarest. In Bern bekam ich ziemlich schnell eine Mitfahrgelegenheit nach Vevey am Genfer See, wo ich abends ankam und mir für viel Geld ein Zimmer in einem teuren Hotel nehmen musste.

Am nächsten Tag wurde ich gegen zwölf Uhr, nachdem ich im Speisesaal die vom Frühstück übriggebliebenen Brötchen und Konfitüredöschen in eine Papierserviette gewickelt hatte, von einem niederländischen Ehepaar mitgenommen, das mich im dort sehr breiten und dichtbewachsenen Rhônetal nahe Martigny absetzte. In Vevey hatte ich mir vor der Weiterfahrt eine Plastikflasche Evian gekauft, und ich verließ nun die stark befahrene Straße mit der Absicht, irgendwo am Rhôneufer meine Hotelbrötchen zu essen und mit der Lektüre von *Die Hauptmannstochter* zu beginnen. Ich folgte einem Pfad, der sich zwischen den Bäumen hindurchschlängelte, und fand eine rundum von Bäumen und Gebüsch eingerahmte Lichtung, auf der ich es mir gemütlich machte. Ich öffnete ein

Marmeladedöschen, bestrich mir ein Brötchen und schlug das Buch auf:

»Mein Vater Andrej Petrowitsch Grinjow hatte in seiner Jugend unter dem Grafen Münich gedient und nahm im Jahre 17.. seinen Abschied als Major 1. Klasse. Seit jener Zeit lebte er in seinem Dorfe im Gouvernement Simbirsk, wo er dann auch die Jungfrau Awdotja Wassiljewna J. heiratete, die Tochter eines dortigen armen Edelmannes.«

Nach wenigen Zeilen fiel ein Klecks Marmelade vom Brötchen auf das Buch, den ich vorsichtig mit dem Finger wegzuwischen versuchte, was natürlich nicht gelang und in einem Fluch, einem ekligen Fleck und klebrigen Fingern resultierte.

Als ich die Seite gerade umschlagen wollte, setzte sich plötzlich ein Schmetterling darauf, von einer Größe und Farben, wie ich noch keinen gesehen hatte. Der Schmetterling nahm die gesamte obere Hälfte des Buches ein und war von einem dunklen, aber dennoch transparenten Blau. Die hauchdünnen Flügel zitterten, als spürte der Schmetterlingsgeist die Gefahr von dem nahen Lebewesen, welches das Buch mit einer simplen Handbewegung zuschlagen und den Schmetterling ein für allemal in einer Erzählung von Puškin gefangenhalten konnte.

Der Schmetterling ließ sich die Marmelade schmecken, die die Angst vor mir offenbar hinlänglich kompensierte, und staunend betrachtete ich seinen zarten, feingliedrigen Bau und die Zeichnung auf seinen Flügeln. Da hörte ich einen Zweig knacken, schaute auf und sah zwischen den Stämmen der Bäume einen älteren Mann näher kommen. Er war hochgewachsen und trug eine bräunliche Strickjacke, weite, graue kurze Hosen, deren Beine oberhalb der Knie endeten, und schwere Wanderschuhe. In der rechten Hand hielt er ein großes Schmetterlingsnetz.

Er keuchte, und sein kahler Schädel glänzte vor Schweiß. Auf Englisch flüsterte er mir zu, ich solle mich ja nicht bewegen, schlich mit einer für seine Größe und sein Alter erstaunlichen Eleganz heran und fing mit einer blitzschnellen Bewegung, bei der er mich schmerzlich am Handgelenk traf, *Die Hauptmannstochter* samt dem vergebens aufflatternden Schmetterling.

Der Mann lächelte, wandte sich mit seiner Beute von mir ab, als dürfe ich nicht zum Augenzeugen einer solchen Intimität werden, und barg den Schmetterling in einer Dose, die er aus einer Art Knappsack genommen hatte, welchen er auf dem Rücken trug. Dann wandte er sich wieder zu mir um und fragte mich, während er sich mit einem Taschentuch den Schweiß von Stirn und Nacken wischte, ob ich verletzt sei. Ich antwortete, dass es nicht so schlimm sei, woraufhin er auf die Plastikflasche Evian zeigte und fragte, ob er einen Schluck Wasser nehmen dürfe. Ich reichte ihm die Flasche. Er bedankte sich und setzte die Flasche an den Mund. Gierig tanzte sein Adamsapfel unter den dicken Falten seines Halses. Er vergoss etwas Wasser, das ihm an den Mundwinkeln entlang auf die Strickjacke hinuntertropfte, und er nahm prustend die Flasche vom Mund und beugte sich vor, um die Tropfen von seinem Kinn auf das trockene Moos fallen zu lassen. Mit dem Rücken der linken Hand wischte er sich über die Lippen und gab mir die Flasche zurück.

»Tut mir leid, dass ich dich bei der Lektüre deines Science-fiction-Romans so überfallen habe, aber das ist ein … (den lateinischen Namen verstand ich nicht), den ich unbedingt haben musste«, sagte er auf Englisch.

»Ich kenne mich mit Schmetterlingen nicht aus«, erwiderte ich, »aber er war schön. Er ist von der Marmelade angelockt worden, die ich auf meinen russischen Science-fiction-Roman gekleckert hatte. *Die Hauptmannstochter* von Puškin.«

Er blickte auf den Bucheinband und danach mit einem ironischen Lächeln auf mich. Ich schätzte ihn auf etwa sechzig.

»Seit wann lesen Hippies Puškin?«, fragte er mit

kumpelhaftem Spott und ließ sich aufseufzend im Moos nieder.

»Keine Ahnung. Ich weiß nicht, ob Hippies Puškin lesen. Ich jedenfalls lese Puškin.«

Ich sah ihn an, und wir grinsten beide. Er hob den Kopf, blinzelte mit zugekniffenen Augen in den Himmel über der Lichtung und setzte zu einer heftigen Tirade gegen eine Reihe von Dingen an, die ich – ich war damals Anfang zwanzig – für selbstverständlich hielt: lange Haare, Popmusik, die Kofferradiokultur, das Fernsehen, den Massentourismus. Hin und wieder schaute er mich dabei triumphierend an, als wolle er mich herausfordern. Ich widersprach in einem fort und versuchte dem Schmetterlingsfänger vor Augen zu führen, dass alle von ihm angegriffenen Phänomene durchaus verständlich und plausibel seien. Ein paarmal strich ich mir dabei meine mehr als schulterlangen Haare hinter die Ohren.

Dann fragte er mich, wohin ich unterwegs sei, und zu meinem großen Erstaunen (man begegnet in einem Schweizer Wald ja nicht alle Tage einem Schmetterlingsfänger, der Odessa kennt) stellte sich heraus, dass er in Odessa gewesen war – in früher Jugend, noch vor der Revolution. Er schaltete, ohne sich merklich an unseren Meinungsverschiedenheiten gestört zu haben, auf einen entspannten Tonfall um und erzählte von seinen Erinnerungen an diese Stadt. Dann zeigte er auf das Brot und fragte mich, ob ich gerade zu Mittag hatte essen wollen. Ich nickte und bot ihm von dem Brot an, woraufhin er mich lachend zu einem richtigen Mittagessen in einem Restaurant an der Straße einlud.

Rund zweieinhalb Stunden habe ich in der Gesellschaft dieses Mannes verbracht. Er hatte alles gelesen, was noch in turmhohen Stapeln auf mich wartete (und wartet), und füllte alle meine Wissenslücken in puncto russische Schriftsteller mit wunderbaren Anekdoten auf. Manchmal lachte er über seiner gebratenen Ente in Himbeersauce schallend auf vor Spaß an der eigenen Geschichte oder legte sich lautstark mit mir an. Ich erinnere mich noch an die missbilligenden Blicke der steif gekleideten Gäste in dem noblen Restaurant ob der durch seinen Überschwang verursachten Störung der gedämpften Ordnung.

Beim Kaffee schaute er auf seine Armbanduhr und sagte, dass er jetzt wegmüsse. Ich könne ruhig noch sitzen bleiben und mir die *profiteroles* schmecken lassen, die ich bestellt hatte. Ich bedankte mich bei ihm und sagte ihm auf Wiedersehen, und ich hätte in diesem Zusammenhang wohl kaum mehr als eine allmählich verblassende Anekdote zu erzählen gehabt, wenn ich nicht, nachdem er gegangen war, neben seinem Stuhl vier klein zusammengefaltete, beschriebene Seiten Papier auf dem Teppich entdeckt hätte. Hatte er sie beim Bezahlen mit aus der Hosentasche oder seinem Knappsack gezogen? Ich las die vier Seiten. Sie enthielten den schönsten Text, den ich je vor mir gehabt hatte.

Schon viele Male habe ich versucht, den Text nachzuerzählen, aber es gelingt mir nicht, verzweifelt taste ich nach den Nuancen, nach den Glanzlichtern, die mich damals völlig blendeten und die tiefe Sehnsucht in mir entfachten, irgendwann in meinem Leben auch einmal einen solchen Text zu schreiben. Eine Geschichte über die Sehnsucht.

Ich verfügte über den schönsten Text, der je geschrieben wurde, und hätte mich ohrfeigen können, dass ich nicht nach dem Namen des Mannes gefragt hatte – und er nicht nach meinem.

Zwei Tage später wurde mir in Triest der Rucksack geklaut, und ich musste meiner Reise nach Odessa und dem Text des Schmetterlingsjägers ade sagen.

Im Jahr nach diesem Sommer las ich zum ersten Mal etwas von Vladimir Nabokov, *Lolita,* woraufhin ich binnen eines halben Jahres alles verschlang, was ich nur von ihm auftreiben konnte. Ich brachte ihn aber zunächst nicht mit dem unwahrscheinlichen Erlebnis in jenem absurden Sommer in Verbindung, das mir immer unglaubwürdiger und lächerlicher erschien. Wenn ich Freunden erklären wollte, was dieser Text denn nun ausgedrückt hatte, verfiel ich in ohnmächtiges Gestotter. Er handelte von einem Sommertag, sagte ich dann, von einem Jungen mit Schmetterlingsnetz, der in einem Haus die Treppe herunterkommt und in den Garten hinausgeht. Ist das alles?, fragten sie dann. Ja, antwortete ich, das ist alles, dieser Junge, an diesem Tag, in diesen Worten.

1977 sah ich ein Foto von Nabokov neben der Meldung von seinem Tod. Natürlich hatte ich auch früher schon Bilder von ihm gesehen, aber dieses, auf dem er ein Schmetterlingsnetz in der Hand hielt, schuf einen neuen Bezug. Auf der Stelle schlug eine bange, überwältigende Vermutung bei mir ein. Es war natürlich unmöglich. Es war wahnwitzig. Es war das gestörte Wunschbild eines Kranken. Es war das leere Konstrukt eines Phantasten.

Seither laufe ich mit einer fixen Idee herum. Ich habe die schönste Erzählung gelesen, die je ein Mensch geschrieben hat. Aber ich kann sie niemandem zeigen, niemanden nachempfinden lassen. Sie ist in meinem Kopf, flattert dort herum, singt, macht Sturzflüge, kreist wie ein Adler, tanzt wie ein Kolibri.

Ich habe den schönsten Text im Kopf, ohne dass ich ihn nacherzählen oder aufschreiben könnte. Ob sich ein Duplikat dieses Textes in Nabokovs Nachlass befindet? Ob Vera, seine Witwe, ihn je zur Veröffentlichung freigibt? Oder gibt es irgendeinen unbekannten, sonderlichen Schmetterlingsfänger, der die Gaben Homers, Shakespeares und Joyces in sich vereint, und wird er seine Schönheit ein für allemal mit sich nehmen, wenn er stirbt?

Ich habe eine Geschichte im Kopf wie einen Schmetterling in einem Glas, und ihre unberührbare Schönheit quält mich.

Doris Dörrie

Spekulatius

Pauline Moos feierte ihren vierzigsten Geburtstag am 22. Dezember in einem Airbus der Lufthansa auf dem Weg nach Los Angeles, und was sie sich ihr ganzes Leben gewünscht hatte, wurde endlich wahr: Weihnachten fiel aus. Ihre 16-jährige Tochter war mit Freunden nach Mallorca abgerauscht, ihre Mutter war in einem Pflegeheim und erkannte sie nicht mehr, von ihrem geschiedenen Mann hatte sie schon lange nichts mehr gehört. Prost, sagte Pauline und hob das Lufthansa-Glas vor ihre straffe Brust (sieben Monate Fitness-Training für Frauen) im grauen Kaschmirpullover (Donna Karan), auf dich, Pauline Moos, altes Haus. Kein Weihnachtsbaum, keine Lieder, keine Spekulatius. Ein dreifaches Hurra.

Warum sie nach Los Angeles flog? Weil Bangkok komplett ausgebucht gewesen war und die Seychellen auch. In der Handtasche (Prada, aber secondhand) trug sie einen Notizzettel: 29 Palms, Circle Lodge, denn in der Boutique ›Daisy‹, wo sie sich ab und an hinflüchtete, wenn ihr die Decke ihrer im November ständig düsteren Wohnung auf den Kopf zu fallen drohte, um dort den milden Trost von Designerkleidern zu suchen, die sie sich von ihrem Übersetzerhonorar im Grunde überhaupt nicht leisten konnte, bei ›Daisy‹ also hatte sie zufällig mit angehört, wie eine in Comme des Garçons gekleidete Moderedakteurin den Verkäuferinnen vorgeschwärmt hatte: Und wenn Sie in Elei (L.A. – Los Angeles) sind, dann müssen Sie uuuunbedingt nach Twentynine Palms mitten in der Wüste – ein tolles Motel, Circle Lodge, da müssen Sie hin, das ist ein Traum. Die Verkäuferinnen hatten geduldig genickt, und Pauline hatte in der Umkleidekabine mitgeschrieben: 29 Palms, Circle Lodge.

Wie eine Kuhherde wurden die müden und verschwitzten Touristen durch die Einwanderungskontrolle getrieben und einzeln befragt, ob sie aus beruflichen Gründen oder zum Vergnügen hier waren. Business or pleasure? Pauline holte Luft und rief: Pleasure! Das Gegenteil vom Weihnachtsrummel zu Hause. Keine roten Kerzen in letzter Sekunde auftreiben, Äpfel polieren, Geschenke einpacken, Nüsse knacken, Spekulatius backen, den Teppich einrollen für den Weihnachtsbaum, die pieksende Tanne nach Hause schleifen, nicht vergessen, die Gans aufzutauen für den ersten Weihnachtstag. Nichts davon. Gar nichts.

Aufatmend trat Pauline aus der kühlschrankkalten Ankunftshalle in die warme, weiche Luft, die ihr wie ein Fön ins Gesicht blies, Palmen wiegten sich im Wind, die Menschen trugen Shorts und Schuhe ohne Socken. Hurra, rief Pauline, und keiner drehte sich nach ihr um.

Ihr Mietwagen roch wunderbar amerikanisch, nach einer Mischung aus Desinfektionsmittel und Kaugummi. Sie reihte sich in den Dauerstau der Highways von Los Angeles ein und rollte durch die riesige Stadt nach Osten Richtung Wüste. Hundemüde und überwach war sie, als hätte sie Schlaftabletten und Speed gleichzeitig genommen. Neben ihr in den Autos redeten Menschen laut mit sich selbst, wie es schien, bis Pauline begriff, dass sie alle telefonierten und in ihre Freisprechanlagen quasselten. Versuchsweise redete auch Pauline eine Weile laut vor sich hin und freute sich daran, dass sie so mühelos dazugehörte zu den Bewohnern der Stadt der Engel; dass nichts darauf hinwies, dass sie eine Fremde war.

Riesige Reklametafeln zogen an ihr vorbei, seltsam bunte Botschaften, nach denen sie sich den Kopf verdrehte, weil sie ihr ganz und gar irreal erschienen: »Now you can be here and there at the same time« für ein Mobiltelefon, auf einer anderen Tafel waren zwei Cowboys zu sehen, die in klassischer Marlboro-Manier dem Sonnenuntergang entgegenritten, und darunter stand: »I miss my lung, Bob.« Ich vermisse meine Lunge, Bob.

Prompt bekam Pauline Lust auf eine Zigarette, dabei war sie seit drei Jahren Nichtraucherin. Es wurde heiß im Auto, wunderbar heiß. Langsam tauten ihre winterkalten Knochen auf, ihr zusammengeschnurrtes Herz. Sie wischte sich den Schweiß von der Stirn und schob den Rock weit nach oben. Auf keinen Fall würde sie die Aircondition anschalten, sie hasste Aircondition, bekam davon Stirnhöhlenentzündung.

Mit dem Stadtplan der Autovermietung auf den Knien und dicht hinter das Steuer geklemmt wie eine alte Dame, fand sie zur eigenen Überraschung mühelos den Highway 60, hängte sich an einen LKW, der auf seinem Nummernschild die Botschaft trug: »All is good«, und blieb hinter ihm, bis er sich an einer Ampel links einordnete. Der Beifahrer mit Pferdeschwanz und verspiegelter Sonnenbrille sah Pauline direkt ins Gesicht und schlängelte sich mit der Zunge über die Lippen. Wie vom Donner gerührt, saß Pauline da, aber nach kurzer Zeit wich ihre Empörung einer heimlichen Freude. Das fing ja gut an. All is good. Alles ist gut.

Sie hielt den Kopf aus dem Fenster und ließ die Haare wehen. O ja, Sex im Swimmingpool mit einem 25-jährigen kalifornischen Muskelmann, und das am besten an Heiligabend. Sie seufzte. Zum Glück hatte sie drei dicke Bücher dabei. Sie würde sich erholen, viel schwimmen, in die Wüste fahren, im Joshua-Park wandern gehen, wenig essen, im Motelzimmer ihre Yoga-Übungen machen.

Die Lider wurden ihr schwer. Um ein Haar wäre sie eingenickt. Mit bleischweren Armen bog sie ab und fuhr auf einen Parkplatz, der von einem gigantischen grünen Dinosaurier überragt wurde. Sie wankte in einen McDonald's und war dankbar, dass sie sich dort blind auskannte. Kleine rote Plastikweihnachtsmänner pappten an jedem Hamburger. Ein Mann im Anzug lag über einem Tisch neben seinem Milkshake und schlief. Am liebsten hätte sie sich neben ihn gelegt und von einem anderen Leben geträumt. Sie setzte sich in eine Ecke und trank den dampfenden Kaffee in kleinen Schlucken. Der grüne Hals des Dinosauriers war durch das Fenster zu sehen, eine Gruppe alter Männer mit Baseballmützen auf dem weißen Haar saß an einem Tisch und aß schweigend. Die Einsamkeit dieses riesigen Landes traf Pauline mit einem Mal wie eine Keule. Sie bekam Angst. Was um Himmels willen machte sie hier so ganz allein?

Mühsam stand sie auf und schleppte sich zu ihrem glühendheißen Auto.

Als sie durch die große Ebene von Palm Springs fuhr und staunend das Meer von Elektrowindmühlen erblickte, hatte sie einen Moment lang das Gefühl, eine Doña Quijote in einer ziemlich rostigen Rüstung zu sein, die tapfer gegen die eigene Vereinsamung kämpfte und beharrlich so tat, als sei sie im Herzen 15 Jahre alt und zu allem bereit.

Sie bog vom großen Highway ab, und jetzt war sie wirklich in der Wüste, die sich gelb und steinig vor ihr ausbreitete. Die ersten Joshua-Bäume waren zu sehen, die nur in dieser Gegend wuchsen und sonst nirgendwo auf der Welt, seltsame Gewächse wie riesige Kerzenleuchter mit struppigem Haarschnitt. Ab dem Ortsschild ›Twentynine Palms‹ zählte sie die Palmen, und als es weit mehr als neunundzwanzig waren, war sie enttäuscht. Ein Ort aus flachen Betongebäuden erstreckte sich nichtssagend und zum Gähnen langweilig vor dem flimmernden Wüstenhorizont. Hier bleiben? Hier Weihnachten feiern? Halt, sie wollte doch gar nicht Weihnachten feiern. Bevor sie den Gedanken noch ganz zu Ende gedacht hatte, lag Twentynine Palms bereits wieder hinter ihr. Pauline drehte um und fuhr zurück. Was hatte sie nur dazu gebracht, an diesen gottverlassenen Ort zu fahren?

Ein verwittertes Schild auf der rechten Seite wies den Weg zur Circle Lodge. Auf müden, geschwollenen Füßen ging sie hinein. Hier war es eiskalt wie in einer Gefriertruhe. Pauline schauderte. Kein Mensch war zu sehen. Sie drückte auf die große silberne Klingel auf der Theke. Nichts geschah. Sie rieb sich die Gänsehaut auf den Armen. Endlich hörte sie schlurfende Schritte, und eine dickliche 50-jährige Frau mit schlecht gefärbten blonden Haaren betrat in Birkenstock-Sandalen den Raum. Sie fragte Pauline, ob sie reserviert habe, und wiegte bedenklich das Haupt, als Pauline verneinte. Es sei zwar total ausgebucht, sagte sie, aber für zwei Nächte könne sie gerade noch ein Zimmer bekommen. Wir sind nämlich unheimlich beliebt, sagte sie und sah Pauline mit hellen Augen im tiefgebräunten Gesicht an. Sie hatte einen leichten Akzent, aber Pauline konnte nicht erkennen, welchen. Ein weißes Namensschild auf ihrem blauen Zeltkleid wies sie als Lisa aus. Fühlen Sie sich wie zu Hause, sagte Lisa und lächelte professionell. Danke, sagte Pauline und klapperte mit den Zähnen.

Sie machte die Aircondition in ihrem Zimmer aus, sank in ihr Kingsize-Bett, und ihr letzter Gedanke, bevor sie einschlief, war: ein Kingsize-Bett, und wo ist der König?

Am nächsten Morgen um neun verließ sie im Badeanzug, ein Buch schüchtern vor die Brust gepresst, ihr Zimmer und taumelte fast angesichts des überirdisch blauen Swimmingpools in der flimmernden Hitze.

Lisa fischte mit einem Netz Blätter aus dem Pool. Good morning, brüllte sie Pauline entgegen. Good morning, sagte Pauline leise. Lisa wies herrisch mit dem Finger auf ein Zimmer am Eingang: Breakfast, rief sie.

Mit einer Tasse Kaffee und einem Bagel mit Philadelphia Cream Cheese legte Pauline sich auf eine Liege und starrte in den heißen Himmel. Kolibris umschwirrten blutrote Hibiskusblüten. Vögel gaben fremdartige Laute von sich wie kleine Käuzchen und warfen im Vorbeifliegen scharfe Schatten auf das blaue Wasser des Pools. Palmen beugten raschelnd ihre Häupter über das Motel. Pauline atmete tief durch, sie war angekommen, sie war genau dort, wo sie sein wollte. Genau in diesem himmlischen Augenblick warf Lisa eine Art Staubsauger an und saugte mit mächtigem Getöse die Blätter von der Betonumrandung des Pools.

Sie kam an Pauline vorbei, warf einen missbilligenden Blick auf den Baum, unter dem Pauline lag. I hate this tree, sagte sie mit Inbrunst. Pauline lächelte schwach und hob ihr Buch, um keine Unterhaltung anfangen zu müssen. Lisa verdrehte den Kopf, um den Titel zu lesen. Oh, sagte sie dann auf deutsch, Sie kommen aus Deutschland.

Pauline stöhnte innerlich und nickte knapp. Bin ich auch her, sagte Lisa, zögerte einen Moment, beschloss dann jedoch glücklicherweise, nicht weiterzureden. Sie holte einen Putzwagen aus einem kleinen Verschlag und machte sich daran, die Zimmer zu putzen. Aus dem Augenwinkel beobachtete Pauline erleichtert, wie sie in einem Zimmer verschwand, gleich darauf kam sie jedoch wieder heraus, ging geradewegs auf Pauline zu, stemmte die Hände in die ausladenden Hüften und sagte: Ich komme aus Führsen, das ist ein kleines Dorf in der Lüneburger Heide, 14 Jahre war ich nicht mehr da. Ich komme vor drei Jahren zurück, da hat ein Mann seine Frau umgebracht und im Keller einbetoniert. In meinem Dorf! Da passiert doch nichts, sollte man denken! Sie schüttelte den Kopf, wartete keine Reaktion von Pauline ab, sondern ging zurück zum Putzen.

Pauline streckte sich. Der Himmel über ihr flirrte azurblau. Die Sonne warf zuckende Blitze in das Wasser des Pools. Grillen sirrten. Sie schloss die Augen. Himmlisch, dachte sie, einfach himmlisch. Alleinsein kann so wunderbar sein.

Als sie die Augen wieder aufschlug, lag ein elegantes Paar neben ihr, beide um die Vierzig, er durchtrainiert, mit grauen Haaren auf der Brust, Armani-Nickelbrille, in neonblauer Designerbadehose, sie mit teuerster Sonnenbrille auf der Nase, perfekt gesträhnten Haaren, makellosem Body in einem schwarzen, todschicken Bikini. Unwillkürlich zog Pauline den Bauch ein, Bikinis trug sie schon lange nicht mehr. Der Mann kraulte der Frau den Rücken, während sie aus dem *New Yorker* vorlas und beide immer wieder in lautes Gelächter ausbrachen. Sie würdigten Pauline keines Blickes. Ein Sushi-Paar, dachte Pauline eifersüchtig, kalt und roh.

Eine Zimmertür gegenüber öffnete sich, und ein riesiger junger Kerl in bunten Bermudashorts kam heraus, unterm Arm eine knallrote Luftmatratze und an der Hand ein dürres Mädchen mit Vogelknochen. Der Riese warf die Matratze ins Wasser und sich bäuchlings darauf, das Mädchen sprang hinterher und saugte sich an seinen Lippen fest. So trieben sie bewegungslos dahin.

Kurze Zeit später tauchte eine Familie mit zwei kleinen Kindern auf. Wenigstens hatte die Mutter keine perfekte Figur, stellte Pauline befriedigt fest, aber der Vater rieb seiner Frau mit solcher Hingabe den Rücken mit Sonnencreme ein, dass Pauline seufzend die Augen schloss.

Ein Schatten fiel über sie. Lisa stand vor ihr, den Blätterstaubsauger in der Hand. Ich hasse diesen Baum, sagte sie, jetzt hat er schon wieder Blätter verloren. Könnten Sie bitte kurz aufstehen? Gehorsam stand Pauline auf. Lisa warf den knatternden Staubsauger an und saugte die Blätter unter Paulines Liege weg.

Die Hitze stieß wie eine geballte Faust vom Himmel. Pauline hüpfte über den heißen Beton zu einem Thermometer, das dort hing, und las ungläubig: 43 Grad Celsius. Und das um zehn Uhr morgens. Lisa wandte sich nach ihr um. Das ist gar nichts, rief sie gegen den Lärm des Staubsaugers an, im Sommer hatten wir wochenlang 55 Grad. Ich hasse den Sommer, fügte sie hinzu. Und den Baum, ergänzte Pauline leise. Lisa machte den Staubsauger aus, ließ ihn sinken und sah eine Weile dem knutschenden Paar im Wasser zu. Abrupt wandte sie sich zu Pauline um: Morgen ist Heiligabend. Ja, sagte Pauline knapp. Die verstehen hier nichts von Weihnachten, sagte Lisa, nahm den Staubsauger unter den Arm und verschwand. Pauline ging in ihr Zimmer, legte sich ins Bett, schlief wie ein Stein und träumte vom Schlittenfahren.

Zum Abendessen fuhr sie in ein Steakhouse, in dem tote Wiesel und Hasen an der Wand hingen. Alle fünf Minuten machte ein Videospiel mit den ersten Takten von *Jingle Bells* auf sich aufmerksam. Sie war der einzige Gast. Sie blätterte in ihrem mitgebrachten *Stern* und aß ein Steak, das ebenso groß war wie die Zeitschrift. Die Bedienung hatte ein blaues Auge und wirkte deprimiert. Alles miteinander stimmte Pauline traurig.

Ärgerlich fuhr sie ins Motel zurück. Ein Hase saß auf der Straße und machte Männchen. Aus dem Weg, du Trottel, rief Pauline und schlurfte missmutig zurück zu ihrem Zimmer.

Sie konnte nicht schlafen. Mitten in der Nacht setzte sie sich an den Pool. Es war jetzt kühl, der Himmel sternenklar, eine Sternschnuppe fiel direkt in den Pool, und sie wusste nicht, was sie sich wünschen sollte. Aus einem der Zimmer drang rhythmisches Stöhnen.

Hier, sagte Lisa und reichte ihr aus dem Dunkel eine Dose Bier. War sie die ganze Zeit schon hier gewesen? Pauline riss die Büchse auf. Gemeinsam lauschten sie dem Stöhnen, das jetzt schneller wurde. Das ist das Einzige, was die Leute interessiert, sagte Lisa verächtlich. Der einzige Grund, warum sie herkommen. Ins Motel und ab ins Bett. Und das bezeichnen sie dann als Ferien.

Sie schnaubte verächtlich und verfiel in längeres Schweigen. Na gut, dachte Pauline schließlich, dann bin ich mal nett und frage sie, was sie hierher verschlagen hat. Lisa antwortete nicht gleich und sagte dann mürrisch: Ich habe vorher zwölf Jahre in einem Motel in San Bernardino geputzt. Aber da gab's zuviel crime. Wie sagt man?

Kriminalität, übersetzte Pauline. Kri-mi-na-li-tät. Lisa ließ sich das Wort auf der Zunge zergehen. Na ja, fuhr sie fort, das Motel hier gehört Iranern, die sind nie da. Ist okay hier. Nur zu heiß. Eine Aircondition konnte ich mir nicht leisten. Im Sommer habe ich bei 55 Grad in meiner Hütte gehockt und meine Katze und meinen Hund nassgesprüht, die lagen wie tot auf dem Teppich, und ich habe geweint. Ohne Aircondition gehst du hier kaputt. Also habe ich einen Kredit aufgenommen, und jetzt hab' ich Aircondition und jede Menge Schulden und weine wegen der Schulden.

Sie lachte und reichte Pauline eine weitere Büchse Bier. Wenn ich träume, träume ich vom Schnee. Sie sah auf die Uhr. Jetzt ist schon Mittag in Deutschland. Jetzt fängt das große Warten an. Wie ich das gehasst habe als Kind. Dieses endlose Warten auf Heiligabend.

Und die Kirche am Nachmittag, sagte Pauline.

Ja, die Kirche, stöhnte Lisa. Nach der Kirche mussten wir Weihnachtslieder singen in der Küche, bis endlich, endlich die Glocke aus dem Weihnachtszimmer zu hören war.

Das war bei uns genauso, sagte Pauline. Meine Mutter saß mit uns in der Küche, und wir mussten singen und singen und singen.

Endlos lange, bestätigte Lisa.

Meine Mutter erkennt mich nicht mehr, sagte Pauline.

Meine ist letztes Jahr beim Einkaufen über den Haufen gefahren worden. Sofort tot. Fünfzig Jahre lang ist sie jeden Tag an derselben Stelle über die Straße gegangen, um zum Bäcker zu gehen. Und plötzlich macht es patsch. Sie hat bessere Spekulatius gebacken als jeder Bäcker der Welt.

Spekulatius, sagte Pauline langsam.

Mit den Zähnen konnte man an der Rückseite die Mandeln abschaben…, fuhr Lisa träumerisch fort.

Hirschhornsalz, das Wort mochte ich immer. Pauline ließ das schwache amerikanische Bier in sich hineinlaufen.

Ich habe mir extra eine Tüte mitgebracht, wollte immer Spekulatius backen…, hab's nie getan, sagte Lisa.

Sie schwiegen. Lisa schnaufte seltsam und legte sich auf der Liege zurück. Pauline meinte, eine glitzernde Träne auf ihrer Wange zu sehen, aber das konnte auch eine Täuschung sein.

Und wenn man endlich ins Weihnachtszimmer

durfte, war man immer ein bisschen enttäuscht. Es war immer ein bisschen weniger, als man sich vorgestellt hatte, fing Pauline wieder an.

Aber der Baum! Pünktlich um halb fünf klingelte das Glöckchen, und wir durften ins Weihnachtszimmer. Und dann das Licht von all den Kerzen, und der Geruch…, der Geruch nach Tannenbaum und Spekulatius… Lisa rieb sich die Augen.

Eine Weile hörte Pauline der fremden Frau beim Weinen zu, dann sagte sie vorsichtig und eigentlich vollkommen gegen ihren Willen in den nachtblauen Wüstenhimmel: Wenn wir jetzt mit dem Backen anfangen, sind die Spekulatius pünktlich zum Heiligabend fertig.

Schweigend saßen sie in Lisas winzigem Holzhaus mitten in der Wüste vorm Fernseher und schmückten einen verstaubten, aufklappbaren Plastikweihnachtsbaum, während die Kekse langsam vor sich hin backten und den unverwechselbaren Duft von Hirschhornsalz verbreiteten. Mit einiger Mühe befestigten sie Kerzen an dem wackligen Baum. Strengstens verboten in Amerika, sagte Lisa und grinste. Aber echte Kerzen müssen sein. Unbedingt, pflichtete Pauline bei. Und wenn mir die Hütte überm Kopf abbrennt, ergänzte Lisa. Das sind meine ersten Weihnachten in 23 Jahren. Die

Amis, die haben doch von Weihnachten keine Ahnung.

Und ich weiß, wovon ich spreche. Ich hatte 15 Jahre lang 'nen Ami zum Mann. Der wollte nie Kinder. Jetzt hat er drei in vier Jahren gekriegt von der Tankwartin, wo wir immer getankt haben.

Ich bin seit zwei Monaten geschieden, sagte Pauline, zog sich die Schuhe aus und zischte ein weiteres Bier. Ihr war ein klein wenig schlecht vom Teigschlecken, ganz so, wie es sich gehörte. Verwundert stellte sie fest, dass sie in Weihnachtsstimmung kam.

Um Punkt halb acht Uhr morgens, halb fünf nachmittags in Deutschland, holte Pauline die Spekulatius-Kekse aus dem Rohr, Lisa zog sich ein schweres rotes Samtkleid an und drehte die Aircondition so weit auf, dass Pauline mit den Zähnen zu klappern begann. Ich vertrage keine Aircondition, wandte sie ein, aber Lisa wollte nichts davon hören. Es ist Heiligabend, Menschenskind, und da ist es nun mal kalt. Ja, draußen, argumentierte Pauline, aber nicht drinnen. Man muss Kompromisse machen, sagte Lisa streng, drückte Pauline die große silberne Kugel von der Motelrezeption in die Hand und ging aus dem Zimmer. Pauline wusste, was sie zu tun hatte. Geduldig wartete sie, bis Lisa *Ihr Kinderlein kommet, Stille Nacht, heilige Nacht* und *Vom Himmel hoch, da komm ich her* mit einigen Textschwierigkeiten zu Ende gesungen hatte, dann zündete sie die Kerzen am Baum an, löschte das Licht und schlug auf die silberne Klingel. Vorsichtig öffnete Lisa die Tür und begann zu strahlen. Frohe Weihnachten, sagte Pauline, und über der Wüste ging die Sonne auf.

Patrick Süskind

Amnesie in litteris

Wie war die Frage? Achsoja: Welches Buch mich beeindruckt, geprägt, gestempelt, gebeutelt, gar ›auf ein Gleis gesetzt‹ oder ›aus der Bahn geworfen‹ hätte.

Aber das klingt ja nach Schockerlebnis oder traumatischer Erfahrung, und diese pflegt der Geschädigte sich allenfalls in Angstträumen zu vergegenwärtigen, nicht aber bei wachem Bewusstsein, geschweige denn schriftlich und vor aller Öffentlichkeit, worauf, so scheint mir, bereits ein österreichischer Psychologe, dessen Name mir momentan entfallen ist, in einem sehr lesenswerten Aufsatz, an dessen Titel ich mich nicht mehr mit Bestimmtheit erinnern kann, der aber in einem Bändchen unter der Sammelüberschrift ›Ich und Du‹ oder ›Es und Wir‹ oder ›Selbst Ich‹ oder so ähnlich erschienen ist (ob neuerdings bei Rowohlt, Fischer, dtv oder Suhrkamp wiederaufgelegt, wüsste ich nicht mehr zu sagen, wohl aber, dass der Umschlag grün-weiß oder hellblau-gelblich, wenn nicht gar grau-blaugrünlich war), zu Recht hingewiesen hat. Nun, vielleicht ist die Frage ja gar nicht nach neuro-traumatischen Leseerfahrungen gerichtet, sondern meint eher jenes aufrüttelnde Kunsterlebnis, wie es in dem berühmten Gedicht ›Schöner Apollo‹ … nein, es hieß, glaube ich, nicht ›Schöner Apollo‹, es hieß irgendwie anders, der Titel hatte etwas Archaisches, ›Junger Torso‹ oder ›Uralter schöner Apoll‹ oder so ähnlich hieß es, aber das tut nichts zur Sache … – wie es also in diesem berühmten Gedicht von … von … – ich kann mich im Augenblick nicht auf seinen Namen besinnen, aber es war wirklich ein sehr berühmter Dichter mit Kuhaugen und einem Schnauzbart, und er hat diesem dicken französischen Bildhauer (wie hieß er schon gleich?) eine Wohnung in der Rue de Varenne besorgt – Wohnung ist kein Ausdruck, ein Palazzo ist das, mit einem Park, den man in zehn Minuten nicht durchmessen kann! (Man fragt sich beiläufig, wovon die Leute das damals alles bezahlt haben) – wie es jedenfalls seinen Ausdruck in diesem herrlichen Gedicht findet, das ich in seiner Gänze nicht mehr zitieren könnte, dessen letzte Zeile mir jedoch als ein ständiger moralischer Imperativ ganz unauslöschlich im Gedächtnis eingegraben steht, sie lautet nämlich: »Du musst dein Leben ändern.« Wie verhält es sich also mit jenen Büchern, von denen ich sagen könnte, ihre Lektüre habe mein Leben geändert? Um dieses Problem zu erhellen, trete ich (es ist nur wenige Tage her) an mein Bücherregal und lasse den Blick an den Bücherrücken entlangwandern. Wie immer bei solchen Gelegenheiten – wenn nämlich von einer Spezies allzu viele Exemplare auf einem Fleck versammelt sind und sich das Auge in der Masse verliert – wird mir zunächst schwindlig, und um dem Schwindel Einhalt zu gebieten, greife ich aufs Geratewohl in die Masse hinein, picke mir ein Buch heraus, wende mich damit ab wie mit einer Beute, schlage es auf, blättere darin und lese mich fest.

Bald merke ich, dass ich einen guten Griff getan habe, einen sehr guten sogar. Das ist ein Text von geschliffener Prosa und klarster Gedankenführung, gespickt mit interessantesten, nie gekannten Informationen und voll der wunderbarsten Überraschungen – leider will mir im Moment, da ich dies schreibe, der Titel des Buches nicht mehr einfallen, ebensowenig wie der Name des Autors oder der Inhalt, aber das tut, wie man gleich sehen wird, nichts zur Sache, oder vielmehr: trägt im Gegenteil zu ihrer Erhellung bei. Es ist, wie gesagt, ein hervorragendes Buch, was ich da in Händen halte, jeder Satz ein Gewinn, und ich stolpere lesend zu meinem Stuhl, lasse mich lesend nieder, vergesse lesend, weshalb ich überhaupt lese, bin nur noch konzentrierte Begierde auf das Köstliche und völlig Neue, das ich hier Seite um Seite entdecke. Gelegentliche Unterstreichungen im Text oder mit Bleistift an den Rand hingekritzelte Ausrufezeichen – Spuren eines lesenden Vorgängers, die ich in Büchern ansonsten nicht eben schätze – stören mich in diesem Falle nicht, denn so spannend läuft die Erzählung dahin, so munter perlt die Prosa, dass ich die Bleistiftspuren gar nicht mehr wahrnehme, und wenn ich es doch einmal tue, dann nur in zustimmendem Sinne, denn es erweist sich, dass mein lesender Vorgänger – ich habe nicht den geringsten Schimmer einer Ahnung, wer es sein könnte –, es erweist sich, sage ich, dass jener seine Unterstreichungen und Exklamationen just an jenen Stellen angebracht hat, die auch mich am stärksten begeistern. Und so lese ich, von der überragenden Qualität des Textes und der spirituellen Kumpanei mit meinem unbekannten Vorgänger doppelt beflügelt, weiter, tauche immer tiefer in die erdichtete Welt, folge mit immer größerem Erstaunen den herrlichen Pfaden, auf denen der Autor mich führt…

Bis ich an eine Stelle komme, die wohl den Höhepunkt der Erzählung bildet und die mir ein lautes »Ah!« entlockt. »Ah, wie gut gedacht! Wie gut gesagt!« Und ich schließe für einen Moment die Augen, um dem Gelesenen nachzusinnen, das mir gleichsam eine Schneise in das Wirrwarr meines Bewusstseins geschlagen hat, mir völlig neue Perspektiven eröffnet, neue Erkenntnisse und Assoziationen zuströmen lässt, ja mir tatsächlich jenen Stachel des »Du musst dein Leben ändern!« einsticht. Und automatisch fast greift meine Hand zum Bleistift, und »du musst dir das anstreichen«, denke ich, »ein ›Sehr gut‹ wirst du an den Rand schreiben und ein dickes Rufzeichen dahintersetzen und mit ein paar Stichworten die Gedankenflut notieren, die die Passage in dir ausgelöst hat, deinem Gedächtnis zur Stütze und als dokumentierte Reverenz an den Autor, der dich so großartig erleuchtet hat!«

Aber ach! Als ich den Bleistift auf die Seite niedersenke, um mein »Sehr gut!« hinzukritzeln, da steht dort schon ein »Sehr gut!«, und auch das stichworthafte Resümee, das ich notieren will, hat mein lesender Vorgänger bereits verzeichnet, und er hat es in einer Handschrift getan, die mir wohlvertraut ist, nämlich in meiner eigenen, denn der Vorgänger war niemand anders als ich selbst. Ich hatte das Buch längst gelesen.

Da fasst mich ein namenloser Jammer an. Die alte Krankheit hat mich wieder: *Amnesie in litteris,* der vollständige literarische Gedächtnisschwund. Und eine Welle der Resignation über die Vergeblichkeit allen Strebens nach Erkenntnis, allen Strebens schlechthin überschwemmt mich. Wozu denn lesen, wozu denn etwa dieses Buch noch einmal lesen, wenn ich doch weiß, dass nach kürzester Zeit nicht einmal mehr der Schatten einer Erinnerung davon zurückbleibt? Wozu denn überhaupt noch etwas tun, wenn alles zu nichts zerfällt? Wozu denn leben, wenn man ohnehin stirbt? Und ich klappe das schöne Büchlein zu, stehe auf und schleiche wie ein Geschlagener, wie ein Geprügelter zum Regal zurück und versenke es in der Reihe der anonym und massenhaft und vergessen dastehenden anderen Bände.

Am Ende des Bordes bleibt der Blick hängen. Was steht da? Ach ja: drei Biographien über Alexander den Großen. Die habe ich einst alle gelesen. Was weiß ich über Alexander den Großen? Nichts. Am Ende des nächsten Bordes stehen mehrere Konvolute über den Dreißigjährigen Krieg, darunter fünfhundert Seiten Veronica Wedgwood und tausend Seiten *Wallenstein* von Golo Mann. Das habe ich alles brav gelesen. Was weiß ich über den Dreißigjährigen Krieg? Nichts. Die Regalreihe darunter ist von vorn bis hinten vollgestopft mit Büchern über Ludwig II. von Bayern und seine Zeit.

Die habe ich nicht nur gelesen, die habe ich durchgeackert, über ein Jahr lang, und anschließend drei Drehbücher darüber geschrieben, ich war beinahe eine Art Ludwig-II.-Experte. Was weiß ich jetzt noch über Ludwig II. und seine Zeit? Nichts. Absolut nichts. Nun gut, denke ich mir, bei Ludwig II. lässt sich diese Totalamnesie vielleicht noch verschmerzen. Aber wie verhält es sich mit den Büchern, die dort drüben stehen, neben dem Schreibtisch, in der feineren, der literarischen Abteilung? Was ist mir im Gedächtnis geblieben von der fünfzehnbändigen Andersch-Kassette? Nichts. Was von den Bölls, Walsers und Koeppens? Nichts. Von den zehn Bänden Handke? Weniger als nichts. Was weiß ich noch von Tristram Shandy, was von Rousseaus *Bekenntnissen*, von Seumes *Spaziergang*? Nichts, nichts, nichts. – Aber da! Shakespeares Komödien! Letztes Jahr erst sämtlichst gelesen. Da muss doch etwas hängengeblieben sein, eine undeutliche Ahnung, ein Titel, ein einziger Titel einer einzigen Komödie von Shakespeare! Nichts. – Aber um Himmels willen, Goethe wenigstens, Goethe, da, hier zum Beispiel, das weiße Bändchen: *Die Wahlverwandtschaften*, das habe ich mindestens dreimal gelesen – und keinen Schimmer mehr davon. Alles wie weggeblasen. Ja gibt es denn kein Buch mehr auf der Welt, an das ich mich erinnere? Die beiden roten Bände dort, die dicken mit den roten Stofffähnchen, die muss ich doch noch kennen, die kommen mir vertraut vor wie alte Möbel, die habe ich gelesen, gelebt habe ich in diesen Bänden, wochenlang, vor gar nicht allzu langer Zeit, was ist denn das, wie heißt denn das? *Die Dämonen*. Soso. Aha. Interessant. – Und der Autor? F. M. Dostojewskij. Hm. Tja. Mir scheint, ich erinnere mich vage: Das Ganze spielt, glaube ich, im 19. Jahrhundert, und im zweiten Band erschießt sich jemand mit einer Pistole. Mehr wüsste ich darüber nicht zu sagen.

Ich sinke auf meinen Schreibtischstuhl nieder. Es ist eine Schande, es ist ein Skandal. Seit dreißig Jahren kann ich lesen, habe, wenn nicht viel, so doch einiges gelesen, und alles, was mir davon bleibt, ist die sehr ungefähre Erinnerung, dass im zweiten Band eines tausend Seiten starken Romans sich irgendjemand mit einer Pistole erschießt. Dreißig Jahre umsonst gelesen! Tausende von Stunden meiner Kindheit, meiner Jugend- und Mannesjahre lesend zugebracht und nichts davon zurückbehalten als ein großes Vergessen. Und nicht, dass dieses Übel nachließe, im Gegenteil, es verschlimmert sich. Wenn ich heute ein Buch lese, vergesse ich den Anfang, ehe ich zum Schluss gekommen bin. Manchmal reicht meine Gedächtniskraft nicht einmal mehr hin, die Lektüre einer Seite festzuhalten. Und so hangle ich mich von Absatz zu Absatz, von einem Satz zum nächsten, und bald wird es soweit sein, dass ich nur noch einzelne Wörter mit Bewusstsein erfassen kann, die aus der Dunkelheit eines immer unbekannten Textes herbeiströmen, für den Moment des Gelesenwerdens wie Sternschnuppen aufstrahlen, um alsbald wieder im dunklen Lethestrom vollständigen Vergessens zu versinken. Bei literarischen Diskussionen kann ich schon lange nicht mehr den Mund aufmachen, ohne mich grässlich zu blamieren, indem ich Mörike mit Hofmannsthal verwechsle, Rilke mit Hölderlin, Beckett mit Joyce, Italo Calvino mit Italo Svevo, Baudelaire mit Chopin, George Sand mit Madame de Staël usw. Wenn ich ein Zitat suche, das mir undeutlich vorschwebt, verbringe ich Tage mit Nachschlagen, weil ich den Autor vergessen habe und weil ich mich während des Nachschlagens in unbekannten Texten wildfremder Autoren verliere, bis ich schließlich vergessen habe, was ich ursprünglich suchte. Wie könnte ich mir bei einer solch chaotischen Geistesverfassung erlauben, die Frage zu beantworten, welches einzelne Buch mein Leben verändert hätte? Keines? Alle? Irgendwelche? – Ich weiß es nicht.

Aber vielleicht – so denke ich, um mich zu trösten –, vielleicht ist es beim Lesen (wie im Leben) mit den Weichenstellungen und abrupten Änderungen gar nicht so weit her. Vielleicht ist Lesen eher ein imprägnativer Akt, bei dem das Bewusstsein zwar gründlichst durchsogen wird, aber auf so unmerklich-osmotische Weise, dass es des Prozesses nicht gewahr wird. Der an Amnesie in litteris leidende Leser änderte sich also sehr wohl durch Lektüre, merkte es aber nicht, weil sich beim Lesen auch jene kritischen Instanzen seines Hirns mit veränderten, die ihm sagen könnten, *dass* er sich ändert. Und für jemanden, der selber schreibt, wäre die Krankheit womöglich sogar ein Segen, ja beinahe eine notwendige Bedingung, bewahrte sie ihn doch vor der lähmenden Ehrfurcht, die jedes große literarische Werk einflößt, und verschaffte sie ihm doch ein völlig unkompliziertes Verhältnis zum Plagiat, ohne das nichts Originales entstehen kann.

Ich weiß, das ist ein aus der Not geborener, ein unwürdiger und fauler Trost, und ich versuche, mich seiner zu entschlagen: Du darfst dich nicht in diese fürchterliche Amnesie ergeben, denke ich, du musst dich mit aller Macht gegen die Strömung des Letheflusses stemmen, darfst nicht mehr in einem Text Hals über Kopf versinken, sondern musst mit klarem, kritischem Bewusstsein darüberstehen, musst exzerpieren, memorieren, musst Gedächtnistraining treiben – mit einem Wort: Du musst – und hier zitiere ich aus einem berühmten Gedicht, dessen Autor und Titel mir im Augenblick entfallen sind, dessen letzte Zeile aber als ein ständiger moralischer Imperativ ganz unauslöschlich in mein Gedächtnis eingegraben steht –: »Du musst«, so heißt es dort, »du musst… du musst…«

Zu dumm! Jetzt habe ich den genauen Wortlaut vergessen. Aber das macht nichts, denn der Sinn ist mir noch durchaus präsent. Es war so irgendetwas wie: »Du musst dein Leben ändern!«

Nachweis

Hans Christian Andersen (2. April 1805, Odense – 4. August 1875, Kopenhagen)
Des Kaisers neue Kleider. Aus: Hans Christian Andersen, *Die schönsten Märchen von Hans Christian Andersen.* Copyright © 2005 by Diogenes Verlag, Zürich

Ray Bradbury (* 22. August 1920, Waukegan, Illinois)
Zur warmen Jahreszeit. Aus dem Amerikanischen von Margarete Bormann. Aus: Ray Bradbury, *Medizin für Melancholie.* Copyright © 1981 by Diogenes Verlag, Zürich

Anton Čechov (17. Januar 1860, Taganrog – 15. Juli 1904, Badenweiler)
Kleiner Scherz. Aus dem Russischen von Peter Urban. Aus: Anton Čechov, *Angst. Sieben Geschichten von der Liebe.* Copyright © 1996 by Friedenauer Presse, Berlin

Paulo Coelho (* 24. August 1947, Rio de Janeiro)
Play it again! Aus dem Brasilianischen von Maralde Meyer-Minnemann. Aus: Paulo Coelho, *Unterwegs – Der Wanderer.* Copyright © 2004 by Diogenes Verlag, Zürich

Luciano De Crescenzo (* 20. August 1928, Neapel)
Anwalt Tanucci. Aus dem Italienischen von Linde Birk. Aus: Luciano De Crescenzo, *Geschichte der griechischen Philosophie 1. Die Vorsokratiker.* Copyright © 1990 by Diogenes Verlag, Zürich

Doris Dörrie (* 26. Mai 1955, Hannover)
Spekulatius. Zuerst erschienen im *Stern*, Hamburg. Abdruck mit freundlicher Genehmigung der Autorin

F. Scott Fitzgerald (24. September 1896, St. Paul/Minnesota – 21. Dezember 1940, Hollywood)
Drei Stunden zwischen zwei Flügen. Aus dem Amerikanischen von Renate Orth-Guttmann. Aus F. Scott Fitzgerald, *Drei Stunden zwischen zwei Flügen.* Copyright © 2006 by Diogenes Verlag, Zürich

O. Henry (eigentlich William Sidney Porter, 11. September 1862, Greensboro/North Carolina – 5. Juni 1910, New York)
Liebesgeschichte eines vielbeschäftigten Börsenmaklers. Aus dem Amerikanischen von Annemarie und Heinrich Böll. Copyright © Patmos Verlag GmbH & Co. KG, Düsseldorf

Patricia Highsmith (19. Januar 1921, Fort Worth/Texas – 4. Februar 1995, Locarno/Tessin)
Bekenntnisse einer ehrbaren Küchenschabe. Aus dem Amerikanischen von Melanie Walz. Aus: Patricia Highsmith, *Kleine Mordgeschichten für Tierfreunde/Kleine Geschichten für Weiberfeinde.* Copyright © 2004 by Diogenes Verlag, Zürich

John Irving (* 2. März 1942, Exeter/New Hampshire)
Die Pension Grillparzer. Aus dem Amerikanischen von Irene Rumler. Für die deutsche Ausgabe Copyright © 2001 Diogenes Verlag AG Zürich

David Herbert Lawrence (11. September 1885, Eastwood/Nottinghamshire – 2. März 1930, Bandol bei Toulon)
Zwei blaue Vögel. Aus dem Englischen von Elisabeth Schnack. Aus: D.H. Lawrence, *Meistererzählungen.* Copyright © 1991 by Diogenes Verlag, Zürich

Donna Leon (* 28. September 1942, New Jersey)
Geeignete Männer. Aus dem Amerikanischen von Monika Elwenspoek. Aus Donna Leon, *Über Venedig, Musik, Menschen und Bücher.* Copyright © 2005 by Diogenes Verlag, Zürich

Loriot, eigentlich Bernhard-Viktor Christoph-Karl von Bülow (* 12. November 1923, Brandenburg an der Havel)
Feierabend. Aus: Loriot, *Gesammelte Prosa.* Copyright © 2006 Diogenes Verlag, Zürich

Carson McCullers (19. Februar 1917, Columbus, Georgia – 29. September 1967, Nyack, New York)
Ein Baum, ein Felsen, eine Wolke. Aus dem Amerikanischen von Elisabeth Schnack. Aus: Carson McCullers, *Gesammelte Erzählungen.* Copyright © 1961, 2004 by Diogenes Verlag, Zürich

W. Somerset Maugham (25. Januar 1874, Paris – 16. Dezember 1965, Cap Ferrat)
Mister Allwissend. Aus dem Englischen von Friedrich Torberg. Aus: W. Somerset Maugham, *Der Rest der Welt. Gesammelte Erzählungen II.* Copyright © 2005 Diogenes Verlag, Zürich

Ingrid Noll (* 29. September 1935, Schanghai)
Die Sekretärin. Aus: Ingrid Noll, *Falsche Zungen.* Copyright © 2004 by Diogenes Verlag, Zürich.

Bernhard Schlink (* 6. Juli 1944, Bielefeld)
Die Frau an der Tankstelle. Aus: Bernhard Schlink, *Liebesfluchten.* Copyright © 2000 by Diogenes Verlag, Zürich

Meir Shalev (* 29. Juli 1948, Nahalal/Israel)
Der freundliche Gasthof. Aus dem Hebräischen von Mirjam Pressler. Aus: *Tintenfass Nr. 27,* Diogenes Verlag, Zürich 2003. Abdruck mit freundlicher Genehmigung des Autors und der Agentur Liepman, Zürich

Henry Slesar (12. Juni 1927, Brooklyn – 2. April 2002, New York)
Flitterwochen 1. Klasse. Aus dem Amerikanischen von Thomas Schlück und Günter Eichel. Aus: Henry Slesar, *Meistererzählungen.* Copyright © 1988 by Diogenes Verlag, Zürich

Patrick Süskind (* 26. März 1949, Ambach am Starnberger See)
Amnesie in litteris. Aus: Patrick Süskind, *Drei Geschichten und eine Betrachtung.* Copyright © 1995, 2005 by Diogenes Verlag, Zürich

Martin Suter (* 29. Februar 1948, Zürich)
Hunold, Manager und Familienvater. Aus: Martin Suter, *Business Class.* Copyright © 2002 by Diogenes Verlag, Zürich

Urs Widmer (* 21. Mai 1938, Basel)
In Hotels. Aus: Urs Widmer, *Vor uns die Sintflut.* Copyright © 1998 by Diogenes Verlag, Zürich

Leon de Winter (* 26. Februar 1954, ’s-Hertogenbosch)
Der Schmetterlingsfänger (Titel vom Herausgeber). Aus dem Niederländischen von Hanni Ehlers. Auszug aus: Leon de Winter, *Leo Kaplan.* Copyright © 2002 by Diogenes Verlag, Zürich

Martin Suter im Diogenes Verlag

Martin Suter, geboren 1948 in Zürich, ist Schriftsteller, Kolumnist und Drehbuchautor. Bis 1991 verdiente er sein Geld auch als Werbetexter und Creative Director, bis er sich ausschließlich fürs Schreiben entschied. Die Kolumne *Business Class* und die Geschichten um Geri Weibel erfreuen sich großer Beliebtheit, seine Romane sind auch international große Erfolge. Martin Suter lebt mit seiner Familie in Spanien und Guatemala.

Small World
Roman
Auch als Diogenes Hörbuch erschienen, gelesen von Dietmar Mues

Die dunkle Seite des Mondes
Roman

Business Class
Geschichten aus der Welt des Managements

Ein perfekter Freund
Roman

Business Class
Neue Geschichten aus der Welt des Managements

Lila, Lila
Roman
Auch als Diogenes Hörbuch erschienen, gelesen von Daniel Brühl

Richtig leben mit Geri Weibel
Sämtliche Folgen

Huber spannt aus
und andere Geschichten aus der Business Class

Der Teufel von Mailand
Roman
Auch als Diogenes Hörbuch erschienen, gelesen von Julia Fischer

Unter Freunden
und andere Geschichten aus der Business Class

Der letzte Weynfeldt
Roman
Auch als Diogenes Hörbuch erschienen, gelesen von Gert Heidenreich

Das Bonus-Geheimnis
und andere Geschichten aus der Business Class

Der Koch
Roman
Auch als Diogenes Hörbuch erschienen, gelesen von Heikko Deutschmann

Außerdem erschienen:

Business Class
Geschichten aus der Welt des Managements
Diogenes Hörbuch, 1 CD, live gelesen von Martin Suter

Unter dem Strich
und andere Geschichten aus der Business Class
Diogenes Hörbuch, 1 CD, live gelesen von Martin Suter

John Irving im Diogenes Verlag

»John Irving ist ein Phänomen. Er hat nicht nur Leser, er hat Fans. John Irving, so scheint's, hat überhaupt alles. Literarische Reputation und grenzenlose Popularität, seine Romane sind in über 30 Sprachen übersetzt.« *Brigitte Neumann / Norddeutscher Rundfunk, Hamburg*

Das Hotel New Hampshire
Roman. Aus dem Amerikanischen von Hans Hermann

Laßt die Bären los!
Roman. Deutsch von Michael Walter

Eine Mittelgewichts-Ehe
Roman. Deutsch von Nikolaus Stingl

Gottes Werk und Teufels Beitrag
Roman. Deutsch von Thomas Lindquist

Die wilde Geschichte vom Wassertrinker
Roman. Deutsch von Edith Nerke und Jürgen Bauer

Owen Meany
Roman. Deutsch von Edith Nerke und Jürgen Bauer

Rettungsversuch für Piggy Sneed
Sechs Erzählungen und ein Essay. Deutsch von Dirk van Gunsteren

Zirkuskind
Roman. Deutsch von Irene Rumler

Die imaginäre Freundin
Vom Ringen und Schreiben. Deutsch von Irene Rumler

Witwe für ein Jahr
Roman. Deutsch von Irene Rumler

My Movie Business
Mein Leben, meine Romane, meine Filme. Mit zahlreichen Fotos aus dem Film *Gottes Werk und Teufels Beitrag*. Deutsch von Irene Rumler

Die vierte Hand
Roman. Deutsch von Nikolaus Stingl

Bis ich dich finde
Roman. Deutsch von Dirk van Gunsteren und Nikolaus Stingl
Auch als Diogenes Hörbuch erschienen, gelesen von Rufus Beck

Liveaufnahme von John Irvings Lesung im Berliner Ensemble am 20. Februar 2006, englisch gelesen von John Irving, deutsch gelesen von Veit Schubert

Die Pension Grillparzer
Eine Bärengeschichte. Deutsch von Irene Rumler
Auch als Diogenes Hörbuch erschienen, gelesen von Klaus Löwitsch

Außerdem erschienen:

Ein Geräusch, wie wenn einer versucht, kein Geräusch zu machen
Eine Geschichte von John Irving. Mit vielen Bildern von Tatjana Hauptmann. Deutsch von Irene Rumler

Jakob Arjouni im Diogenes Verlag

»Ein großer, phantastischer Schriftsteller, der genau und planvoll und lesbar schreibt.«
Maxim Biller / Tempo, Hamburg

»Seine Virtuosität, sein Humor, sein Gespür für Spannung sind ein Lichtblick in der Literatur jenseits des Rheins, die seit langem in den eisigen Sphären von Peter Handke gefangen ist.« *Actuel, Paris*

»Seine Texte haben Qualität. Sie sind ambitioniert, unaufdringlich-provokativ, höchst politisch.«
Barbara Müller-Vahl / General-Anzeiger, Bonn

»Arjouni weiß als Dramatiker genauso wie als Krimiautor, wie er Spannung erzielt, ohne platt zu wirken.«
Christian Peiseler / Rheinische Post, Düsseldorf

Happy birthday, Türke!
Ein Kayankaya-Roman
Auch als Diogenes Hörbuch erschienen, gelesen von Rufus Beck

Mehr Bier
Ein Kayankaya-Roman

Ein Mann, ein Mord
Ein Kayankaya-Roman
Auch als Diogenes Hörbuch erschienen, gelesen von Rufus Beck

Magic Hoffmann
Roman

Ein Freund
Geschichten
Daraus vier Geschichten auch als Diogenes Hörbuch erschienen: *Schwarze Serie*, gelesen von Gerd Wameling

Kismet
Ein Kayankaya-Roman

Idioten. Fünf Märchen

Hausaufgaben
Roman

Chez Max
Roman
Auch als Diogenes Hörbuch erschienen, gelesen von Jakob Arjouni

Der heilige Eddy
Roman
Auch als Diogenes Hörbuch erschienen, gelesen von Jakob Arjouni

Bernhard Schlink im Diogenes Verlag

»Schwungvoll geschriebene, raffiniert gebaute Romane, in denen die politische Aktualität und die deutsche Vergangenheit präsent sind.«
Dorothee Nolte / Der Tagesspiegel, Berlin

»Bernhard Schlink gehört zu den Autoren, die sinnlich, intelligent und spannend erzählen können – eine Seltenheit in Deutschland.«
Dietmar Kanthak / General-Anzeiger, Bonn

»Bernhard Schlink gelingt das in der deutschen Literatur seltene Kunststück, so behutsam wie möglich, vor allem ohne moralische Bevormundung des Lesers, zu verfahren und dennoch durch die suggestive Präzision seiner Sprache ein Höchstmaß an Anschaulichkeit zu erreichen.« *Werner Fuld / Focus, München*

Die gordische Schleife
Roman

Selbs Betrug
Roman

Der Vorleser
Roman
Auch als Diogenes Hörbuch erschienen, gelesen von Hans Korte

Liebesfluchten
Geschichten
Die Geschichte *Der Seitensprung* auch als Diogenes Hörbuch erschienen, gelesen von Charles Brauer

Selbs Mord
Roman

Vergewisserungen
Über Politik, Recht, Schreiben und Glauben

Die Heimkehr
Roman
Auch als Diogenes Hörbuch erschienen, gelesen von Hans Korte

Vergangenheitsschuld
Beiträge zu einem deutschen Thema

Das Wochenende
Roman
Auch als Diogenes Hörbuch erschienen, gelesen von Hans Korte

Außerdem erschienen:

Bernhard Schlink & Walter Popp
Selbs Justiz
Roman

Selb-Trilogie
Selbs Justiz · Selbs Betrug · Selbs Mord
Diogenes Hörbuch, 2 CD im MP3-Format, gelesen von Hans Korte

Doris Dörrie im Diogenes Verlag

»Doris Dörrie ist als Erzählerin Spezialistin in diffizilen Angelegenheiten der kleinen Rache und gezielten Ohrfeigen zum Zwecke der Unterstützung des eigenen Selbstwertgefühles. Sie ist eine sehr gute Kurzgeschichten-Schreiberin mit der erforderlichen Prise Selbstironie und mit stilistischer Eleganz.«
Annemarie Stoltenberg / Die Zeit, Hamburg

»Es ist vollkommen gleichgültig, ob Sie Doris Dörrie in der Badewanne, im Intercity-Großraumwagen, im Lehnstuhl oder in der Straßenbahn lesen, nur: Lesen Sie sie!« *Deutschlandfunk, Köln*

Liebe, Schmerz und das ganze verdammte Zeug
Vier Geschichten
Daraus die Geschichte *Männer* auch als Diogenes Hörbuch erschienen, gelesen von Anna König

»Was wollen Sie von mir?«
Erzählungen. Mit Fotos von Helge Weindler

Der Mann meiner Träume
Erzählung
Auch als Diogenes Hörbuch erschienen, gelesen von Heike Makatsch

Für immer und ewig
Eine Art Reigen

Bin ich schön?
Erzählungen

Samsara
Erzählungen

Was machen wir jetzt?
Roman

Happy
Ein Drama

Das blaue Kleid
Roman

Mitten ins Herz
und andere Geschichten. Ausgewählt von Daniel Keel. Mit einem Nachwort der Autorin

Und was wird aus mir?
Roman
Auch als Diogenes Hörbuch erschienen, gelesen von Doris Dörrie

Kirschblüten – Hanami
Ein Filmbuch

Kinderbücher:

Mimi
Mit Bildern von Julia Kaergel

Mimi ist sauer
Mit Bildern von Julia Kaergel

Mimi entdeckt die Welt
Mit Bildern von Julia Kaergel

Mimi und Mozart
Mit Bildern von Julia Kaergel